Reuven Kritz
Himmelblaue Tage oder die Jugendrepublik

Reuven Kritz, in Wien geboren, wuchs in Israel in einem Kibbuz auf, studierte an der Universität Jerusalem, lehrte moderne hebräische Literatur an der Universität Tel Aviv und als Gastprofessor in Los Angeles, Boston und Heidelberg. Er veröffentlichte Erzählungen, Gedichte und Werke zur Literaturtheorie und Literaturgeschichte.

Neben diesem Jugendroman sind auf Deutsch erschienen: "Die Genies von Kiryat-Motzkin – Israelische Mini-Essays", die Romane "Die Krankheit der Dichter oder Hoffmanns Erzählungen", "Wie Krebse in der Nacht", "Studentin in Jerusalem. Roni" und "Kleine Schwester". der autobiografische Roman "Morgenluft" (erster Teil einer Trilogie) und die Erzählungen "Meine kleine Rote".

Muni Poppendiek-Kritz studierte Sozial- und Verhaltenswissenschaften an der Universität Heidelberg. Sie ist Lektorin und Herausgeberin der deutschen Bücher von Kritz und bearbeitete seine deutschen Rohübersetzungen gemeinsam mit ihm.

Yona Kollmann ist ein israelischer Design-Grafiker, der einige Bücher von Reuven Kritz illustrierte. In Tschechien geboren, wuchs er mit Reuven Kritz zusammen im Kibbuz auf.

Aus israelischen Rezensionen: "Der zweite Band mit Kritz' autobiografischen Erzählungen. Besonders anregend für Erwachsene, die sich für Pädagogik interessieren." – "Alte Bekannte und neue Teilnehmer." – "Das Model der Republik war das pädagogische Institut der Bewegung 'Der Jungen Wächter', zu der Kibbuz Mischmar haEmek gehört." – "Eine humorvolle Sichtweise und persönliche Erfahrung des Autors.". – "Vieles ist typisch für die Pubertät."

Reuven Kritz

Himmelblaue Tage

oder

die Jugendrepublik

Im Deutschen bearbeitet
von Muni Poppendiek-Kritz
und dem Autor

Illustrationen von Yona Kollmann

*

Ich danke Catherine Stiefel für die sorgfältige
und aufmerksame letzte Korrektur des Manuskripts

*

reuven kritz
skyblue days or
a children's republic

*

Die erste hebräische Auflage erschien
im Verlag *Massada*, Tel-Aviv,
unter dem Titel *yamim shel tchelet*, 1960.
3. und 4. Auflage erschienen im Verlag
Sifrej Pura

Illustrationen: Yona Kollmann
Umschlag: Buero Freistil, Mannheim

Dieses Werk ist urheberrechtlich geschützt

© 2017

Herstellung und Verlag: BoD - Books on Demand, Norderstedt
ISBN: 9783743126749

Für Esra Minzer,
der am 4. April 1948 – im Befreiungskrieg –
bei einem Angriff auf den Kibbuz
Mischmar haEmek getötet wurde.
Wir waren 18 Jahre alt.
Er war mein bester Freund.

"Und jener Tage werden wir gedenken,
ihrer Höhe Kraft, ihrer Jugend Ewigkeit.
Denn wenn wir sie vergessen,
mit wem, mit wem, Brüder, sollen wir verbluten?"
                                        Nathan Alterman

Grüne Tücher und brennende Sanddosen

Sie sind noch da und sie gehen dem Ende entgegen, die Sommerferien, verblüffend, wie ausgedehnt sie sind, bis sich plötzlich herausstellt, dass sie kurz waren. Man könnte meinen, sie und nicht du waren es, die barfuß im Hof herum liefen, im warmen Staub wateten, langsam und vorsichtig durch den Weinberg gehen, um nicht auf zerquetschte Trauben zu treten, an denen bitter stechende Bienen sich süßen Saft saugen. Oh, die langen, sonnengebräunten Tage, die mit uns während der Olivenernte auf die Leitern kletterten, und im Siloturm auf dem geschnittenen Mais tanzten, um ihn kräftig zusammenzudrücken, dann die Ogden- und Beauty-pflaumen pflückten, bis zur Ernte der großen Santa-Rosa-Pflaumen... Und auf den Feldern die Heugabel leicht in die Strohballen stachen, sie auf den großen flachen Anhänger des Traktors warfen, der sie in die Scheune, neben den Kuhställen, bringt. Zum Schluss, nachdem eure Arbeitsquote absolviert war, fuhren sie mit euch für die langen, langen Tage, nach Tel-Aviv, Haifa und allen Orten, in denen es Freunde und Verwandte zu besuchen gibt, um viel Eis zu lutschen und Filme mit Danny Kaye zu sehen... Ja, diese Tage schienen unendlich, bis sie das Gefühl und den traurigen Geruch von etwas, das zu Ende geht, bekamen.

Jetzt werden schon die Stoppelfelder gepflügt. Der riesige Di-Six-Traktor, auf dem nur die Veteranen sitzen dürfen, mit seinen klappernden Ketten, der zwei achtklingige Pflüge beharrlich hinter sich herzieht, erregt keine Neugier und Neid mehr und der kleiner Di-Four, auf den manchmal sogar die älteren Schulkinder klettern dürfen... zieht auch nicht mehr das Auge und das Herz mit sich.

Wenn man auf dem Rasen vor dem Speisesaal liegt und den

kleinen, weißen Wolken zu schaut, die sich schon hier und da ballen, dann denkt man… Man weiß eigentlich nicht, was man denkt, aber es gibt da oben, im Blauen, eine Schafherde, an die sich der Blick heften kann und alle sagen, der Herbst kommt. Zeit, in die Komuna zu gehen, um sich neue Hemden und Hosen anpassen zu lassen, weil wir bald, verblüffend, wie lange das bald dauert… So lange, dass man plötzlich Lust bekommt, tief Luft zu holen und etwas zu tun, nur, was?
Wir werden zu einem fremden, rätselhaften Ort fahren, ins pädagogischen Institut. Channa und Jehuda nennen ihn so, weil sie alles, was nach Pädagogik riecht, gern haben, sagt Gadi, und weil sie traurig sind, uns hergeben zu müssen. Aber wir, die wir nicht so auf alles Pädagogische erpicht sind, wir sagen nur das Institut, als ob es selbstverständlich ist, ah, ja, das Institut. Dort gibt es eine Jugendrepublik, die Jüngsten sind zwölf und die Ältesten achtzehn, es gibt in den frühgegründeten Kibbuzim – Beth-Alfa und Mischmar-haEmek, Merchavia und Ssarid, Misra, Ejn-Schemer und Ma'abarot – schon junge Genossen, über die man hinter vorgehaltener Hand sagt, das ist Einer, der das Institut beendet hat.
Die Eltern und einige Genossen – Yossef, Riwka, Judl und andere – begleiten die Kinder mit den Koffern von den Schlafräumen zum Pritschen-LKW. Sie winken schon bevor sich der Wagen in Bewegung setzt. Vielleicht haben die Mütter Tränen in den Augen, oder sie sind es schon, seit der Geburt ihrer Kinder gewöhnt, sie immer abgeben zu müssen? Als der Pritschen-Wagen im Staub des Feldwegs verschwindet, gehen sie wieder zu ihrer Arbeit. Zurück bleibt der Lehrer, Jehuda, seine Brillengläser glänzen in der Sonne, er winkt noch, als das Auto längst verschwunden ist. Efraim sitzt am Steuer des Wagens, Channa begleitet Kinder und Kleider, das fanden Uri

und Ofra unwohl, dass die Mutter und der Vater sie noch einige Stunden in die neue Welt begleiten. Rechts und links liegen gepflügte Felder mit dunkelbrauner Erde, Stoppelfelder im satten Gelb, in der Ferne Bergketten: Hinter uns die Nazareth-Berge, der Tabor, auf dem die Richterin Debora unter einer Palme saß, der Moreh-Hügel, an dessen Fuß die Hexe von Ejn-Dor vor dreitausend Jahren in einer Höhle hauste, die Gilboa-Berge, in denen König Saul von den Philistern besiegt wurde und auf sein Schwert fiel, um nicht in Gefangenschaft zu geraten. Vor uns liegen die Efrajim-Berge, die wir noch nicht kennen, dann der Karmel, mit dem Muchraka-Gipfel, wo angeblich für den Propheten Elijahu das von ihm erbetene Feuer vom Himmel fiel.

Rafi steht wie alle auf dem Pritschen-Wagen, sie halten sich an den Leiterrahmen fest und verschlingen mit ihren Augen die Landschaft. Rafi denkt – so klar, als würde er es laut sagen – vor uns liegen die breiten Felder der Yisrael-Ebene, hinter uns die Erinnerungen, wie das poetisch klingt.

"Also, jetzt sind wir groß und selbständig und sind die Erziehung los", sagt Gadi und schaut Channa an.

"Wie alt bist du eigentlich, Gadi", fragt Channa.

"Eigentlich bin ich vierzehn und nicht-eigentlich ein bisschen mehr als dreizehn."

"Und schon brauchst du keine Erziehung mehr, so schnell?"

"Das war gar nicht schnell. Ich hoffe, dass es jetzt zu Ende ist, aber wenn nicht, soll es lieber Selbsterziehung sein, das ist bequemer."

Channa schaut nachdenklich die lockigen Köpfe an, alle hat sie in den letzten Jahren betreut. Eine lange Zeit, die plötzlich vorbei ist, als wäre sie ganz kurz gewesen. Ob es ihnen – ihren Kindern – auch so schwer fällt, Abschied zu nehmen? Werden sie an sie denken? Rafi ist sicher, Betreuerinnen und Mütter denken so. Wenn wir in den Sommerferien und in noch einigen Jahren endgültig, in den Kibbuz zurück kommen, erwachsen und gleichberechtigt, als neue Kibbuzgenossen, was jetzt komisch erscheint, dann aber selbstverständlich sein wird... Channa fragt sich sicher, ob wir sie dann auf dem Weg zum Speisesaal grüßen werden? Denkt Rafi so, oder ist es "der Geist der Erzählung", über den Rafi bei einem berühmten Schriftsteller, so wie Rafi einer werden will, gelesen hat?

Öfter und länger als die anderen, schaut Channa Ofra an. Wie war ich, als ich dreizehn war? War mir meine Mutter auch so fremd? Was wird aus dieser Fremdheit werden? Sie wird sich während der 6 Jahre, in denen die Kinder fern von zu Hause sind, vergrößern.

"Jetzt haben wir 1942, ich bin 13, also sind wir im Sommer '48 fertig, 1950 werde ich 21 sein und 2000 71", denkt Jossi laut. "Schade!"

Ofra schaut ihn nachsichtig an: Wie wird er zu Recht kommen, es werden viele Kinder aus verschiedenen Kibbuzim aufeinandertreffen. Man wird Lerneifer und gesellschaftliche Aktivität fordern. Wie wird sich Jossi, mit seinem struppigen Haar, zurechtfinden?

"Warum ist das schade?", fragt Rami und blinzelt.

"Das eine Jahr verdirbt mir alles", erklärt Jossi. "Es wäre besser, wenn ich 1950 erst 20 wäre, dann würde ich 2000 siebzig sein. Runde Zahlen merkt man sich leichter, aber die runden habe ich verpasst, da kann man nichts machen."

"Einige runde sind noch offen", tröstet ihn Gadi. "Wenn du 1950 heiratest und jedes Jahr ein Kind machst, wie die Ultrareligiösen, ein Apfelkind das nicht weit vom Stamm fällt, dann hast du 1960 zehn Kinder, 1990 hast du 100 Enkeln und

Enkelinnen und im Jahr 2029, wenn du genau 100 bist, hast du 1000 Urenkeln. Ist das rund genug?" Jossi schaut in ungläubig an: "Das meinst du sicher nur im Spaß. Aber eigentlich, wenn man wirklich im Alter von 20 heiratet und jedes Jahr ein Kind macht, wie du sagst..."

Rafi lehnt sich an den Leiterrahmen, der Wind streicht durch seine dunklen Haare, seine blauen Augen sehen nachdenklich aus. Alle, die da reden und lachen, sind seine Genossen, aber zwei von ihnen liebt er, obwohl er das Gefühl hat, sie verstehen ihn nicht: Gadi mit dem wild zerrauften braunen Haar, der runden Kartoffelnase und seinen braunen lachenden, warmen Augen, die rasch alles aufnehmen, und Ruti, neben ihm, schlank, hoch und biegsam, Rafi liebt diese Worte, schlank, hoch und biegsam, wenn die Sonne auf ihre kurzen Haare scheint, zaubert sie einen rötlich goldenen Glanz auf sie. Auf ihrer Stupsnase blitzen einige freche Sonnensprossen, in ihren Augen tänzelt Grün-lustiges, wie an deinem ersten Tag im Kibbuz, als Channa dich in den Duschraum führte, und du so überrascht und beschämt warst, weil Jungen und Mädchen gemeinsam duschten. Sie stand über ein Waschbecken gebückt und spülte ihre Haare, sie richtete sich auf, schaute dich einen grünen Moment an, nur einen Moment, seitdem manchmal..., das heißt immer...

Die Hälfte der Sommerferien hat Rafi in Haifa, bei seinem Vater verbracht. Verspürte er Sehnsucht nach seinen Freunden? Sich sehnen? Sehnen sind Schnüre im Körper, die sich dehnen und zusammenziehen, z. B. wenn man die Hand ausstreckt. Kann man auch die Seele dehnen, wie z. B. wenn du an deine Mutter denkst? Vater hat eine Einzimmerwohnung und eine Menge Bücher. Während er in der Klinik arbeitet oder Vorträge hört, kannst du endlich mit dir selbst sein, lesen, Blockflöte spielen, dösen, schreiben… Wunderbar! Dabei denkst du an die langen Sommerferien, ans barfuß im warmen Staub waten. Die sonnengebräunten Tage, zusammen mit deinen Freunden, du siehst sie im Schlafraum, im Speisesaal, im Duschraum, siehst sie oft, eigentlich die ganze Zeit, vor dir, aber besonders…

Rafi kam gestern aus Haifa zurück, um mit ihnen in die neue Welt des Pädagogischen Institutes, zu fahren. Sein Vater verstand diesen Impuls, dein neues Lebenskapitel zusammen mit deinen Freunden zu beginnen. Vater ist Psychiater.

Während der letzten Tage auf der Farm waren alle so beschäftigt, dass sie sich kaum gegenseitig beachteten. Man lief zwischen den Gruppenräumen, dem Elternzimmer, dem Klassenzimmer und der Kleiderkammer hin und her, und in der Früh schleppten sie Koffer und Taschen zum Pritschen-Wagen, riefen dabei Schalom. Schalom, auf Wiedersehen, alles Gute, und ihr auch, danke, natürlich, bis das Lastauto den Kibbuz verlässt, "vor ihnen breiten sich die Felder der Jesreel-Ebene aus und hinter ihnen liegen die Erinnerungen", das wirst du einmal über dich, Gadi und Ruti schreiben. Es ist schön und traurig: In dem Lärm, um dich herum, bist du eigentlich allein.

Du hast mit ihnen gesprochen, einige nichtssagende Worte, Schalom, was gibt's Neues, wie war's, die Ferien, toll, ich hatte es wunderbar, das ist's was man sagen kann, ohne die Hand auszustrecken, man tauscht ein Lächeln aus, Schalom-Schalom.

Wie lange fährt man von einer bekannten Welt in eine unbekannte? Eine halbe Stunde:

Die Neue ist auf der anderen Seite der Jesreel-Ebene. "Auf der anderen" – das hängt natürlich davon ab, von welcher Seite du es betrachtest.

"Leute, schaut, dort drüben, man sieht schon…" und man zeigt,

"vor den Bergen, auf dem Hügel, dieses große Gebäude, mit den zwei Flügeln, ja, das ist es!" Es schaut in die Ferne, denkt Rafi, gekrönt von einem grünen Teppich. Ein Teppich ist doch keine Krone. Der grüne Teppich liegt auf den Hügelabhängen hinter dem Gebäude. Das Grün sieht frisch und kühl aus und sie fahren auf einem Feldweg voller ausgedürstetem Staub in der Sonnenglut. Ausgedürstet und Sonnenglut sind gute Worte für eine Erzählung.
Stoppelfelder. Frischgepflügte Furchen. Jetzt überqueren sie ein Wadi, grünlich stehendes Wasser, von Disteln, Schilf und Brombeeren umgeben. Das ist der Kischon, Leute, der uralte Bach, das Wasser Meggidos, der einst Siseras eiserne Streitwagen hinweg riss. Vor dreitausend Jahren versanken sie hier in Dreck und Schlamm, wie kann es ihnen gelungen sein, darin zu ertrinken? – fragt Gadi – Da braucht man eine eiserne Fantasie. Wer jetzt hier ertrinken will, muss vorher Kopfstand üben.
Vor uns die Kreidehügel, bedeckt mit niedrigen, dornigen Sträuchern und schwarzen Ziegenpunkten, an den Täler liegen arabische Obstgärten und Lehmhäuser, wie große Spielzeuge.
Uri bemüht sich um einen klaren Überblick. "Das Institut ist ganz getrennt vom Kibbuz", sagt er.
"Das sieht doch jeder, und Uri war schon einmal hier auf Besuch mit Channan und Esther", lässt Rafi in seiner zukünftigen Erzählung Rami denken, "Da weiß er alles."
"Auf die Hügel kann man mit dem Pritschen-Wagen von vorne und von der Seite hinauffahren,", erklärt Uri.
Da ihn niemand beachtet, fährt er fort: "Bald, wenn es in den Kibbuzim viele Kinder geben wird, wird man solche Pädagogischen Institute überall gründen, vielleicht auch bei uns, obwohl das eine Menge Geld kostet. Man hat bereits im

Sekretariat darüber gesprochen, Channan hat's mir gesagt."
Er nennt ihn nie Papa.
Eine Palmenallee führt zum Kibbuztor. Ruti klettert ganz aufgeregt auf den Leiterrahmen des Pritschen-Wagens. Ofra ruft, man soll singen. Niemand hört auf sie. Der Weg ist fast weiß, so kalkhaltig ist der Boden, und da fahren sie schon auf das weißgetünchte Institutsgebäude zu, zwei Stockwerke, lange Fluren, große Fenster, vor ihnen breiten sich die Felder der Jesreel-Ebene aus und hinter ihnen liegen viele Erinnerungen...
Der Pritschen-Wagen tastet sich langsam den schmalen Weg entlang. Als er bremst, purzeln alle nach vorne, Ruti klettert über den Leiterrahmen, springt hinunter, ruft, man solle ihr die Rucksäcke und Bündel runter werfen.
"Langsam, langsam", beschwichtigt Channa. "Vorsichtig und langsam, bitte!"
Efrajim ist aus dem Führerhaus gestiegen, reicht Channa die Hand, es ist ihr schon nicht mehr leicht herunterzuspringen.
Um das Auto scharen sich neugierige Kinder und Jugendliche, alle in kibbuzblauen Hemden mit weißen Band.[1]
"Schaut, schaut welche Pipsqueaker man uns da schickt!", ruft ein blondgelockter Bursche, dem eine Whistle-Pfeife aus der Hosentasche hängt. Alle Augen wendeten sich ihm zu.
"Den kenn ich", flüstert Ruti Ofra zu, "zum 1. Mai, sprach er über den Lebensstil der jungen Wächter im Wald bei Afula, erinnerst du dich?."
"Nun, Kinder, fangt an abzuladen!", spornt Efrajim sie an, sie reichen einander die weichen, aufgebauschten Säcke der

---

[1] In den israelischen Jugendbewegungen trug man blaue Hemden, die sich durch die Farbe des Bandes, dass man vorne zu einer Schleife band, unterschieden. Die "Jungen Wächter" trugen ein weißes Band.

Winterdecken, Kleider, in Leintücher gewickelt, auch private Kisten, vielleicht mit Blockflöten, Büchern, Taschenlampen, Taschenmesser, Schach-Spiele, Briefmarken-Sammlungen, Tagebücher, Fotoalben...
"Der Fahrer scheint es eilig zu haben."
Schon wird die hintere Klappe des Pritschen-Wagens gesperrt, nun Kinder, Schalom, eine gute Zeit euch allen! Efrajim wendet sich besonders an Rami, seinen Sohn, Rami murmelt ein schwaches Schalom, gibt Efrajim aber nicht die Hand. Efrajim sitzt schon im Führerhaus und der Wagen rumpelt langsam den Abhang hinab.
Channa bittet um Mithilfe, die Pakete in die Kleiderbetreuung zu bringen, auch sie hat es eilig.
Uri und Rafi helfen ihr und kehren auf den Platz zurück. Da stehen sie – das heißt: wir, neun Kinder – allein, von neugierigen Blauhemden umringt, bis sie sich zerstreuen. Es sind unsere Leute, wir sind ihre, vom selben Stamm, und trotzdem, man ist sich fremd. Die Mädchen scharen sich um Ofra und Ruti und und flüstern miteinander. Die Jungen stehen um Uri und Gadi, "als ob sie sich schweigend beraten würden". Rafi hätte gern mit ihnen den neuen Ort auskundschaftet und die Eindrücke ausgetauscht: "Und wie sind diese Klassenzimmer, größer als unsere, oder? Und wohin, glaubt ihr, gelangt man, wenn man da weitergeht? Lasst uns mal schauen!"
Auch Ruti ist plötzlich anders. Ein bisschen zu laut, sie singt und trällert, sie tuschelt und lacht, nein, sie kichert, man kann ihr unmöglich den Vorschlag machen, "komm, geh'n wir uns umschau'n, gut?" Sie spricht mit einer Neuen, einer Rothaarigen, weiß schon wie sie heißt, Schoschanna, und die sagt nachlässig: "Schiebt mal eure sieben Zwetschken an den

Baum da drüben, bis ihr endlich wisst, wohin damit", nun gehen die Mädels zusammen, man zeigt ihnen Duschraum und Klo.

"Na, sind wir interessant? ", fragt Gadi ein paar umstehende Mädchen.

"Schrecklich, besonders du!"

"Toll! Ich dachte schon nur ihr seid's, aber wenn wir auch, ist's okay. Es ist langweilig allein interessant zu sein."

Dann gehen auch diese Mädchen weg, und eine bemerkt: "Der mit der Haartolle, der ist witzig."

"Also", sagt Uri, "ich bring meine Sachen da zum Baum, bis wir dran sind, unsere Kleidung aufschreiben zu lassen und man uns unsere Zimmer zeigt. Derweil geh ich mich umschauen, kommst du mit, Rafi?". Und geht ohne sich umzuwenden.

Die, die sich nicht kümmern, ob man ihnen folgt, denen folgt man. Rafi folgt ihm, auch Jossi und Rami. Gadi geht in eine andere Richtung, plaudert mit jemand, hat Fuß gefasst.

Uri kennt sich ein wenig aus.

"Siehst du, da unten, auf der anderen Seite der Straße, sind ihre Felder. Die Erde ist schwer. Channan sagt, ohne Entwässerungsgräben haben sie keine Chance. Jetzt gibt's einen Pflug, der macht unter der Oberfläche kleine Tunnels, aber es ist nicht klar, wie lange die halten." Sie durchqueren das Gebäude zwischen den Seitenflügeln, da ist eine Treppe. Jossi, erinnerst du dich, wie wir bei unserem Besuch aufs Dach gekommen sind und man uns die Gegend gezeigt hat? Da drüben geht's hinunter zur Lern-Farm", – Uri zählt die Bereiche auf – "Da liegen die Naturkunde-Räume, einer davon ist für landwirtschaftliche Versuche".

Jossi will gleich wissen, ob man auch allein Versuche machen darf, wenn man gerade Lust dazu hat, Uri übergeht die Frage und zählt weiter auf: "Ihre Schreinerei, ihre Buchbinderei,

Schusterei und dort unten ist das Schwimmbad, leer, es sieht armselig aus. Und die Tür ist geschlossen, der Springturm ist höchstens 2 Meter. hoch." Dann stellt er gemächlich fest: "Mit dieser Seite sind wir fertig. Jetzt können wir die Seite zum Wald anschauen."

"Wir sind müde, aber... Schweigend gehen wir über den Sportplatz zum Wadi hinunter," schreibt Rafi in seine Seele. Zwischen den Kiefern plätschert ein Bach, Felsblöcke türmen sich aufeinander. Einmal, vielleicht bei einem Ur-Erdbeben, sind sie donnernd den Abhang herunter gekollert und haben im Schilf und in den Brombeeren ihre Ruhe gefunden.

"Dass wir nur nicht verloren gehen", warnt Jossi.

"Keine Gefahr. Es ist ganz einfach, sich da zurechtzufinden", erklärt Uri. "Das Institut liegt auf einem Hügel, der hat drei Abhänge: Nordwärts geht's hinunter in die Jesreel-Ebene, im Osten führt der Abhang in den Kibbuz, im Westen liegt dieses Tal, Wadi Abu Schusha, das wird so genannt, wegen des Dorfes Abu Shusha, das dort drüben liegt. Südwärts geht's hinauf in den Wald."

"Aber jetzt sind wir im Wald, obwohl wir runter gegangen sind", widerspricht Rafi.

"Klar", – Uri ist nie verwirrt, wenn man über eine geografische Lage spricht, – "in den Wald führen zwei Wege, der untere mit dem Wadi, neben dem Bach, der obere – neben einem Weinberg und einer Apfelplantage."

Unten Tal und Bach und oben – Äpfel, ist das nicht symbolisch? Was hätte Papa gesagt, wenn ein Patient ihm erzählt hätte, er habe von einem Bach unten und Äpfeln oben geträumt? – Rafi hat in der Bibliothek seines Vaters Freuds "Traumdeutung" entdeckt.

"Wie findest du dich so zurecht?", bewundert Jossi Uri.

Uri genießt das Kompliment.
"Gleich kommen wir zu einer Pfahlbau-Hütte. Da gibt's für den Bach ein Gefälle mit einem Wasserfall. Auf der anderen Seite des Baches ist der Weg ans Dorf Abu-Shusha, auf dem Weg dahin liegt unsere Mülldeponie, dann kommt der Friedhof von Abu-Shusha, dort steht eine heilige Eiche."
Vom Rundgang zurück, zeigt Channa ihnen ihre Zimmer, mahnt sie lächelnd brav zu sein und manchmal zu schreiben. Damit verabschiedet sie sich.
Man beachtet ihr 'Schalom' kaum und antwortet nachlässig, natürlich, alles Gute, Schalom, Schalom. Jetzt ist am wichtigsten, Wer mit wem in einem Zimmer schläft. In jedem Zimmer sollen 2 Mädchen und 2 Jungen wohnen, die Mädels haben sich ihre Betten schon reserviert, Gut das wir im zweiten Stock sind, da läuft man uns weniger vor der Nase herum und wir haben einen Ausblick auf die Jesreel Ebene. Jeder hat ein Klappbett, das tagsüber in ein Regal mit Vorhang geklappt wird. Unter dem großen Fenster sind Wandfächer für die Kleider. Schade. Bevor sie ihre Sachen verstauen, das wöchentliche Kleiderpacket, das sie sich geholt haben und die Kramkiste die sie mitgebracht haben, hört man draußen ein Chorgeschrei: "Essen, esseeen!"
"Statt zum Essen zu läuten", erklärt Uri, "zünden sie auf einem Mast eine rote Laterne an, das soll Lärm vermeiden und damit die stille Lampe nicht unbemerkt bleibt, schreit man dazu!"
Der Speisesaal hat eine überdeckte Terrasse. "Größer als unserer", muss Uri zugeben. An den Wänden hängen Girlanden und Fotos: Auf einem der Fotos stehen Mädchen und Jungen in einem Halbkreis, über dem Foto steht: "Mit Jugendglut bauen wir…"

Uri liest nicht zu Ende und verzieht verächtlich den Mund. Die Fotos interessieren vielleicht die, die drauf sind, was sie mit Jugendglut bauen wollen, geht mir am Arsch vorbei. Mit energischen Schritten steuert er auf einem gedeckten Tisch zu. Rafi, Jossi und Rami setzen sich neben ihn und nehmen sich vom Brot, Quark, Omeletten, Salat-Gemüse... Da schlägt der Bursche, den sie bei ihrer Ankunft getroffen haben, mit einer

Gabel an einen Teller und verkündet: "Beim Erschallen der Trompete, werden die Gruppen zum Apell gerufen. Jede Gruppe sammelt sich vor ihren Zimmern und geht zusammen auf den Sportplatz. Natürlich alle in Jung-wächter-Hemden."
"Ziki heißt er!" flüstert Ruti zu Ofra. "Vorhin ging er an mir vorbei, berührt mich leicht am Ärmel und warf so dahin: 'Na, Süße, wie gefällt dir unser Institut, nicht schlecht, oder?', ich hab mich sofort erkundigt, wie er heißt. Was für ein lustiger Name, Ziki!"
Blaue, spöttische Augen hat er, das Wächterhemd in seine extrem kurze Khakihose geschoben, die er mit einem Gürtel zusammenhält, an dem eine Whistle herunter baumelt. So muss man sich anziehen!
"Sicher aus der ältesten Gruppe", stellt Ofra fest.
"Nein, ich hab mich erkundigt", verbessert Ruti. "Er ist von den Zweitältersten, 'Flamme', aus der werden die neuen Gruppenführer gewählt. Vielleicht, wenn wir Glück haben…"
"Was für ein Angeber!" kritisiert Rami. "Ein Aufschneider!"
Eine halbe Stunde nach dem Abendessen ertönt die erwartete Trompete.
An den Galerien beginnt eine Lauferei, Türen werden zugeworfen, man drängt und stößt sich, sucht seine Gruppe, in der es Neue gibt, die jetzt auch zur Gruppe gehören, man hätte ein Kennenlernen initiieren sollen.
"Na, Jungs", sagt überraschend einer der Neuen, "da sollte doch einer von euch, Veteranen, die Sache in die Hand nehmen und etwas sagen, zum Beispiel, wann wir los gehen."
"Ihr braucht ihn nicht mit den Augen auffressen", sagt Gadi. "Er heißt Usi, trinkt kein Petroleum, isst keine Nägel."
"Wir müssen einen Namen für unsere Gruppe wählen", sagt Ofra, "so hat man mir ausgerichtet."

Ah, ausgerichtet hat man's ihr, wir müssen und brauchen, wichtigtuerisch wie immer", denkt Rami. Da kommen schon die ersten Vorschläge, Eiche, Felsen, Zukunft... Nach Geschrei und Probeabstimmung wählt man 'Felsen', nur Rami ist strikt dagegen. Er findet Felsen total unpassend.
"Warum nicht Eukalyptusbaum? Ich schlage Eukalyptus vor, lasst uns nochmal abstimmen!"
"Ich fordere noch einen Vorschlag, damit wir eine größere Auswahl haben, zum Beispiel Kröte, damit wir, im Fall dass man uns eine Kröte zu schlucken gibt, uns selbst schlucken können. Also, wer ist für Ramis Kröte?"
Da erscheint Ziki, mit dunkelblauem Tuch zum Wächterhemd, die Whistle baumelt am Gürtel. Dunkelblaues Tuch, er gehört zur mittleren Stufe. Die Absolventen, die am Ende dieses Jahres das Institut verlassen, tragen schwarze, wir, die jungen, bekommen bald grüne, wenn wir einen Gruppenführer haben, der uns darauf vorbereiten wird.
Auf seinem Herzen trägt Ziki, wie alle, die dazu berechtigt sind, das Abzeichen der Bewegung, allerdings noch ohne roten Hintergrund, eine vergoldete Lilie, mit einem Kranz. Nach der Probezeit, werden wir unsere Abzeichen bekommen, die Lilien-Brosche, nach zwei Jahren... – denkt Ofra.
"Wie schön die extrem kurze Hose ist, doppelt aufgekrempelt!", denkt Jossi und fragt sich, ob er rasch aufs Klo laufen soll, um sich seine Hose auch hochzukrempeln.
"Hört, Genossen!", ruft Ziki, "weil ihr noch keinen Gruppenführer habt, werde ich das für heute übernehmen. Habt ihr einen Gruppennamen gewählt? Wunderbar. Also, Gruppe Felsen, habt Acht! In Dreiern – marsch!"
Die Trompete ertönt wieder. Man bringt Fackeln. Usi drängt sich nach vorne und erwischt eine Fackel. Auch Jossi drängt

sich vor, aber Ziki vergibt die Fackel an Ruti, damit ein Junge und ein Mädchen Fackelträger sind. Gruppe Felsen, habt Acht! Steht stramm! Links ausrichten! Vorwärts Marsch! Mir nach! – Wir sind bereit, ihm zu folgen!

Der Sportplatz ist von Licht umrahmt. Kleine Flammen, die aus der Dunkelheit wachsen, bei näherem hinsehen erkennt man, sie sprießen aus Konservendosen. Das ist einfach, erklärt Uri, man füllt eine Dose mit Sand, begießt ihn mit Petroleum, steckt einen Docht hinein und schon brennt es und leuchtet es.

Ziki kommandiert sie zum linken Flügel, hier stehen die jüngsten, grün betuchten Blauhemden, die Schwarzbetuchten stehen ganz rechts. Felsen, habt Acht! In Dreiern rechts um!

Vorne lodern zwei Feuersäulen, zwischen denen steht eine kleine Gruppe.

"Das ist die Wächterführung", flüstert Uri, "mit dem Trompeter und Trommler".

Jetzt werden direkt hinter den Fahnen noch drei Feuersäulen angezündet. Uri erklärt überflüssigerweise, es ist die Nationalfahne, die Klassenfahne des Proletariats und die Jungwächternestfahne unseres Instituts. Hinter der Nestführung brennt jetzt eine Feuerinschrift. Uri flüstert, es sieht nur so aus, als ob sie auf ihren Köpfen brennt, sie ist hinter ihnen, am Abhang haben sie Pfosten eingerammt und Eisendrähte gespannt: Der kapiert einfach nicht, dass seine dauernden Erklärungen nerven. Die Hauptsache ist nicht, dass in Petroleum eingetunkte Sackstücke um die Buchstaben aus Drähten gewickelt sind und dann angezündet werden, sondern, dass aus dem Dunkel Feuerbuchstaben verkünden: "Jeden Tag vorwärts!" Jeden Tag. Das letzte Wort ist vom Rauch verwischt.

"Habt Acht! Steht Stramm! Am Apell nehmen Teil 182 junge Wächter und Wächterinnen" verkündet ein magerer Bursche.

"Auf die Fahnen schaut!"
Das Bild gräbt sich in Rafi ein. Dunkelheit, Feuer und Licht. Die Führung. Die Fahnen. Hundertzweiundachtzig, und er ist einer von ihnen, ein junger Wächter. Als man "Stärkt eure Hände!"[2] singt, heftet er seine Augen auf die Jungwächternestfahne, unsere, unsere Fahne! Rot, mit Gold bestickt, man sieht es kaum, aber man weiß es! Während der Nationalhymne "Die Hoffnung", schaut er auf die blau-weiße Fahne, die Hoffnung und Reinheit symbolisieren soll, und als die "Internationale" gesungen wird, denkt er an das Arbeiterblut, das im Kampf vergossen wurde, die verbrennende Welt von gestern, den roten Aufruf zum Kampf für den roten Morgen. Die Fahnen wehen im Wind, flammenvergoldet. Jeden Tag vorwärts! Wenn der hagere Bursche jetzt aufgerufen hätte, in einen heiligen Krieg zu stürmen, Rafi wäre gestürmt. Ein Mädchen, das zwischen den Fahnen steht, liest den Tagesbefehl vor. "Jetzt um so mehr! Wir werden unsere Reihen vereint stärken, mit Eifer studieren und arbeiten, unsere Werte kristallisieren, mit jungwächterlichem Eifer, jetzt umso mehr..."
Sie hat kurze braune Zöpfe, Rafi kennt sie von irgendwoher. Sie hält das Blatt des Tagebefehls in den Händen und der dunkle Hagere, der den Apell befiehlt, leuchtet ihr mit einer Taschenlampe. "Wir werden ein jungwächterliches Lebensmilieu gestalten, unsere ideologischen Grundlagen vertiefen, denn ..." Ihre Stimme ist weich und hell.
Es geht um drei Säulen, auf denen die Welt des Institutes ruht: Lernen, gesellschaftliche Aktivität, Arbeit. Die Genossen der ältesten Gruppe, Lilie, geben ihre Positionen als Gruppenführer und Vorstände der Komitees ab. Die Genossen der

---

[22] Die Hymne der hebräischen Arbeiterbewegung.

zweitältesten Gruppe, Föhre, tragen ihre Verantwortungen weiter, die Genossen der drittältesten Gruppe, Flamme, gliedern sich in die Leitung unserer Jugendgemeinschaft ein, auch als Gruppenführer. Uns treten junge Gruppen bei, die bilden die Jugendsektion, Felsen, Tamariske, Möwe, Vorstürmer, Schwalbe.

Die Flammen flackern, die Fahnen wehen. Damit ist unser Jahr des Lernens, der gesellschaftlichen Aktivitäten und der Arbeit eröffnet. Der Apell ist beendet.

"Entlassen!"

Wohin jetzt?

Natürlich, in den Speisesaal, zur Feier. Die Tische werden zur Seite geschoben, die Bänke in einen Halbkreis gestellt. Man singt: "Wie ist's gut und schön wenn man zusammen sitzt...". – "Die Fahne weht auf dem Mast", – "Schaut und seht, wie groß ist dieser Tag"[3]. Aus jeder Gruppe geht jemand an den Tisch, der vor dem Halb-Kreis steht und berichtet, ein wenig zögernd, wie seine Gruppe den Sommer verbracht hat. Wer berichtet über uns, die Felsen? Rasch, Jungs, jemand muss sich melden, das wäre eine Schande, wenn wir, als einzige Gruppe... Ofra ist bereit. Natürlich! Sie geht zum Tisch und stottert, so wie die vor ihr. Nichts Besonderes zu berichten, wir haben auf der Farm gearbeitet, bei der Weinlese, der Olivenernte, beim Mais stampfen, Pflaumen pflücken, an den Abenden haben wir Kartoffeln gebraten, Verwandte in der Stadt besucht, wie gewöhnlich, wie alle, und... und... Als die Zeit kam, hierher zu kommen, waren wir begeistert und aufgeregt... und jetzt hoffen wir... ich meine, jetzt sind wir sicher... Sie setzt sich wieder auf ihren Platz. Sie war ganz gut. Hat uns nicht

---

[3] Drei damals populäre Lieder.

beschämt. Einige Kinder, pardon, Genossen, lesen die im Feuilleton abgedruckten Artikel aus dem Milieu der Ferienlager und Sommerausflüge der Jung-Wächter-Bewegung. Die daran teilgenommen haben, lachen viel und laut, auch wir, die Felsen, die eigentlich nichts verstehen, lachen mit.
Ruti sitzt in der ersten Reihe und lacht und lacht, man hört es im allgemeinen Lärm kaum, aber man sieht ihr strahlendes Gesicht. Sie ist weit, weit weg. Rafi sitzt in der letzten Reihe, bemüht, zu lächeln, etwas schnürt ihm die Kehle zu.
Dann wird Hora in drei Kreisen getanzt. Die Mädchen – Ruti, Ofra, Talma – drängen sich in den innersten Kreis, auch Ziki tanzt dort, natürlich. Rafi, Uri, Gadi und die Anderen stehen abseits und schauen schweigend zu. Ruti, mit wirren Haar und glühenden Wangen, zieht Ofra mit sich aus dem Tanzkreis und lässt sich auf eine leere Bank fallen.
"Ah, das nenne ich tanzen! Bei uns, zu Hause, waren die Jungen Kleinkinder. Aber hier… Genug! Jetzt muss ich mich ein wenig ausruhen, damit mir Kraft für die Paartänze bleibt." Sie folgt mit glitzernden Augen den Tanzenden.
"Schau dir mal Ziki an! "
Er kann tatsächlich Blicke auf sich ziehen, die Whistle baumelt kokett an ihrer geflochtenen Schnur. Das Mädchen, das beim Apell den Tagesbefehl verlesen hat, verlässt den zweiten Horakreis und integriert sich in den innersten, neben Ziki. Und er ruft ihr ganz laut zu, – es kümmert ihn nicht, wenn alle es hören – im Gegenteil, sollen sie doch, "Gut so, Tempo, Rachel, damit wir die Kleinkinder ermüden und loswerden, sonst wird's heute keine richtigen Tänze geben!"
Zuletzt zerbröckeln die Kreise und lösen sich auf. Die eben noch getanzt haben, fallen wie lose Blätter auf die Bänke, um Atem zu holen. Jetzt zieht Ziki seine silberne Mundharmonika

aus der Hosentasche und beginnt einen Krakowiak zu spielen.
"Na also", sagt Gadi zu Rafi, "jetzt beginnen die Angebertänze!"
In der Tat, im Saal drehen sich nur wenige Paare, die anderen sitzen oder stehen an den Wänden, beobachten die Tanzenden, kichern manchmal, zum Beispiel, wenn zwei Mädchen miteinander tanzen. Die geübten Tänzer aus der ältesten Gruppe, begleitet man mit neidvollen Blicken.
Rafi geht auf Ruti zu, ihre Bluse hat sich im Hora Schwung aus der Hose befreit, auf ihrer Stirn glänzen Schweißperlen, ihre Augen folgen den Paaren, sie bemerkt nicht, dass jemand neben ihr steht. Rafi hat noch nie einen Paartanz versucht, er traut sich nicht, ihr leichthin und nachlässig, den Vorschlag zu machen, "Lust zu tanzen, Ruti?" Im Sommer ist sie gewachsen, ist älter und reifer, aber auch fremder geworden. Und wenn er es trotzdem wagt? Natürlich wird sie ihm eine Absage erteilen, "Ach, nicht jetzt, Rafi, ich bin halb tot". Aber etwas muss er sagen:
"Wie hast du den Sommer verbracht, Ruti? " – das Langweiligste was man fragen kann. Fast wie, "was gibt's Neues?"
"Ist vergangen, wie er eben vergeht", antwortet sie unwillig, ihr Blick bleibt an die Tanzenden geheftet.
Da kommt Ziki und nimmt ihre Hand:
"Kommst tanzen, Schöne?"
Er erwartet keine Antwort und zieht sie zu sich.
"Ach", sagt sie mit freudig verwöhnter Stimme, "aber ich bin noch ganz müde! ", dabei beeilt sie sich, ihre Schritte den seinen anzupassen.
Im Schwung des Drehens lehnt sie sich zurück, lässt ihren Kopf und ihre Haare zurückfallen, Ziki hält sie an der Hüfte und bei der letzten Drehung ruft er: "Jetzt hoch!", hebt sie, schwingt sie,

erst nach zwei Schritten landet sie wieder in seinem Armen, strahlend.
Rafi kehrt zu Gadi zurück. Gadi tanzt nie, auch Hora nicht, weil er diese Sache mit dem Bein hat, etwas mit dem Hüftengelenk, schon seit frühester Kindheit.
"Schau dir dieses Tanzen an," sagt er zu Rafi. "Man läuft immer im selben Kreis und kommt immer an denselben Platz zurück."
Rafi nickt.
"Für den ersten Tag war es nicht schlecht, oder?"
Rafi nickt und steht auf.
"Wohin gehst du, Rafik?"
"Ich... ich glaube, ich gehe besser schlafen", sagt Rafi unsicher.
"Ah, das glaubst du? Und ich glaube, irgendwo steht geschrieben, selig sind die Glaubenden, also glaub ruhig weiter!"
Draußen ist es kühl und frisch. Links das Gebäude, die beiden Flügel, die beiden Stockwerke, die langen Galerien, die großen Dachterrassen. Rechts der Pfad ins Tal mit dem rauschenden Bach.
Die Nacht ist dunkel, die Sterne hell. Manche blinken. Hinter uns der Eintritt in die neue Welt, der Apell, die Feier, die Entfremdung. Und vor uns? Während des Sommers hat Rafi viele Gedichte gelesen, bei seinem Vater, in Haifa, steht die Sammlung, die Rafi zum Geburtstag bekommen hat, von allen Doktor-Kollegen, denen sein Vater erzählte, dass sein Sohn Gedichte schreibt. Sie fragten, wie alt denn der junge Dichter sei, und der Vater erwähnte, dass er nächsten Monat... In Rafi hat sich eine Zeile, – stur wie eine lästige Fliege – eingenistet: "Der Stern überm Wald ist groß. Er stürmt. / Unser Bruder stieg in das feuchte Tal". Morgen wird... nein, heute hat das neue, stürmische Leben begonnen, alle sagen, es wird stürmisch. Auch die Aufschrift im Speisesaal: Mit der Glut der Jugend

bauen wir ein stürmisch-gesellschaftliches Leben... oder ein stürmisches jungwächterliches... Dann beginnt die gesellschaftliche Aktivität für die wir unsere Reihen vereint stärken, mit Eifer studieren und arbeiten, unsere Werte kristallisieren, mit jungwächterlicher Bereitschaft, jetzt umso mehr... Alles, wie es Rachel in der Tagesanweisung vorgelesen hat.

    Der Stern überm Wald ist groß. Er stürmt.
    Unser Bruder stieg in das feuchte Tal...

Ruti hätte nicht eingewilligt, mit dir zu tanzen, wenn du gewagt hättest, es ihr vorzuschlagen, du störst sie nur, den Vogel, der dem Käfig entkam, bis jetzt ward ihr Kinder, ihr habt nie Paartänze getanzt.
Der Stern überm Wald. Unser Bruder stieg hinab ins feuchte Tal. Unser Bruder ist müde.
Im Gebäude ist es schwül und stickig. Rafi lässt die Tür offen, ein leichter, frischer Wind weht durch den Schlafraum. Er nagt am Bleistift. Ein Gedicht. Ich möchte ein Gedicht schreiben, gewidmet... Wem? Wird es ihr lästig sein?

    Der Stern überm Wald ist groß. Stürmisch.
    Werden wir noch ins feuchte Tal steigen?
    Du tanztest stürmisch...
    Ich wollte dich nicht stören.

Nein, nein! Nicht gut!

    Ich bin der stürmische Stern überm Tal.
    Ich schau dich nur an, von Mal zu Mal.
    Ich schau dich nur an vom Himmelseck.
    Ich stör dich nicht, weit von dir weg.

Auch diese Zeilen streichen, dann kommt noch ein Versuch:

>Ein stürmischer Stern, von des Himmels Eck.
>Weit weg.
>Betrachtet dich stumm und vergebens,
>Wie ich, von der Ecke des Lebens.

Da hört er hinter sich Gadis Stimme: "Ach, Rafik, Rafik, sogar Gedichte schreibst du schon, du kommst total runter, wie dein stürmischer Stern, wenn er eine Sternschnuppe wäre. Entschuldige die kritische Bemerkung: Der Himmel hat keine Ecken und auch das Leben nicht. Sie sind beide rund. Was mich an den Rekord der Geduld erinnert: In einem runden Zimmer eine Ecke zum Scheißen zu suchen. Das ist eine neue Fassung. Die Vorige war unschuldiger, aber weniger pädagogisch: einem Esel eine Limone geben und auf Limonade warten. So, hab ich dir die romantische Stimmung verdorben? Komm schlafen. Vorher erzähle ich dir noch über den Rekord der Frechheit."

Rafi antwortet nicht. Er schaut auf die Zimmerdecke und wartet ungeduldig, bis Gadi seinen Rekord erzählt und das Licht löscht.

Tagebücher

Im Kibbuz veranstaltete man für die Kinder eine Abschiedsparty, am Abend, bevor sie ins Pädagogische Institut fuhren. Und wie bei einer Abschiedsfeier zu erwarten war, wurde gesungen und Abschiedsreden wurden gehalten. Jossef und Judl, Channan und sogar Efrajim, jeder von ihnen betonte, dass er nicht im Namen der Eltern spreche, nur in eigenen Namen, sie sprachen über Gedanken und Gefühle beim Zu-Ende-Gehen eines Lebenskapitels und dem Beginn eines neuen. Und gerade in diesen schweren Tagen... und die Wünsche mit denen wir unsere Kinder, die in einigen Jahren unsere Genossen sein werden, begleiten... Ofra bedankte sich im Namen der Gruppe bei unsern Lehrern und unsern Eltern und dem Kibbuz im Allgemeinen. Wir wollten ein Album zusammen stellen, aber leider ist uns die Zeit davon gelaufen, und wir dachten, der beste Dank wäre, wenn wir euch zeigen, dass wir es wert waren, so viel in uns zu investieren... Gadi bemerkte dazu, es sei lächerlich, zu sagen "wir dachten", Ofra hörte es, und fragte, was da lächerlich sei, und Gadi antwortete, es gäbe Sachen, die man gut gemeinsam tun kann. wie zum Beispiel... Da unterbrach man ihn und fragte, ob er sprechen wolle, er könne gleich nach Ofra das Wort ergreifen. Nein, auf keinen Fall wolle er sprechen, nur etwas sagen. Um eine Rede zu halten, hätte er mit den drohenden dunklen Wolken, die sich am Horizont unseres Lebens zusammenballen, beginnen müssen, und da schrie Rami, man solle doch endlich die Süßigkeiten verteilen.

Als letzter sprach Simon Levi, der Vorsitzende des Erziehungskomitees. Im Namen des Kibbuz, zum neuen Lebensabschnitt, in dem... Und er zog unter der Tischplatte eine große Tüte hervor und holte ein Pack dünner Büchlein hervor. Der neue gesellschaftliche Rahmen werde die gesellschaftlichen Werte, die, hoffentlich unter unserer Obhut gewonnen wurden, auf die Probe stellen. Dann verteilte er die Büchlein.

Alle öffneten sie sofort – es waren Hefte, alle Seiten glatt und leer, bevor man den Buchdruck erfand, gab es Bücher, alle in

Handschrift... Channa erklärte dazu, es sei wichtig und wohltuend, zur Selbsterkenntnis und zur Persönlichkeitsentwicklung zu schreiben...
"Und zur Selbsterziehung!", rief Gadi
"Stimmt", bekräftigte Channa, "auch dazu, besonders, wenn man beginnt..."
Das war ein Beweggrund, der das Schreiben ermöglichte. Zu Beginn schrieb jeder für sich selbst, halb geheim, niemand sah, wie die erste Zeile, nein, das erste Wort, der erste Buchstabe geschrieben wurde.

Am Morgen öffnet Uri die Augen, über seinen Kopf gibt es ein Regal, ach ja, das sind diese Klappbetten, wir sind ja im Pädagogischen Institut. Auf der unteren Seite des Regals wurde viel gekritzelt, Namen, Zeichnungen. Direkt über seinem Kopf steht, umrahmt, eine Inschrift: "Zur ewigen Erinnerung: In diesem Zimmer wohnten...
Von draußen hört man ein sonderbares Summen, die Pumpe, die den Wasserbehälter auf dem Dach füllt, damit es genug Wasserdruck gibt. Der Institutshügel ist höher als der Wasserturm im Kibbuz. Gut, dass du dich schon gestern mit dem Wasserbehälter beschäftigt hast, sonst hättest du nicht gewusst, was dieses Summen ist.
Was, eine Woche ist schon verstrichen? Uri streckt sich. Es ist gut selbst aufzuwachen, ohne geweckt zu werden. Man kann sich dehnen und in Ruhe denken. Gegenüber schläft Ofra, neben ihr – Talma und in vierten Bett ein Neuer: Amos. Keine schlechten Nachbarn. Talma ist manchmal ein wenig hysterisch und kichert, sie kommt auch immer spät schlafen, aber man kann mit ihr zu Recht kommen. Ofra predigt gern Moral, und der Neue hat abstehende Ohren, aber das stört uns nicht. Uri

wirft einen Blick auf seine neue Armbanduhr, ein Geschenk seiner Eltern. Eine halbe Stunde bis zur Trompete. Er gähnt, nimmt sein Heftchen vom Regal und blättert.

Tagebuch, steht dort und darunter, mit etwas größeren Buchstaben als er gewohnt ist, Uri Felsen. Das Wort Gruppe hat er vergessen, jetzt wäre es unschön es hinzu zu fügen. Jeder weiß sowieso, Felsen bedeutet Gruppe Felsen. Wenn jemand denkt, das ist dein Familienname, soll er denken. Felsen ist ein schöner Name, Uri Felsen. Vielleicht wird er den Eltern vorschlagen, sie sollen sich auch so nennen. Chanan und Ester Felsen.

Der erste Tag. Ich habe einen Rundgang gemacht, um mir die allgemeine Lage anzusehen. Kurz gefasst, sie ist gar nicht schlecht. Der Ort ist praktisch, die Erde ist nicht so gut für Getreide, es gibt auch ein arabisches Dorf, Abu-Shusha, das habe ich noch nicht aufgesucht.

Das Institut. Das Hauptgebäude Ist genau 80 Meter lang, also ziemlich lang. Hat zwei Flügel, verbunden durch das Treppenhaus, das bedeutet, jeder Flügel ist etwas weniger als 40 Meter lang. Das ist ziemlich lang, hat Platz für... Ich habe sie nicht gezählt, aber sagen wir acht oder neun Zimmer, weil es auch Toiletten gibt. Wenn jede Gruppe 32 Kinder zählen würde, hätte jedes Stockwerk Platz für eine Gruppe. Aber weil die Gruppen ungefähr 20 umfassen, kann es eineinhalb Gruppen beherbergen. Gruppe Vorstürmer ist geteilt, die Hälfte neben uns, die andere Hälfte im anderen Flügel. Morgen werde ich die Zimmer zählen. Ah, es gibt noch einen Klassenraum, der nimmt den Platz von wenigstens 2 Zimmern ein. Jetzt geht die Rechnung auf: 5 Zimmer sind unsere Felsenzimmer, 2 gehören den Vorstürmern. Sie nennen das ihr Exil. Wir, die Felsen, sind im zweiten Stock. Auf dem Dach des anderen

Flügels, gibt es eine Terrasse. Das hört sich verwirrend an, wenn man es hört, aber ist es nicht, wenn man es sieht. In so einem großen Gebäude gibt es viel Lauferei und Lärm. Alles in Allem ist das nicht schlecht. Die Farm: Da arbeiten nur Kinder und ein Erwachsener, der sie anleitet. Man nennt ihn Adasch und sagt über ihn, er würde leise schreien. Die Farm ist wie in ein minimierter Kibbuz, allerdings ohne Kuhstall, weil man Kühe auch in der Nacht melken muss. Ich hab beschlossen, auf dem Feld zu arbeiten. Gadi sagt, ich hätte keine Chance, die Warteliste sei lang. Dann habe ich gedacht, die haben keinen Traktor, da lohnt es sich nicht, also habe ich Gadi gesagt, ich verzichte.

Die Tagesordnung: Um 6.30 Morgengymnastik. Dann 2 Stunden Unterricht, danach wird gefrühstückt. Auf der Farm arbeiten wir nachmittags eineinhalb Stunden lang, die Älteren – 3 Stunden. Jeden Abend gibt es ein Programm: eine Aktivität mit dem Gruppenführer, eine Gruppenbesprechung mit dem Erzieher oder einen Arbeitskreis. Ich gehe nicht in den Chor, obwohl dort Jungen fehlen.

Die Lehrer: Israel ist bebrillt, rötliche Haare, sein Gesicht ist auch rot und er raucht viel, außer während des Unterrichts, da darf er nicht. Er ist Lehrer für Naturwissenschaften und der Erzieher unserer Gruppe. Baruch ist genau das Gegenteil: klein, mit einem Kranz brauner Haare rund um eine kleine Glatze. Er unterrichtet alle geisteswissenschaftlichen Fächer, wie Literatur, Geschichte, Bibel, Sprache usw., auch in der Gruppe Tamariske, so wie Israel auch die Gruppe Föhre unterrichtet. Jeder Lehrer hat also zwei Gruppen, außer Einigen, die alle Gruppen unterrichten: Gesang, Zeichnen und Turnen. Ah, und Englisch und Arabisch auch. Als ich versuchte, die Lehrer zu zählen, habe ich mich immer geirrt, es ist aber

nicht wichtig. Es gibt Frauen, die man kaum sieht und hört, sie sind dafür zuständig, darauf zu achten, dass wir alles in Ordnung und sauber halten. Den größten Teil der Arbeit machen wir, in Schichten, sie passen nur auf. Mein Schreibplan fürs nächste Mal, wenn ich früh aufwache: Das Lernen. Allgemeine Zusammenfassung: Alles in allem, nicht schlecht. Schade nur, dass wir eine junge Gruppe sind. Nicht die jüngste, unter uns gibt's noch Schwalbe und Vorstürmer. Aber wir gehören zu ihnen, zu den jungen. Gadi sagt, das ändert sich mit der Zeit. Da hat er allerdings recht. Aber das dauert noch mehr als ein Jahr, also zählt das momentan nicht im Geringsten.
Uri hat das Durchlesen seines Tagebuchs abgeschlossen. Er streckt sich, dreht sich zur Wand, schließt noch ein wenig die Augen. Noch ein bisschen, ein klein wenig, bis... bevor...

Im Nachbarzimmer öffnet Ruti die Augen, das Regal über ihr erinnert sie sofort, dass sie nun... Ah, wie gut, dass sie nun... Im Bett gegenüber schläft Gadi noch und neben ihm dieser neue Junge, sommersprossig und frech, Usi.
Auf der Unterseite des Regals, stehen viele Namen und Zeichen, ein Herz, was denn sonst, und drinnen steht: Zur ewigen Erinnerung, in diesem Zimmer haben zusammen...
Wunderbar!
Gelegentlich wird sie dort auch ein Herz malen, ein größeres. Mit allen vier Namen, Ruti zuerst, dann holt sie das Heft-Büchlein hervor und liest nach, was sie gestern geschrieben hat:
Tagebuch, steht auf der ersten Seite, und darunter: Total privat! Wer dieses Heft findet und wagt, drin zu lesen, ist ein gemeiner Schuft, das soll er wissen!

Ruti lächelt. Sie stellt sich das Gesicht des armen Schufts vor. Sie ist zufrieden mit dem, was sie geschrieben hat. Sie wendet die Seite um.

Das Institut! Endlich das Institut! Es beginnt ein neues Kapitel in meinem Leben! Total und ganz!, Ich bin sicher, das wird wunderbar! Es gibt viel mehr Jungs, welches Glück, das wird ein sprühendes Gesellschaftsleben. Es kann sein, dass die Lehrer nicht so denken, was ist schon dabei, sollen sie denken was sie wollen. Schon am ersten Abend gab es eine Feier, die mehr wie eine Party war. Hier ist also alles anders. Alle haben sich im Speisesaal versammelt, man hat gesungen, vorgelesen und erzählt und am Ende wurde getanzt. Und was für Tänze! Kein Vergleich mit denen bei uns. Die Jungen hatten keine Ahnung, wie man richtig tanzt, die waren kindisch. Aber hier gibt es Jungs aus den älteren Gruppen, Lilie, die dieses Jahr das Institut beendet, Föhre, die noch zwei Jahre hier bleibt, und die Hauptsache: Gruppe Flamme, mit der wir noch drei Jahre hier sein werden. Die werden mit Recht 'Flamme' genannt, da gibt's zwei, drei Jungs, die tanzen, wie Feuer und Flamme. Sie tragen ihre Nasen ganz hoch, solche Angeber, jetzt werden sie unsere Jugendrepublik leiten. Sie fordern uns noch nicht so oft zum Tanzen auf, die nehmen die älteren Mädels aus ihrer Gruppe, wie ungerecht, die tanzen auch nicht besser. Wenn sie es einmal mit uns versuchen, werden sie schon sehen... Mich beachtet man schon, besonders Z. Ich fürchte, dass jemand dieses Tagebuch lesen könnte, deswegen betone ich, dass er ein jämmerlicher Schuft und erbärmlicher Schurke ist, wenn er das macht, ich nenne keine Namen, ich möchte nicht, dass Z. das lesen könnte, was würde er über mich denken?!. Man sagt, er könnte unser Gruppenführer werden. Hoffentlich! Er ist ein super Typ! Und was ich am besten finde, dass es jeden Freitag

so eine Feier gibt, mit Tanz und sprühendem Gesellschaftsleben und nun beende ich die erste Seite in meinem Tagebuch. Ich finde das Leben wunderbar. Ich grüße mein Tagebuch mit unserem Jungwächter-Gruß: "Sei stark und fest!"
Auch Jaela wacht auf, hört die Vögel zwitschern und sieht das Licht vom Fenster. Sie hebt den Kopf, im Bett gegenüber, da ist Ruti schon... Sie flüstert, um Gadi und Usi nicht aufzuwecken: "Ach, guten Morgen, Ruti, wie hast du geschlafen? Was hast du da, dein Tagebuch? Oi, wo ist meines?"
Und sie fischt das Heft vom Regal herunter. Auf der ersten Seite stehen in kleiner, schräger Handschrift vier Zeilen:

> Ich liebe die leicht beflügelten Winde,
> Ich liebe so Sonne und Licht
> Und ein helles Lied auf freudigen Lippen,
> Doch ich hab schon vergessen das Lied.

Jaela wendet die Seite. Ein neues Kapitel in meinem Leben beginnt, ich habe beschlossen, mich zu verändern. Ich werde mich nicht mehr mit Herzunsicherheiten und Seelenstochern abgeben, immer Aktiv in der Gruppe mitmachen, viel an andere denken, und so wenig wie möglich an mich selbst, am besten überhaupt nicht. Immer allen helfen. Wenn jemand traurig ist, ihn trösten, mein Leben den Anderen widmen.
Wir sind den ganzen Tag beschäftigt, es gibt keine Zeit zum Grübeln, da vergisst man seine Traurigkeit.
Als alle Hora tanzten, alle sangen und im Kreis wirbelten, da mischte ich mich in den Kreis. Obwohl ich beschlossen hatte, nie wieder zu tanzen, fühlte ich, wie ich in einen Strom eintauchte, in ihm unterging. Wie in einer mit Menschen überfüllten Straße, da fühlst du, wie sie dich mit sich reißen, wie du in der Menge verloren gehst. Ob es mir gelingen wird, mich

vom Strom des Lebens mitreißen zu lassen, lernen, arbeiten, in der Gruppe, im Jugendleben, bis ich vergesse... vergesse...

Wer weiß, was auf der letzten Seite meines Tagebuchs stehen wird?

Was würde in Usis Tagebuch stehen? Er denkt darüber nach, als er noch ganz verschlafen bemerkt, wie Jaela in ihrem liest. Wenn er weiter still liegen bleibt, mit halb geschlossenen Augen, kann er vielleicht zuschauen, wie sie sich anzieht. Wenn sich die Gelegenheit bietet, wirst du mal in ihr Tagebuch schauen, um zu sehen, ob sie Argwohn geschöpft hat. In deinem Tagebuch wirst du nichts darüber schreiben, überhaupt, es ist nicht gut, etwas Aufrichtiges zu schreiben, man wird in den Tagebüchern herumschnüffeln. Besser man schreibt, was sein sollte, sie sollen sehen, dass du denkst. Wir vertrauen unseren Genossen – so sagen sie – und glauben wohl selbst daran, es gibt kein Schloss und keine Schlüssel. Warum? Sie sagen: aus Prinzip! Das Vertrauen. Wer Vertrauen hat, braucht kein Schloss und keinen Schlüssel. Und wenn jemand trotzdem etwas verschließen möchte. Nein, da sind sie dagegen. Es ist verblüffend, wie konservativ sie sind. Sollte ich einen Code benutzen, sagen wir, einen Teil von mir nenne ich zukerjolist, zukünftiger Journalist, oder zupoper, zukünftige politische Persönlichkeit, und wamäbet, was Mädel betrifft. Aber auf Codes soll man sich besser nicht verlassen, also müssen die Gedanken versteckt werden. Meinen zukünftigen Nachnamen, werde ich erst beschließen, wenn mein erster Artikel in ihrer Zeitung veröffentlicht wird. Usi Macht, Usi Kraft, Usi Gipfel. Das passt zu dem Namen, den meine Eltern mir gegeben haben[4], ich hab sie nie gefragt, ob sie wollten, dass ich stark und tapfer

---

[4] Usi kommt von Os, Stärke, Tapferkeit.

werde, aber ich werde es sein. Gestern las Rafi ein Buch, ich schaute ihm über die Schulter, es war ein Gedicht drin. Es hieß "Im Rachen des Löwen". Als er bemerkte, dass ich ins Buch gucke, klappte er es rasch zu. Auf dem Buchrücken stand "Orinovski. Die hebräische Lyrik". Er hat wahrscheinlich erraten, wie ich über Gedichte denke. Der Löwe hätte zu mir gepasst, nicht in der Menagerie, aber im Dschungel der Politik.

Was mich frappiert, sie haben keinen Sinn für politische Struktur. Als ich Uri fragte, wie viele Kibbuzim es gibt, wusste er es nicht, nicht einmal in der jungen Wächter Bewegung. Ich fragte ihn, woher der Name kommt und wie Ihre Führer Ya'ari und Chasan gewählt wurden, sicher wie Marx und Engels und Moses und Ahron, die bekanntlich nie gewählt wurden, wie gewöhnlich die historischen Persönlichkeiten.

Wer hat den Namen das Pädagogische Institut oder die Kinderrepublik gewählt? Niemand weiß es. Ofra hat mich groß angeschaut und gefragt, wie denn sonst? Ich sagte, wir sind keine Kinder, wir sind vierzehn Jahre alt und hier die jüngsten. Darauf antwortet Ofra, als man das Institut gegründet hat, gab es nur kleine Kinder, und seit dem blieb der Name. Nun, dann sollte man ihn jetzt verändern, sagen wir in 'Jugendrepublik', da antworteten sie mir nicht.

Es gibt acht bis zehn Gruppen, manchmal zwei, drei parallel, je nachdem, ob vor 14 oder 18 Jahren viele oder wenige Kinder in den Kibbuzim ihrer Bewegung geboren wurden. So Wie bei Bäumen in jedem Jahr ein breiter oder schmaler Ring wächst. Für die Gruppen, für die sie nicht genug Kinder haben, nehmen sie Stadtkinder auf, solche, bei denen die Eltern geschieden sind, wie meine, oder bei denen man sie aus einem andern Grund nicht zu Hause haben wollte, wie bei Amos. Die jüngste von den älteren Gruppen nennt man die drittälteste Gruppe, ein

hässlicher und plumper Name, dieses Jahr ist es Gruppe Flamme, von ihnen werden die Gruppenführer gewählt, sie leiten die Komitees, die Zeitung, die Farmbranchen, das Gemeinschafts-Sekretariat und die Jungwächter-Nest-Führung. Ich sagte zu Uri und Ofra: So war es in der feudalen Gesellschaft: der säkulare Adel und die Kirche, so gibt es bei euch die säkulare Leitung, die vom Gemeinschafts-Sekretariat geführt wird und alles bestimmt, was zur Kindergemeinschaft gehört, und die heilige, die Jungwächternest-Führung. Was, wenn es mal einen Streit geben sollte, in dem sich die beiden widersprechen, wer hat das letzte Wort? Darüber sind sie nicht bereit zu denken und werden wütend auf mich.
Wo war ich? Ah ja, bei Gruppe Flamme. Über ihr steht Gruppe Föhre, sie wirken noch weiter in allen Ämtern, und über ihnen die älteste Gruppe, die jetzt alle Ämter an Föhre und Flamme abgibt, sie bereiten ihre Abschlussfeier vor und werden sich in verschiedene Kibbuzim verstreuen. Nebenbei, auch "der Kibbuz" hat eine heilige und eine säkulare Bedeutung: Wenn sie sagen, "der gerechteste Lebensweg ist der Kibbuz", meinen sie alle Kibbuzim, aber wenn sie sagen: "Heute Abend gibt's einen Film unten, im Kibbuz", meinen sie den Kibbuz der neben dem Institut liegt. Wem gehört das Institut? Gehört es allen Kibbuzim der Bewegung, nur dem Nachbarkibbuz oder den Kibbuzim, die ihre Kinder herschicken? Wer beschließt die Prinzipien, alle Mitglieder, auch die, die keine Lehrer sind, der Verwalter der Kinderfarm, die Pflegerinnen, Köchinnen…? Alle waren verblüfft als ich fragte, es kümmert sie nicht. Sie behaupten, alle können mit beschließen. Poli, der Erzieher von Möwe, die in unserem Alter ist, hat in einer Gemeinschaftsversammlung gesagt, die Versammlung könne alles beschließen, außer GSG, Geld, Sicherheit, Gesundheit.

Das hört sich schön an, aber es steht nirgendwo geschrieben, weil sie keine Verfassung haben.

Man berät sich nicht mit uns über den Lehrplan. Es gibt eine unsichtbare Benotung, ohne Noten: Man weiß, wer ein guter Schüler ist, wer gut arbeitet, wer zum Gesellschaftsleben etwas beiträgt, eine Leiter, auf der es leicht ist aufzusteigen.

Ich werde einen Artikel für ihre Zeitung schreiben, etwas Informatives, Politik, Gesellschaftsprobleme, gemäßigt, ich werde nie schreiben: "ich denke" sondern immer "wir denken", Sie hören gerne Gedanken, die als allgemein angenommen werden, aber man soll sie auf neue Weise ausdrücken. Wer nach diesen Regeln spielt, wird für verschiedene Ämter vorgeschlagen. Am Schwersten ist es Vorstand des Kulturkomitees zu sein und jede Woche eine Feier vorbereiten. Am Angesehensten ist es, Gruppenführer zu sein, aber das nimmt die ganze freie Zeit in Anspruch.

Ich werde mit dem Schreiben beginnen, und erst im vorletzten Jahr werde ich mich bereit erklären, Gruppenführer oder Vorsitzender des Versammlungs-Sekretariats zu sein, um ein Sprungbrett in die Zentralführung der Jugendbewegung in Tel-Aviv zu bekommen.

Dank der Artikel wird man mir so ein Amt vorschlagen, ich werde es zum Schein ablehnen, erst später werde ich mich dem Willen der Mehrheit beugen. So sagen sie nämlich wenn jemand ein Amt bekleiden will. Wer sich selbst für ein Amt vorschlägt, wird misstrauisch beäugt und nicht gewählt, da muss man manipulieren. Außerdem gibt's noch einiges andere zu bedenken, aber wie wir auf arabisch gelernt haben, *kul schi biwaktu mlich*, alles zu seiner Zeit.

Jossi liegt auf dem Rücken, seine Hände ruhen lose an seinen

Seiten, sein Kopf ist ein wenig zur Seite geneigt, er lächelt im Schlaf. In seinem Tagebuch, ohne Einführungen, steht: das institut ist toll unser kibbuz ist besser als alle anderen kibbuzim zusammen aber was einige sachen anbelangt reicht er dem institut nicht an die knöchel es gibt fast keine pflegerinnen eine ist da die man nicht sieht morgens steht man allein auf mit dem trompetensignal niemand schaut, ob du das bett machst wenn du es nicht machst kannst du es nicht zuklappen aber niemand passt auf, ob du dich wäschst und zähne putzt nach der arbeit im duschraum wartet man am besten bis die mädels alle weg sind dann seift man den boden ein und gießt wasser darauf bis er schäumt dann schlittert man dass es nur pfff macht das macht noch mehr schaum man schlittert die ganze länge wunderbar und der sportplatz ist ein wahrer sportplatz mit allem was dazu gehört schwedische leitern ein sprungloch mit anlaufbahn und hochsprungstangen schade dass das schwimmbad leer ist und erst im nächsten sommer wieder gefüllt wird macht nichts bis dahin seifen wir jeden tag den fussboden im duschraum ein und schlittern schräg drüber

Und Amos? Er ist neu. Niemand kennt ihn und könnte erraten, was in seinem Tagebuch steht:

Habe heute wieder lange in den Spiegel geschaut. Manchmal scheint es mir, das Graue in meinem rechten Auge wird ein wenig mehr braun und nähert sich der Farbe des linken Auges an. Aber es könnte umgekehrt sein, es wird mehr grau.

Was sagt das über meinen Charakter? Bis jetzt hat man es hier nicht bemerkt, nur meine abstehenden Ohren. Der andere Neue, Usi, nennt mich Segler. Wenn ich an ihm vorbei gehe, summt er "ein Fischerboot segelt..."

Das kümmert mich nicht, ich werde mich schon bei Gelegenheit an ihm rächen. Ich lasse mir die Haare wachsen, dann verdecken sie die Ohren.. Später kann ich mich operieren lassen, dass sie ganz anliegen.

Auch über die Bartstoppeln hat man gespöttelt und gefragt, wie oft ich mich rasiere. Ich hab geantwortet, einmal alle zwei Wochen, obwohl ich mich erst zweimal rasiert habe.

Niemand hat bemerkt, dass ich erst spät abends dusche, in Badehose oder Unterhose. Wenn ich erwachsen sein werde, werde ich arbeiten, sparen und wenn ich bis dahin kein Mädel finde, trete ich zum Islam über und kaufe mir eines oder sogar zwei.

In den "Griechischen Märchen" steht, dass gerade der hässliche und hinkende Schmiedegott Hephaistos die schöne – allerschönste - Aphrodite bekam, die sogar Apollo nie die Seine nennen konnte... So was wünsche ich mir!

Wer mich immer foppt ist Usi, und ich werde Rafi foppen! Die Mädels werde ich ignorieren. Ich meine als ob.

Rafi liegt zusammengeknäult unter der Decke, sein Gesicht im Kissen vergraben.

Es gibt so viele Sachen die ich noch nicht verstehe. 'Sachen' ist nicht das richtige Wort und verstehe auch nicht. Alles ist neu und ich bin traurig. Gadi hat neue Freunde gefunden die wie er zeichnen, zusammen bereiten sie den Wandschmuck und Karikaturen für die nächste Feier vor.

In diesem großen Gebäude, in den überfüllten Tagen hatte ich keine Gelegenheit mit ihm zu sprechen. Er würde mich sowieso nicht verstehen. Als er mich dabei überraschte, wie ich eines meiner Gedichte schrieb, spottete er. Eine seltsame Entfremdung, vielleicht ist sie auch der Grund, warum meine Freundschaft mit Ruti zu Ende ging. Das neue Leben zieht sie an, ich versuchte mit ihr ins Gespräch zu kommen, erfolglos, ich

habe das Gefühl, jede Zeit ist unpassend oder ich stehe ihr im Weg oder sie hat gerade etwas Wichtiges zu erledigen. Noch im Sommer haben wir uns als gute Freunde verabschiedet, im Institut trafen wir einander wieder, wie Fremde. Ich konnte mit ihr nicht über uns sprechen, wir waren keine Minute allein. Vielleicht wollte sie nicht, dass es so eine Minute gibt?
Auf der Feier haben alle getanzt, ich war unsicher, ob auch ich mittanzen soll, dabei wollte ich nur eines: neben einem Freund oder einer Freundin gehen und miteinander sprechen oder laut denken. Es ist so einsam. Ach, wenn ich doch wie Uri wäre – praktisch und direkt, ohne Unsicherheiten, kurz – Uri. Oder wie Gadi: lustig, Spaß machen, mit jedem ein Gespräch beginnen, schön zeichnen, singen und pfeifen – er kann auf vier Fingern pfeifen oder auf zwei, sogar nur auf einem, überall findet er gleich Freunde, er packt das Leben an.
Sogar Jossi gefällt mir, mit seiner Einfachheit. Er spielt gern, wenn ihm etwas nicht gelingt, hat er Tränen in den Augen, die Welt hat ihn beleidigt und er ist gekränkt, aber schon nach einer Minute hat er wieder Frieden mit der Welt geschlossen, die Kränkung und die Tränen hat er vergessen und lacht wieder. Alle gehen ihren Weg, der ihnen vorgezeichnet scheint, wie auf einer Karte. Vielleicht haben sie ihn selbst vorgezeichnet oder eine unsichtbare Hand. Und ich? Wenn ich nur irgendwohin laufen könnte, um Geschichten zu hören oder zu weinen wie Jossi, ja, zu weinen ohne sich zu schämen. Wenn ich einen guten Freund hätte, einen, dem ich vertrauen kann, von dem ich weiß, was immer mir geschieht, was immer ich tue, sogar das Beschämenste, bei ihm fände ich Verständnis.
Gibt es so einen Freund? Vielleicht geschieht das nur einmal im Leben? Aber sie ist so weit weg! Sag mir, Mama, hättest du mich verstanden, wo ich mich so oft selbst nicht verstehe?

Und in Talmas Tagebuch?
Gestern in den Wald ging ich, unbekannte Wege beging ich, die Bäume mit Tränen benetzte ich. Das ich schön sei, hat mir jemand geschrieben, Manche auch gesagt... Warum, warum? Ach, schade, schade, dass ich so schön bin und nie wissen werde, ob sie nur wegen meiner Schönheit was mit mir zu tun haben wollen, wenn sie mich zum Tanzen auffordern oder mich nur anglotzen.
Jaela hat gesagt, ach, wenn ich nur so schlank wie du wäre und so lange Wimpern hätte!
Der Bursche, der mich zum Polka-Tanz aufforderte, legte seine Hände auf meine Hüften, über meine Augen sagte er, sie seien nachdenklich. Als wir uns drehten, hat er mich abgetastet, ich sollte ihn ohrfeigen, ich habe mich über ihn erkundigt, er ist aus Lilie, man sagt, ah, der-da, bleib nicht neben ihm stehen, wenn plötzlich der Strom ausgeht!

Gadi liegt auf der Seite und öffnet ein wenig die Augen. Es ist hell draußen, man hört Schritte. Bald wird er aufstehen müssen. Er brummt, wickelt sich fester in die Decke, um die volle Süße der letzten Bett-Minuten auszukosten. In seinem Tagebuch stehen nur wenige, rasch hingeworfene Zeilen:
Das Erziehungskomitee hat uns Hefte geschenkt, Jossef hat erzählt, auch er, als er in meinem Alter war... Ach was, bei mir kommt nichts dabei raus. Ich hab keine Geduld dafür, auch keine Lust Geduld zu bekommen, schreiben geht zu langsam.
Die Gedanken warten nicht, bis man sie aufgeschrieben hat, die laufen davon. Das Institut ist toll, mein Bein ist Scheiße, tut wieder weh. Also zeichnen, lernen, schauen, dass sich in der Gruppe was abspielt, sich nicht ums Bein kümmern. Und viel lachen. Lachen ist das Beste.

Gadi zieht sich die Decke über den Kopf, als draußen die Trompete erschallt. Soll sie ruhig weiter trompeten!

Bei Abu-Selim

Ein trauriger und ernüchternder Herbsttag, ein kühler Wind und Wolkenhaufen erinnern an das Ende des Sommers. Die Vier sind auf dem Weg durch den Wald, dem Bach entlang.
Am Wasserfall überqueren sie den Bach und klettern den Abhang zur heiligen Eiche von Abu-Shusha hoch.
Hier, an der Grenze des Waldes, ist die Müllhalde des Kibbuz.
Die Jungen bemerken dort einige dunkle, gebückte Gestalten.
"Arabuschis aus Abu-Shusha, die herumstochern", erklärt Uri.
"Was können die da schon finden?" spöttelt Usi.
"Für die hat jedes Stück Eisen oder Blech Wert, jemand kann irrtümlich eine Gabel oder ein Messer weg geworfen haben."
Die Jungen kommen hinter den Bäumen hervor, da erheben sich die Gestalten und fliehen hinter den Zaun.
"Das sind ja Kinder", sagt Usi. Zwei sind noch klein, der dritte scheint in ihrem Alter zu sein. "Klar. Die Erwachsenen geben sich nicht mit Kleinigkeit ab. Wenn schon stehlen, dann Heu vom Feld oder Obst von den Bäumen".
"Stehlen sie denn viel? ", fragt Usi.
"Warum nicht?", erklärt Gadi. "Es gibt doch keinen logischen Grund, warum sie nicht stehlen sollen. Jedes Volk hat seine Diebe, warum sollen gerade die Araber die Gerechten sein? Klauen wir denn nicht, wenn wir auf Ausflügen sind, und uns etwas aus jedem Garten pflücken, an dem wir vorbei kommen?"
"Ja, aber kein Heu vom Feld."

"Weil wir keine Esel sind, die Heu fressen."
"Ist ihnen das Herumstochern im Müll verboten?"
"Klar, wozu, glaubst du, hat man hier den Stacheldrahtzaun errichtet? Jetzt stochern sie im Müll, in der Nacht sammeln sie Zweige oder fällen Bäume, wenn es wieder Unruhen gibt, werden sie den Wald anzuzünden, wie sechsunddreißig."
"Dann war's gut, dass wir sie verscheucht haben."
"Neunmal Kluger, glaubst du, du hast sie erschreckt? Wenn wir weg sind, kommen sie zurück. Sie haben da ein Loch im Zaun."
Der Müllhaufen ist von Disteln umgeben, mit dem Wind weht ihnen scharfer Geruch entgegen.
"Typischer Müllhaufengeruch", murmelt Uri für sich.
Im Müllhaufen liegt das Gerippe einer Kuh, ein Haufen Konservendosen, faule Orangenschalen, verbranntes Papier, Blech, entwurzelte Bäume, sogar – überraschend – auch ein verrosteter Nachttopf.
"Wenn es nicht so stinken würde, würde ich das Gerippe mit dem Nachttopf zeichnen", sagt Gadi. "Dann hätten alle gesagt, es sei symbolisch und hätten der Zeichnung eine Menge Bedeutungen gegeben."
Die arabischen Kinder verschwinden hinter einem Jujube-Strauch, der säuerlich-mehlige kleine Beeren trägt.
Dort, halb versteckt, ist im Zaun ein breites Loch, durch das man gebückt leicht durchkommt.
"Schaut, wie sie die Drähte durchschnitten und schön beiseite gebogen haben", sagt Uri anerkennend. "Und das an einer geschickt getarnten Stelle. Der Pfad ist ganz ausgetreten, da scheinen viele sich gewöhnt haben, durch das Loch zu kriechen."
Sie entfernen sich vom Müll und setzen sich auf weiche, stachlige Föhrennadeln am Waldrand.

Gadi öffnet seinen Rucksack und nimmt seine Zeichenutensilien heraus: Ein gerolltes Blatt Papier, ein kleines Brett, Reißzwecken, eine Wasserflasche, eine kleine Schüssel, einen Pinsel, einen Wasserfarbkasten. Usi schaut ihm zu, wie einem Zauberer, der Tauben aus dem Hut zieht, aber er schweigt.

"Wenn ihr es mir nicht Übel nehmt, werfe ich schnell eine Skizze von dem Skelett mit dem Nachttopf auf ein Blatt Papier."

Die Freunde verfolgen neugierig die ersten Striche der Skizze.

Wir sitzen und plaudern, denkt Rafi, unser Gespräch verläuft gemächlich, verliert sich in einem Wald von Gedanken und findet wieder zurück. Von Zeit zu Zeit macht auch Gadi eine Bemerkung oder saugt an seinem Pinsel, bevor er eine andere Farbe nimmt.

"Die haben ein ziemlich schweres Leben, diese Kinder", sagt Rafi. Niemand bestreitet das, es herrscht Schweigen.

Plötzlich macht Usi eine sprungartige Bewegung, als ob ihn etwas gestochen hätte, packt Uri an der Hand und ruft aus:

"Jungs, ich schwör euch, ich hab einen Einfall!"

"Sch… still", beruhigt ihn Gadi, "wir glauben dir auch ohne Schwur, du kannst ruhig alle möglichen Sachen haben, sogar einen Einfall."

"Hört mal, Jungs, wir können ganz leicht einen fangen."

"Einen – was für einen?"

"Einen Arabuschi, ich meine den großen."

"Fangen? Wie denn?"

"Schaut euch um", begeistert sich Usi, "zuerst scheint's, man kann zu jeder Seite weglaufen. Aber eigentlich gibt's nur einen Fluchtweg, die Lücke hinterm Strauch. Da genügt es, sich von der Seite heranzuschleichen, den Strauch zu erreichen, und schon ist der Rückzugsweg abgeschnitten."

"Nicht schlecht", sagt Uri, anerkennend.

"So habe ich Grillen gefangen", prahlt Usi. "Ich hab ihre Löcher entdeckt, hab still hinter dem Loch gewartet, bis sie wieder raus gekommen sind, um zu zirpen, dann hab ich ihnen den Rückweg abgeschnitten, das hat sie verwirrt".
Er erwartet die Zustimmung seiner Freunde.
"Und was, wenn du den Jungen gefangen hast?" fragt Rafi.
"Das hängt davon ab, was wir mit ihm machen wollen."
"Ja, das hängt davon ab."
"Man kann ihm eine Lektion erteilen, dass er nicht wieder zum Müllhaufen kommt." Usi fühlt sich unbequem.
"Eigentlich, warum kommen nur arabische Kinder, um im Müll zu stochern, und niemand von unserem Institut?", fragt Rafi.
Usi schaut ihn entgeistert an.
"Weil die Kinder vom Institut… Was fragst du für Unsinn? Das ist doch klar, keiner von uns… In so einem Dreck…"
"Na und die Araber?" lässt Rafi nicht locker.
"Was weiß ich? Es macht ihnen einfach Spaß."
"In Europa haben sich die Juden mit Handel beschäftigt, es gab fast keine Bauern oder Metallarbeiter. Da hat man auch gefragt, warum das so ist. Und weißt du was man gesagt hat?"
"Nein, was denn?"
"Dass sie Juden sind und dass das ihr mieser Charakter ist."
"Was willst du von mir?", wird Usi wütend, "Glaubst du, es freut mich, wenn man ein arabisches Kind verprügelt? Ich bin ein Neuling, ich war vorher nicht in einem Kibbuz, wie ihr. Alles was ich wollte, war, euch einen Vorschlag machen, wie ihr besser auf euren Müllhaufen aufpassen könnt. Und wenn dir das nicht gefällt, halt ihnen einen Vortrag über Völkerverbrüderung."
"Das sollte man wirklich tun", sagt Rafi ernst. "Aber man kann nicht mit ihnen sprechen, sie rennen weg, wenn man sich nähert."

"Dann fangen wir einen und du kannst ihm dann in Ruhe einen Vortrag halten."
Er wollte nur spotten, entdeckt aber in Uris und Gadis Augen einen Funken von Zweifel, die Chance seinen Plan zu verwirklichen ist also noch nicht verloren: "Kommt, wir versuchen es! Dann sehen wir schon, was wir mit ihm machen. Ich schleiche mich zu dem Strauch dort und verstecke mich. Ihr schaut, ob man mich sieht. Dann geht ihr demonstrativ weg, schleicht aber in den Wald zurück, hinter die Disteln. Wenn sie dann zurückkommen und wieder stochern, komme ich zum Vorschein und versperre die Lücke."
"Von mir bekommt ihr jede moralische Unterstützung", erklärt Gadi. "Aber zum Laufen habe ich keine Lust. Also, wenn ihr plant, plötzlich zu erschrecken und euch aus dem Staub zu machen, warnt mich bitte eine viertel Stunde vorher, damit ich Zeit habe hinkend das Weite zu suchen."
Usi ist schon hinter einem Busch verschwunden.
"Ich hätte ihn überreden sollen, selbst in den Jujube-Strauch zu kriechen", bereut Gadi, "das wäre dramatischer und dorniger."
"Eine energischer Kerl", lobt Uri.
"Ein guter Junge, der keine Nägel frisst und kein Petroleum pinkelt, nur ein wenig hitzig und rau. Besser als eine Schlafmütze. Mit der Zeit kühlen und schleifen wir ihn."
Uri und Rafi rufen Usi zu, dass seine Tarnung perfekt ist. Sie entfernen sich auf dem leicht sichtbarem Weg und schleichen gebückt zurück, von einer Distelwand gedeckt.
"Hör mal", flüstert Rafi Gadi zu, "Was wir da tun, das kann zu allen möglichen Verwicklungen führen."
"Sorg dich nicht, Kind", beruhigt Gadi, "was kann da schief gehen? Dass sie weglaufen? Dass sie weinen? Was sonst?"
Als Rafi sich anschickt, zu antworten, deutet Uri mit einer

Kopfbewegung auf den Müll. Die Kinder von Abu-Shusha sind zurück, zwei kleine Mädchen und ein Junge.

"Hoffentlich hat Usi genug Verstand, die Mädchen laufen zu lassen und nur den Jungen zu fangen", flüstert Gadi.

Die drei verfolgen mit ihren Blicken die arabischen Kinder. Unsere Herzen schlagen schnell, prägt sich Rafi ein, er will einmal darüber schreiben. Unsere Augen ziehen sich zusammen, die Muskeln spannen sich... Haben zu Urzeiten Jäger so den wilden Tieren aufgelauert? Der Junge trägt... Wie soll ich seine Kleidung beschreiben, soll ich nur erwähnen, dass er Lappen anhat? Er nähert sich uns, gleich wird er uns entdecken! Usi soll endlich hinter seinem Strauch hervorkommen!

Der arabische Junge bleibt plötzlich wie angewurzelt stehen. Er hat Gadi entdeckt. Gadi steht auf und pfeift auf vier Fingern. Die arabischen Kinder fliehen in Richtung Zaun. Da taucht Usi auf und läuft ihnen entgegen. Der Junge wendet sich um, springt über Hindernisse im Müllhaufen, versucht zur Zaunlücke zu gelangen, doch Usi schneidet ihm den Weg ab. Die kleinen Mädchen sind schon auf und davon, auf dem Weg zum Dorf, ohne sich nach ihrem Freund oder Bruder umzudrehen. Der Bruderfreund hat seine Richtung geändert, eilt in Sprüngen auf eine Seite zu, die er für einen Fluchtweg hält, aber dort lauern Rafi und Uri, lassen ihn näher kommen und verschließen ihm den Weg. Dem Jungen ist klar, er ist belagert, einer gegen vier, er hat keine Chance, bleibt stehen. Sie gehen langsam auf ihn zu und bleiben einige Schritte vor ihm stehen. Beide Seiten warten.

"Ich schlage vor, wir lassen ihn gehen", sagt Uri plötzlich. "Drehen wir uns um und gehen weg."

"Das würde alles verderben", sagt Gadi. "Ihr werdet schon

sehen, wie ich mit ihm zurechtkomme." Und er wendet sich an den Jungen und zeigt auf sich: "Gadi". Dann zeigt er auf ihn: "Achmed? Muchamed? Ibrahim? Abdalla?
Der Junge zeigt auf sich: "Suhil." Seine weißen Zähne blitzen.
"Ismak Suhil?" fragt Gadi, um jeden Zweifel zu beseitigen.
Der Junge nickt.
"*Jah Suhil, jah*[5] *chabibi*, du gehst mit uns." Und Gadi nimmt seine Hand. Der Junge rührt sich nicht.
"Hast du Angst?" – Gadi zittert. "Komm, sei ein Held!" Er streckt die Brust heraus. "Nicht so", – er zittert wieder, seine Knie schlottern, seine Zähne klappern, – "*hada musch kojes*, nicht so, so muss man... *Inta wa echna*, du und wir", wieder demonstriert er aufrechten Gang.
Alle lachen. Der Junge lächelt. "*Jalla*, vorwärts, *inta kasslan*", und Gadi übersetzt: "du bist ein Faulenzer."
"Warum ein Faulenzer?", wundert sich Uri.
"Das ist alles, was ich auf Arabisch kann."
Er erklärt dem Jungen: Wir werden dich nicht abschlachten (er demonstriert: nicht so!) Und dich nicht erschießen, nicht piffpaff und nicht hängen oder den Popo verhauen, wir werden dir etwas zu Essen geben. Dabei schält Gadi eine imaginäre Orange und isst ein imaginäres Brot in fast perfekter Pantomime. Alle lachen. Der Junge entscheidet mit ihnen zu gehen. Sie führen ihn – zwei links und zwei rechts – in den Hof des Instituts.
"Stellt euch vor, wir hätten gut arabisch gekonnt", denkt Rafi laut, "wie viel hätten wir ihm über unser Leben erklären können!"
"Eine gute Idee fürs nächste Mal", sagt Gadi. "Jetzt setzen wir

---

[5] "Jah" ist eine arabische Anredeform.

uns in eine ruhige Ecke und geben ihm was zu essen. Durch essen kann man sich befreunden. Besser, niemand bemerkt uns, sonst gibt es gleich einen Schlamassel."

"Und was willst du ihm zu essen geben, wenn er Hunger hat? Unser Speisesaal wird erst in zwei Stunden geöffnet", sagt Usi.

"Ich hab eine Orange im Zimmer."

"Ah, das ist wunderbar", freut sich Gadi. "Erstens, weil ich ungefähr weiß, wie man das auf Arabisch sagt, Burdekal, zweitens, weil wir dann etwas haben und er keine Angst hat, dass wir ihn vergiften wollen. Nach der Orange machen wir mit ihm einen Rundgang über unsere Farm und den Sportplatz und dann schicken wir ihn nach Hause."

"Ohne ihm das Geringste über die Prinzipien des sozialistischen Zionismus und der Völkerverbrüderung zu erklären? Was haben dann die Weisen vom Institut Weises erreicht?" – spottet Usi.

"Du, Usi, verbesserst dich von Tag zu Tag", – ruft Gadi. "Ich befolge deinen Rat, wenn du mir sagst, wie man 'sozialistischer Zionismus' auf Arabisch sagt. Bis dahin trösten wir uns mit dem Gedanken, dass wir vielleicht einen Freund gewonnen haben."

"Eine interessante Methode, Freunde zu finden."

Eine halbe Stunde lang führen sie Suhil auf der Farm herum und erklären ihm mit Händen und Füßen, hier ist der Speisesaal, dort ist der Platz, wo wir Turnen, da sind die Zimmer, in denen wir schlafen... Als sie wieder zum Speisesaal gelangen, sehen sie, dass Israel vor dem Büro steht und mit ein paar Arabern spricht.

Als einer von denen Suhil entdeckt, entsteht ein aufgeregter Dialog zwischen ihnen und dem Jungen.

"Was bedeutet das hier, Jungs?", fragt Israel, mit der Zigarette

in seinem Mundwinkel. "Schaut mal, was sich dort tut!" Er deutet auf die andere Seite des Wadis. Bei der heiligen Eiche hat sich eine Menschenmenge angesammelt, die Männer haben sich mit Keulen und Messern bewaffnet. Von der Ferne hört man ihre Stimmen wie zorniges Summen von Bienen.
"Sie behaupten, ihr hättet den Knaben gekidnappt und geschlagen, da hat sich sofort das ganze Dorf versammelt."
Die Vier schweigen verwirrt.
"Geschlagen?", fragt Gadi. "Sag, jah Suhil, wir – dich – geschlagen?". Er demonstriert es.
Suhil lacht und schüttelt verneinend den Kopf.
"Wir dir gegeben Orange? Du gegessen Orange?"
Der Knabe lächelt und nickt zustimmend.
Einer der Araber verständigt sich mit Israel in Englisch, dann nehmen sie den Jungen mit sich und gehen ins Dorf zurück.
Nach einigen Wochen, an einem Schabbat, beschließen sie, ihren neuen Freund aus Abu-Shusha zu besuchen.
"Ich nehme mein Arabisch-Heft mit", erklärt Usi und schiebt es unter seinen Sweater.
"Wenn er dich fragt, *kif chalak?*, wie geht es dir, kannst du antworten *stanna schwoj*, warte ein wenig, ziehst das Heft unter dem Sweater hervor und suchst die Antwort. Das wird auf alle einen ungemein intelligenten Eindruck machen."
"Und mit recht so. Unsere Schriftgelehrten sagen, wer sich schämt, kann nicht lernen. Ein Gespräch ist eine wunderbare Wiederholung des Lernstoffs. Und in den zehn Geboten unserer Bewegung steht, der junge Wächter soll immer lernen, oder?"
"Ja, Im achten: Er vervollständigt sich körperlich und geistig."
"Und für dich ist die Wiederholung besonders wichtig, nach dem arabischen Sprichwort: Die Wiederholung lehrt den Esel."

Auch die anderen drei nehmen ihre Hefte mit.
Sie kriechen durch die Lücke im Zaun, sie ist noch größer geworden, der Stacheldraht wurde fleißig zurück gebogen.
Sie gehen zum Dorf hinauf, am Friedhof, an der heiligen Eiche vorbei und passieren die halb verfallenen Bögen der Abu-Shusha-Ruine
"Hört mal", sagt Uri, "ihr wisst doch, dass die Araber sensibel in Sachen Höflichkeit sind, also benehmt euch anständig."
"Auch für arabische Bräuche bist du Spezialist?", stichelt Usi.
"Als mein Vater die Feldarbeit leitete, haben wir das Dorf Iksal besucht, es ging um eine Zusammenlegung von Feldern.", erklärt Uri. "Da habe ich das bemerkt."
"Und wie sollen wir uns benehmen?"
"Mit gekreuzten Beinen sitzen, ohne die Schuhsohle zu zeigen."
"Warum das?"
"Die Sohle zeigen ist beleidigend, es ist, als würde man einen Tritt andeuten."
"Und wenn er etwas sagt, das ich nicht verstehe?"
Uri lässt sich nicht verwirren: "Dann wiederholst du das letzte Wort und fügst vorher und dazu. Zum Beispiel, wenn er *Allah jubistak*, sagt, Gott gebe dir Zufriedenheit, antwortest du: *Wa jubistak*, das bedeutet auch dir. Das passt immer."
"Und wenn er mich verflucht?"
"Wenn jemand zu dir *jechrab beitak* sagt, dein Haus werde zerstört, antwortest du, *wa beitak*, auch deines."
"Und wenn ich ihn ganz besonders verfluchen will?"
"Dann sagst du: Furze auf den Schnurrbart dessen, der deine Mutter in ihrer ersten Nacht gefickt hat."
"Na, Usi, gibst du auf?", fragt Gadi.
"Nicht im Geringsten. Wir werden bald sehen, wie unser Zeremonienmeister zu recht kommt."

Auf dem Weg zum Dorf liegen Eselsäpfel. Es begegnen ihnen Frauen mit Krügen auf den Kopf, die aufrecht und gleichmäßig zur Quelle schreiten. Zwei junge Männer, die Esel vor sich hertreiben, werfen ihnen einen misstrauischen Blick zu. Aus der Ruine klingt eine heisere Hirtenflöte. Rafi schreibt es sich ins Gedächtnis: Vor dem Dorf. Die Frauen, die Krüge, die Flöte, die Esel. Eine immer größer werdende Gruppe von Kindern folgt ihnen schweigend und nur ein kleiner Barfüssler in zerrissenen Kleidern, bedrängt Rafi und schaut ihn mit großen, schönen Augen an: "*Jah Chawadscha, jah Chawadscha*, oh Herr, gib mir ein *Bakschisch*, eine Kleinigkeit! *A'atini Ssikara*, gib mir eine Zigarette, *jah Chawadscha!*". Die anderen Kinder schauen ihm abwartend zu. Raf ist verwirrt, er steckt die Hand in seine Hosentasche und kehrt sie nach außen, um zu zeigen, sie ist leer. Der Kleine kehrt in die Kindermenge zurück und alle gehen schweigend weiter.

Als sie die ersten Häuser des Dorfs erreichen, beginnt es zu regnen. Die Kinder zerstreuen sich.

Neben den Häusern stehen Esel, an kurze Pfähle gebunden, nass, sie lassen die Köpfe hängen. Alles wird registriert: die Kinder. *a'atini Ssikara*, der Regen. So wird er es beschreiben.

Der Regen wird stärker.

"Ich fühle mich wie die nassen Esel", erklärt Gadi.

"Warum habt ihr keine Regenschirme mitgenommen?"

Uri und Rafi lachen.

Im Kibbuz foppt man die neuen Pioniere indem man sie während der Arbeit im Gemüsegarten wegschickt, sich Regenschirme zu holen oder abends verkündet man, jetzt werden die Nachttöpfe verteilt.

Usi, der noch kein Verständnis fürs Kibbuzleben hat, versteht das Absurde nicht und fragt:

"Aber wirklich, warum gibt es bei euch weder Regenschirme noch Nachttöpfe? Das gehört doch zu einem beqemen Leben, oder?"
Ein gebeugter magerer Alter kommt auf sie zu.
"Wo wohnt Suhil", fragt Uri, "Suhil der in der *Kubbania* war?"
"Was bedeutet *Kubbania*?", fragt Usi neidisch.
"Sie meinen Kompanie. So nennen sie den Kibbuz."
Der Alte antwortet irgendetwas..
"Ich glaube, er lädt uns ein", vermutet Uri.
"Woher weißt du das? Hast du das verstanden?"
"Ein Wort, *Tfaddalu*, das ist eine Einladung."
Sie gehen mit dem Alten mit, er führt sie auf einem Seitenweg bergab, durch eine Allee von Feigenkakteen, bis zu einem Haus in einem Obstgarten. Ihnen gegenüber liegt der Abhang auf der anderen Seite des Wadis sehen. Komisch, das Gebäude ihres Instituts von dieser Seite zu betrachten.
"Schaut, welche Bewässerung sie da haben", sagt Uri und weist auf einen schmalen Bewässerungskanal, der den oberen Teil des Obstgartens durchquert und von dem sich kleine Rinnen zu den Bäumen abzweigen. "Sicher haben sie das Wasser irgendwo vom Bach abgeleitet und führen es hierher."
"Nicht schlecht, gar nicht schlecht", sagt Gadi. "Sie haben da eine reiche Auswahl: Feigen, Aprikosen, Granatäpfel, Maulbeeren, Äpfel, Mispeln… Die jüdisch-arabische Freundschaft erscheint da in einem annäherungswürdigen Licht!"
Der Alte schaut Gadi aufmerksam an und ruft dann laut:
"Ja-a-ah Abu-Selim!"
Auf der Schwelle des Hauses erscheint ein Mann, dessen Alter man schwer einschätzen kann. Sein Gesicht ist dunkel, mit tiefen Furchen. Ein braun-gelblicher Hund neben ihm bellt .
Die beiden Männer sprechen miteinander, dann wendet sich

der mit dem zerfurchten Gesicht zu den Jungen: "*Ahalen wa sahalen!* Willkommen! *Tfaddalu!*" und fragt auf Hebräisch: "Ihr sucht Suhil, der bei euch im Kibbuz war?"
Seine Ausprache ist klar, sogar das Zet in Kibbuz, das Araber wie ein scharfes S aussprechen, spricht er richtig aus.
"Suhil ist der Sohn meines vor zwei Jahren verstorbenen Bruders, Allah erbarme sich seiner. Seitdem wohnt Suhil bei mir. Vor zwei Wochen ist er nach Jaffo gefahren, er studiert dort. Aber bitte, kommt herein. Setzt euch!"
Das Haus ist aus Lehm gebaut und weiß getüncht, an einigen Stellen sieht man die Lehmziegel durch. Das Zimmer ist dunkel, nur vom den Eingang kommt Licht herein, auf dem Boden liegt eine Matte. Abu-Selim bringt Kissen, gibt sie den Jungen, deutet ihnen an, sich auf die Matte zu setzen. Zwei Hennen eilen erschreckt laut gackernd aus ihrer Ecke. Ein Mädchen schaut herein. Sie trägt eine weite, an die Fußknöchel gebundene Hose, Holzpantoffeln und ein Baby auf ihrer Hüfte. Sie schaut die Gäste an und verschwindet. Auch das wird notiert: Das Blau der Wände, die Hennen, das Mädchen mit dem Baby.
Abu-Selim stellt ein Kohlenbecken in die Mitte der Matte. Sie sitzen dem Alten, der sie hergeführt hat, gegenüber. Eine Weile herrscht unbequemes Schweigen. Gadi stößt Rafi an:
"Rafik, du weißt das sicher aus der Literatur, wie man so ein Wärmegefäss nennt?"
"Die Schriftgelehrten nannten es Kohlentopf".
"Psss… und wie nennt man so eine Hose, wie sie das Mädchen mit dem Baby anhatte?"
"Pluderhose."
"Alle Achtung!"
Nach einer Weile stößt Gadi Rafi wieder in die Rippe:

"Komm, Rafik, sag wenigstens einmal im Leben das Richtige zur richtigen Zeit aus eigener Initiative."
Aber im selben Moment spürt er selbst einen leichten Rippenstoß: "Rette die Situation und sag etwas!", flüstert Uri.
"Was hast du für ein Problem, Uri?", fragt Usi rachefreudig, "sag einfach etwas, das zum Brauch gehört, du kennst dich doch damit so gut aus!"
Der Alte schaut ihnen aufmerksam zu, als ob er ihr Geflüster verstehen könnte. Man sieht, er kann unbegrenzt schweigen.
Gadi zieht aus seinem Hemd ein Heft, studiert es kurz und fragt auf Arabisch:
"Was ist das: Es heißt wie es ausschaut?"[6]
"Wieso lässt du ihn auf einmal ein Rätsel lösen?"
"Das ist's was wir zuletzt gelernt haben."
"Sag lieber etwas über unser Leben im Kibbuz."
"Mit Vergnügen. Wie sagt man Leben auf Arabisch?"
"Frag ihn, ob er Land besitzt, was sein Beruf ist und ob es hier einen Effendi gibt, der seine Pächter ausbeutet."
"Gern, aber sag mir wie."
"Sag Arbeit statt Beruf sagen und nimmt statt ausbeutet."
Gadi schwenkt seine Arme um Arbeit anzudeuten, schnappt nach etwas in der Luft und steckt es in die Tasche. Das war ausbeuten. Der Alte antwortet, seine Zähne blitzen, die Falten in seinem Gesicht bewegen sich.
"Er ist der *Muasin*, der in der Nacht laut singt und die Gläubigen zum Gebet ruft."
"Richtig, richtig", erinnert sich Rafi. "Einmal bin ich früh aufgewacht und hab ihn gehört. Er hat eine wunderbare Stimme."

---

[6] Auf Arabisch ein Rätselreim: *Ismu ala Dschismu*. Die Antwort: *Beida*, das bedeutet gleichzeitig: das Ei und das Weiße.

Abu-Selim kommt zurück, stellt eine kleine Kupferkanne auf den Kohlentopf und hockt sich dann neben sie auf seine Fersen.
"Wie geht es euch?"
"*El chamdu-lilah*, Gott sei Dank!" beeilt sich Usi zu antworten.
"Und wie ist die Gesundheit?"
Uri hätte gerne erklärt, dass man das aus Höflichkeit fragt. Aber Abu-Selim versteht Hebräisch.
"Hör mal, Abu-Selim", wagt Gadi. "Wieso kannst du Hebräisch?"
Uri runzelt seine Stirn. Gadi hätte ihn mit *jah Abu-Selim* anreden müssen und es ist fraglich, ob ein Gast Fragen stellen darf.
"Vor vielen Jahren habe ich in der Kolonie Sichron-Ya'akov gearbeitet. Später habe ich Bücher gelesen."
"Warst du in einer Schule?"
"Ich habe in einem *Kutab* gelernt."
"Dort lernt man Koran, wie man vor hundert Jahren in Ost-Europa die Bibel gelernt hat.", erklärt Uri. Schweigen, bis Abu-Selim fragt: "Wie geht es Euch?"
Usi und Gadi grinsen, Uri schaut sie wütend an.
"Hast du Kinder, *jah Abu-Selim*?"
"Ja, Gott sei Dank, drei Söhne, Allah schenke ihnen ein langes Leben. Sie arbeiten in Haifa, in der Raffinerie."
"Wahrscheinlich arbeiten dort viele aus dem Dorf", erklärt Uri.
"Das wissen wir", sagt Usi ärgerlich.
"Kommen sie jeden Abend nach Hause?"
"Einer kommt. Zwei haben geheiratet und wohnen in der Stadt".
"Bringt er Zeitungen mit?", fragt Rafi.
"Sicher. Ich lese Zeitung jede Woche."
"Was sagst du über die Lage in der Welt, oh Abu-Selim?"
"Was ich sage? Man hat Kopfweh von den Zeitungen."

"Wer ist besser, die Deutschen oder die Engländer?"
Uri schaut ihn böse an. Usi zuckt mit den Achseln:
"Was ist? Nur du darfst fragen?!"
"Bei uns erzählt man", antwortet ihr Gastgeber, "ein Esel geht mit seinem Herrn auf dem Rücken. Da kommt jemand und tötet den Herrn und setzt sich selbst auf den Esel. Ein zweiter Esel kommt vorbei und fragt den ersten Esel: Wer ist besser, dein alter Herr oder dein neuer? Da antwortet der erste Esel: Der eine drückt mich und der andere drückt mich auch."
"Hast du von Russland gehört?", fragt Usi weiter.
"Russland?"
"Ja, Russland. Dort ist alles gemeinsam und gehört den Arbeitern. Hast du nichts darüber gehört?"
"Nein, habe ich nichts gehört."
"*Moskob*", sagt Uri unwillig.
"In *Moskob* gehören alle Felder den Bauern. Es gibt keine Erde für den Effendi. In *Moskob* gibt die Regierung jedem Dorf einen Traktor. Dort ist es sehr gut."
"Ich habe gehört davon."
Der *Muasin*, der bisher stumm dabei saß, mischt sich ins Gespräch und wendet sich an Abu-Selim.
"Er fragt", übersetzt dieser, "bei euch im Kibbuz hat jeder seine eigene Frau, oder gehören alle Frauen allen?"
Die Jungen lachen. "Ich sehe, er will in den Kibbuz kommen."
"Wenn ein Araber im Kibbuz sein will, nehmt ihr in auf?"
"Klar", sagt Rafi ."Wenn er Hebräisch lernt und wie alle arbeitet."
Abu-Selim schüttelt den Kopf: "Nein, ihr nehmt ihn nicht auf. Ich weiß es."
Der Kaffee im *Findschan* kocht, Abu-Selim bläst darauf und gießt ihnen in kleine Schälchen ein.

"So soll es bleiben. Bei der Freude deiner Kinder.", sagt Uri auf Arabisch, stolz auf seine Kenntnisse des Brauches, beim Kaffeetrinken zu schlürfen und zu wünschen, dass es so bleiben möge auch an den Hochzeiten der Kinder des Gastgebers. Abu-Selim antwortet mit *Sachtein*, doppelte Gesundheit und nickt anerkennend mit dem Kopf.

Sie sprechen über das Leben der Frauen im Kibbuz, warum die Mädchen kurze Hosen tragen, warum man kein Geld verdient, was die Araber von den Juden lernen können, wie viel Land jeder Bauer hat, ob es nicht besser wäre, einen Teil zu verkaufen, um einen Traktor und Bewässerungsrohre zu kaufen, warum es keine Schule gibt…

Als sie zuletzt aufstehen, erschrickt Abu-Selim: "Ihr bleibt zum Essen, ich gehe ein Schaf schlachten."

"Wirklich?", ruft Usi. "Wenn das so steht, dann, natürlich…", Aber ein energischer Rippenstoß bringt ihn zu schweigen.

"Es tut uns sehr leid", sagt Uri, keinen Widerspruch duldend, "wir müssen in unseren Kibbuz zurück, wir haben eine wichtige Arbeit vor uns und man wird sich schon Sorgen machen."

Abu Selim drängt sie zu bleiben, Uri schaut die anderen wütend an. Am Ende sagt Abu-Selim: "Kommt im Sommer wieder. Ich habe im *Bustan* Maulbeeren, Pflaumen, Aprikosen, Feigen, Äpfel und Granatäpfel, und im Sommer ist auch Suhil aus Jaffa hier".

"Klar, da kommen wir.", verspricht Uri.

"*Ahalen wa sahalen*, Herzlich Willkommen!"

"*Bchatrak*, mit deiner Erlaubnis."

"*Ma'assalame*, geht in Frieden."

Sie gehen zurück in den Kibbuz.

Das Gebell des Hundes begleitet sie eine Weile.

Esel!", sagt Usi. "Warum blieben wir nicht für das Schaf?"

"Dummkopf!", antwortet Uri. "Er muss uns einladen, sogar einige Male, das ist der Brauch. Und wir müssen es ablehnen."
"Aber warum?"
"Er hat kein Schaf, kapiert?"
"Welche dummen Bräuche!", murrt Usi.

"Ich wünschte, wir hätten solche Bräuche", sagt Rafi. "Weißt du, Uri, ich glaube, wenn wir geblieben wären, hätte er sich bei einem Nachbarn ein Schaft geborgt oder ein Huhn geschlachtet, obwohl wir fremd sind, oder?"
"Lieber ein Mispel-Baum in einem üppigen Obstgarten, als zehn Schafe, die es nicht gibt. Hört, Leute, heute regnet es, aber wenn ich an den Sommer denke, werde ich optimistisch.
Ab morgen werde ich energisch Arabisch lernen."
Rafi schaut seinen Freund von der Seite an, ihm gefällt nicht was er sagt.

Aufstieg und Fall

An diesem Abend bestätigt die Jungwächternestführung die Ernennung Zikis aus der Gruppe Flamme zum Gruppenführer der Gruppe Felsen und nimmt seinen pädagogischen Plan, den er begeistert darstellt, an: Entsprechend dem Alter der Zöglinge, ein Alter das Abenteuer und Heldentaten liebt, möchte er im Stil einer Untergrund-Bewegung arbeiten.
"Sei vorsichtig, Ziki", warnt Rachel. "Sie sind nicht mehr so jung. Ein Untergrund-Spiel gelingt nur, wenn du sie total begeisterst, bis sie dich anbeten und dir blind folgen. Wenn einer zu spotten beginnt, ist alles verloren."
"Sorg dich nicht, sie werden mich anbeten."
"Na gut, wir werden sehen". Sie lacht. Ihr Lachen ist weich und passt zu ihren rundlichen Wangen und hellbraunen Zöpfen.
Israel – dieses Jahr ist er der Vorsitzende der Jungwächternestführung – bemerkt, mit der Zigarette im Mundwinkel: "Es ist gefährlich, so auf Autorität zu bauen."
Yerucham fügt hinzu: "Man muss wissen, wann und wie man es beendet. Vielleicht passt diese Methode nur für den Anfang."
Ziki hört den warnenden Kritikern zerstreut zu. In seinen blauen Augen glänzt kühle Ungeduld: "Verlasst euch auf mich, alles geht in Ordnung. Ihr müsst nur alles geheim halten, nichts darf durchsickern. Alles andere überlasst mir!"
Es ist dunkel geworden, die letzten Spieler verlassen den Sportplatz. In den Zimmern brennt Licht. Von hier und da hört man das Zirpen einer Mandoline, die weiche Sehnsucht einer Blockflöte. Auf dem Rasen, vor dem Leseraum, liegt noch eine Gruppe und plaudert. Einige aus der Gruppe "Felsen" sitzen zusammen in einem Zimmer auf den Betten und lernen im Wettstreit altgriechische Geschichte, um für den morgigen

Unterricht vorbereitet zu sein. Rami steht am Fenster und schaut in den Abendhimmel.

"Drei null zu unsern Gunsten!", ruft Gadi. "Hör mal, Kind, wir kriegen sie!"

Rafi lässt sich von Gadis Begeisterung anstecken: "Bin ich dran?"

"Wieso denn?!", ruft Gadi. "Ich bin dran Ofra zu fragen. Wart mal, wir finden für dich was Gepfeffertes. Daten wisst ihr so wie so nicht, da haben wir Erbarmen mit euch. Also... Ja, da hab ich's: Die Beweggründe für den peloponnesischen Krieg, aber die wirklichen Ursachen, nicht die Vorwände, na?" Er flüstert Rafi ins Ohr: "Baruch hat's mir heute gesagt. Im Tcherikower steht's aber nicht ausdrücklich, das finden sie nie! Na, Ofra?"

"Sicher was mit sich widersprechenden Handelsinteressen?", versucht Ofra.

"Du verwechselst das mit den persischen Kriegen!", schreit Jossi. "Wegen dir verlieren wir einen Punkt!"

"Stimmt. Richtig. Wart einen Moment... Der peloponnesische Krieg... Da gab es Konflikte, wegen widersprüchlicher Interessen... vielleicht nationale, glaub ich, weil die Athener... Ihre Feinde wollten den Peloponnesischen Bund schwächen, nicht?"

"Vier null!", feiert Gadi. "Jossi, schreib es auf! Ihr sitzt in der Patsche! Klassenkonflikte, und nicht nationale. Erstens, weil es immer Klassenkonflikte gibt, die man oft als nationale ausgibt, und zweitens ist's eine Tatsache, dass die Athener Aristokraten bereit waren, ihre eigene Stadt zu verraten, um den Spartanern zu helfen, Sie waren Großgrundbesitzer und gegen den Seehandel. Nur die Händler und Handwerker unterstützten die Demokratie. Die Aristokraten gingen immer mit den Oligarchen. Da könnt ihr Baruch fragen! Hast du's aufgeschrieben, Jossi?"

"Das zählt nicht! Im Tcherikower steht nichts davon!"
"Bah! Der Tcherikower ist reaktionär! Die Tatsachen berichtet er richtig, aber die Konsequenzen stimmen nicht. Er betont nicht den Klassenkampf und dass es Athener gegeben hat, die den Spartanern halfen. Aber bei Thukydides ist das klar. Baruch sagt, Thukydides schreibt, als ob er Marx gelesen hätte. So! Weiter! Uri, du fragst jetzt Ruti!"
"In welchem Jahr...", beginnt Uri.
"Jeep! Jeep!" ruft Rami halblaut.
"Was für ein Jeep?", wundert sich Jossi.
"Den ich mir gewünscht habe. Es gab 'ne Sternschnuppe."
"Na und? Dann gab's eine."
"Da hab ich mir rasch einen Jeep gewünscht."
"Du hättest dir besser einen Ford-de-Lux wünschen sollen.", rät Gadi. "Das ist das beste Auto."
"Ein Jeep ist besser."
"Ein Ford-de-Lux ist glatt zehn Jeeps wert."
"Und ein Jeep ist zehn Fords wert. Ein Jeep ist für Ausflüge viel besser."
"Für Ausflüge ist überhaupt kein Auto gut. Einen Ausflug macht man zu Fuß.", wendet Jossi ein. "Wenn wir erst einen Gruppenführer haben, werdet ihr sehen, was für Ausflüge wir machen werden."
"Wenn, wenn!... Schon vor einem Monat hätten wir einen bekommen sollen und haben ihn noch immer nicht. Als ob sie uns in der Nestführung vergessen hätten."
"Ihr vergesst, dass ich dran bin", beschwert sich Uri. "Also, in welchem Jahr..."
"Ach, Uri," bittet Ruti, "Nur kein Datum!"
"Gut. Die militärischen Vorteile Spartas, dir zu Liebe."
"Ford-de-L... Da siehst du, warum gibt man einem Auto so

einen unbequemen Namen, mit dem man jede Sternschnuppe verpasst?"

In diesem Moment fliegt etwas durchs Fenster und landet in der gegenüberliegenden Ecke.

"Was ist das, ein Stück Sternschnuppe?"

"Jemand hat 'nen Stein rein geschmissen."

"Das ist kein Stein", sagt Jossi und untersucht das Ding, "Es ist eine Kartoffel."

"Gib es mal her", sagt Rami. "Ich schmeiß sie zurück."

"Da steckt ein Zettel drin!"

"Zeig her", sagt Gadi, "tatsächlich, ein Zettel. Die Sache wird, wie gewöhnlich, mysteriös, wie Watson konstatiert hätte."

Sechs Köpfe drängen sich über den Zettel, Gadi liest vor:

An die tapferen und tatkräftigen Genossen
der Gruppe Felsen:

Wer unter euch vor nichts zurückschreckt,

komme heute, wenn der Mond aufgeht,

zum Wasserfall im Wadi.

Kommt aus verschieden Richtungen, höchstens zu zweit,

und stellt absolut sicher,

dass euch niemand beobachtet oder folgt.

Angsthasen kommen auf keinen Fall.

Eine große Aufgabe erwartet euch.

Kommt zur außgemachten Stunde.

Jeder Verräter, der dieses Geheimnis nicht bewahrt,

richtet sich selbst.

Die Parole lautet: Stahl!

Der Anführer der Untergrundgarde.

"Wunderbar!", begeistert sich Jossi. "Das ist ein Pfadfinderspiel. Hat jemand gestern gesehen, wann der Mond aufgeht?"
"Fragt Ruti", schlägt Gadi vor, "Vielleicht erinnert sie sich!"
"Gestern...", versucht Ruti sich zu erinnern und zögert
"Nein, hab ich gar nicht beachtet. Warum lacht ihr?"
Rafi bleibt ernst, als ob er traurig wäre.
"Alles ein Schwindel!", versichert Rami. "Jemand will euch reinlegen, das ist alles!"
"Vielleicht ist's wirklich ein Pfadfinderspiel.", überlegt Ofra.
"Gehen wir hin", schlägt Uri vor, "und nehmen ein paar Stöcke mit. Wenn sich zeigt, man wollte uns reinlegen, hauen wir zu und sagen später, wir waren vor lauter Schreck ganz verwirrt."
"Der Führer dieser Garde ist schwach in Rechtschreiben. Ausgemachten Stunde schreibt man nicht mit scharfem ß."
"Bist du sicher?" fragt Jossi skeptisch. "Mir scheint, es ist viel passender, es mit scharfen ß zu schreiben. Vielleicht hat er absichtlich so geschrieben, um uns auf die Probe zu stellen."
"Streitet noch ein bisschen, dann verspäten wir uns ganz. Der Mond beginnt gerade auf zu gehen."
"Wirklich?!", erschrickt Jossi. "Dann rasch, kommt doch!"
"Ich bin sicher, das ist ein Junge aus 'Flamme'", vermutet Ruti.
"Kommst du mit uns, Rami?", versucht Ofra Rami zuzureden.
"Schau, alle gehen! Komm mit!"
Der schmale Pfad, der zum Wasserfall im Wadi führt, ist dunkel und zieht sie abwärts. Schmaler Pfad, steil, dunkel, sind gute Worte. Die riesigen Felsenbrocken, die in uralten Zeiten den Abhang tosend herunter kollerten, in donnernden Erdbeben, denkt Rafi, und stellt sich das Bild vor, die stürzenden Urfelsen, die jetzt, erstarrt und still in den stacheligen Brombeeren und raschelndem Schilf liegen. Gerade der Gegensatz ist gut: Die

Schreckensfelsen, die still im raschelnden Schilf liegen. Und die Bäume, die wie stumme Wächter der Nacht, geheimnisvoll um die zögernden Mädchen und Jungen rauschen.

"Ich sehe nichts", beschwert sich Jossi, "wie in der ägyptischen Finsternis!"

"Nimm den Stock und taste dich vor", rät Uri.

"Taste lieber selbst und geh vor mir."

"Hast du etwa Angst?"

"Ich?! Bist du verrückt? Ich doch nicht, ich will mir nur nicht von einem dieser Zweige meine Augen ausstechen lassen."

"Gut, lass mich vorgehen", – Uri nimmt den Stock von Jossi.

"Hört, wie der Bach schön rauscht", sagt Jaela leise.

"Glaubt ihr, dass er schon auf uns wartet?"

"Wer?"

" Der Anführer der Untergrundgarde. Wer denn sonst?"

"Ist doch alles ein großer Bluff!" bleibt Rami bei seiner Meinung.

"Er ist da sicher ganz leicht durchgekommen", meint Ruti.

"Klar", bekräftigt Gadi, "alle Untergrundgardenführer haben Fledermausaugen!"

"Oi, man sieht ja nichts", beschwert sich Talma, "immer stoß ich mich an!"

"Wir sind ja total bescheuert!" ruft Usi, "Wir hätten eine Taschenlampe mitnehmen können."

"Weil die Vernunft, wie Polizei, kommt erst wenn alles schon vorbei.", zitiert Gadi. "Außerdem hätte die Taschenlampe Licht auf die streng geheime Untergrundgarde mit ihrem Anführer geworfen!"

"Wenn ich morgen nicht vorbereitet bin, seid ihr schuld dran!", murrt Rami.

"So gingen sie schweigend zusammen... So tasteten sie sich ihren Weg im Dunkeln..." formuliert Rafi in Gedanken.

"Ich hör schon den Wasserfall!", flüstert Ruti.
"Könnte es im Wald eine Hyäne geben?", fragt Jossi plötzlich.
"Klar", versichert Gadi, "eine große, einer dieser Hyänen, die in der Nacht so schauerlich lachen, dass einem das Blut in den Adern erstarrt von diesem krächzendem Kichern, krchzchzch…"
"Hör auf, hör auf, hörst du!", quietscht Talma.
"Aber eine Hyäne ist gar nicht so schrecklich gefährlich", erinnert sich Gadi, "sie zerfleischt ihr Opfer eigentlich nur, wenn sie hungrig ist, sonst ist sie eher ganz friedfertig."
"Und, glaubst du, sie wird hungrig sein?"
"Klar, Hyänen sind immer schrecklich hungrig."
"Ach, hör auf, du sagst das ja nicht ernst!"
"Ich? Wieso? War ich schon einmal nicht ernst? Im Gegenteil! Mit düsterem Ernst erkläre ich hiermit: Hyänen sind immer schrecklich hungrig, besonders vor dem Frühstück, da ist jede Hyäne hungrig wie anderthalb Hyänen!"
"Wunderbar!", freut sich Jossi. "Jetzt ist Abend!"
"Vergiss nicht, so eine Hyäne lebt anders als wir. Sie schläft den ganzen Tags über und träumt, wie und was sie beim Aufwachen fressen wird, wobei sie sich, vor lauter Appetit, gierig vorstellt, was sie sich zum Abendfrühstück vornehmen soll und beginnt vor lauter Appetitslust so krächzend zu kichern… krchzchzch…"
"Stellt euch vor, welches armselige Leben so eine Hyäne hat", denkt Rafi laut, "den ganzen Tag, ich meine, die ganze Nacht, nur zerfleischen und fressen… Kann so eine Hyäne Freunde haben?"
Gadi schickt sich an, aus Rafis Worten etwas Schmackhaftes zuzubereiten, aber Jossi bittet um Ruhe: "Schsch… wir sind schon ganz nahe. Lasst uns still sein und zusammen bleiben, weil… weil…" – es fällt ihm keine Begründung ein.

"Ich bin doch nicht verrückt", unterbricht ihn Ruti, "und gehe in solcher Finsternis allein!" Sie gehen schweigend weiter, das Geräusch der Äste, die unter ihren Schritten knacken, wird vom Rauschen des Waldes und dem Murmeln des Baches verschluckt. Die riesigen Felsbrocken sind im Dunkeln fühlbar.
Uri bleibt stehen und flüstert: "Also. Da sind wir. Da ist's."
Vor ihnen taucht der schwarze Umriss der Hütte auf. Davor die Holzbrücke mit dem Zaun aus Ästen.
"Niemand da", flüstert Jossi, enttäuscht.
"Ich hab euch gesagt, alles Bluff", flüstert Rami, schadenfroh.
"Schweig!"
"Stahl", ertönt plötzlich eine tiefe Stimme aus der Hütte.
"Stahl", antworten schwache Stimmen.
Eine dunkle Gestalt kommt auf sie zu.
"Seid stark und fest, Genossen", sagt die Gestalt mit fester Stimme. "Eure Wanderung hierher war nicht schlecht. Habt ihr euch vergewissert, dass euch niemand gefolgt ist?"
"Ziki ist's! Ich hab mir gleich gedacht, dass er es ist", flüstert Ruti Ofra zu. "Vielleicht wird er unser Gruppenführer, ach, hoffentlich!"
"Niemand ist uns gefolgt", versichert Jossi. "Ich hab geschaut!"
In entspannter Atmosphäre hätte Gadi dazu bemerkt, dass sich leider kein Verrückter gefunden hat, aber offensichtlich wird auch er von der geheimnisvollen Stimmung bestimmt.
"Gut! Also, Genossen, ihr wisst, was in der Welt vor sich geht. Es gibt Krieg. Im Sommer haben die Nazis Russland überfallen, sie nähern sich Leningrad und Moskau, sie sind auch in Ägypten auf dem Vormarsch, nicht weit weg von hier. Überall werden Verteidigungen in Stellung gebracht. Die Kibbuzgenossen melden sich zur Palmachtruppe. Auch bei uns logiert eine Truppe oben im Wald. Auch wir, in unserem Institut,

müssen eine Untergrundverteidigung organisieren. Das erfordert Mut, Hingabe und Gehorsam. Wenn sich unter euch jemand befindet, der glaubt, er könne nicht mithalten, bitte ich denjenigen diesen Ort sofort zu verlassen."
"Keiner wird gehen, keiner traut sich allein im Finstern zu gehen", flüstert Rami Jossi zu.
"Also, ich sehe, alle haben beschlossen zu bleiben. Da bin ich stolz auf euch- Setzt euch. Ich lese euch die Verfassung der Untergrundgarde vor und dann schwört ihr ihr alle absolute Treue."

***

Einige Wochen sind vergangen.
Ziki kommt jeden Morgen, nach dem Trompetensignal, vor die Zimmer der Felsen, um sie zur Morgengymnastik abzuholen. Von seinem Gürtel baumelt lässig die Whistle an ihrem Riemen. Zweimal in der Woche wirft er in eines der Zimmer einen Zettel, auf dem in Geheimschrift Ort und Zeit der nächsten Aktivität steht, meistens oben im Wald oder unten, im Wadi, an der Hütte.
An diesen Abenden gehen die Felsen – immer zu zweit – verstohlen zum Treffpunkt.
"Stahl!", pustet Jossi, "sind wir zu früh? Ich musste um die ganze Apfelplantage herumlaufen, weil ich dachte, jemand folgt mir."
"Stahl!" sagt Gadi nachlässig. Er geht immer früher als die anderen los, er braucht immer mehr Zeit zum gehen. "Das ist doch Unsinn, wer soll dir folgen?"
"Wieso Unsinn?", begeistert sich Jossi. "Man redet im ganzen

Institut über uns. Heute, beim Abendessen, hab ich gehört, wie die Kleinen über uns gesprochen haben. Felsen, haben sie gesagt, sind die armseligste Gruppe in der Gemeinschaft. Aktivitäten haben sie keine. Ihr Gruppenführer macht mit ihnen nichts, außer Morgengymnastik, das ist alles. Ich bin wie auf glühenden Kohlen gesessen und dachte, gleich platze ich. Also weiß niemand, wirklich niemand von unserer Untergrundgarde."
Sie sprechen leise während sie auf einem dicken Kieferstamm hocken. Der hebräische Monat geht seinem Ende entgegen und die Nacht ist dunkel. Hinter ihnen, an einer Waldlichtung ist ein heller Fleck zu sehen, ein Kreidefelsen, in dem sich etwas Schwarzes öffnet – der Eingang in die Mosaik-Höhle. Als der Wald vor etwa zwanzig Jahren gepflanzt wurde, entdeckte man einige in Felsen gehauene Grabhöhlen. Viele Jahre übernachteten arabische Hirten darin, die Wände waren rußig von den Lagerfeuern, die Grabnischen waren voll mit Ziegenmist. Die Institutler reinigten die Höhlen und entdeckten dabei in einer dieser Höhlen ein zerstörtes Mosaik.
"Mal sehen, ob auch die Mädchen unseren Prüfungen gewachsen sind", sagt Jossi.
Aus der Finsternis erscheint Rami.
"Stahl! Keine!", erklärt er entschieden und bückt sich, um nach einem bequemen Sitzplatz zu tasten. "Nie und nimmer, sage ich euch. Keines der Mädchen kann die Prüfungen bestehen. Glaubt ihr, Ziki wird jeden zu den Höhlensöhnen zulassen? Bei den Prüfungen gibt's nichts zu lachen. Von einem Dach in eine Decke springen – schaffen sie's? Und an einem Seil hochklettern? Den Hindernislauf im Dunkeln und das Stockfechten?"
"Ziki wird sie durchbringen, er übt ja mit ihnen die ganze Zeit."
"Ziki weiß was er tut."
"Wie er an einem Seil hochklettern kann – unglaublich!"

"Nur Klettern? Er kann alles. Sag was er nicht kann!"
"Das ist leicht. Zum Beispiel... Chinesisch!"
"Wieso Chinesisch? Dann kann er auch kein Hottentottisch!"
"Stimmt!"
"Das ist ein schrecklicher Mangel!"
"Sicher. Stell dir vor, wenn du ein Hottentotte bist und auf einmal kein Hottentottisch kannst!"
"Schsch...schweig! Jemand kommt!"
"Die Mädchen", ärgert sich Rami. "Man hört sie schon von weitem, wie sie kichern und plappern. Ihr Glück, dass Ziki sie nicht hört, er würde ihnen schön einheizen. Wegen denen wird man unsere Untergrundgarde noch entdecken."
"Ziki kommt mit ihnen zusammen", sagt Amos, der eben erscheint, "Stahl!"
"Stahl!. Ganz unmöglich!"
"Tatsache. Kannst schon seine Stimme hören".
Amos grinst schadenfroh.
"Den ganzen Weg hatte er seinen Spaß mit ihnen."
Talma und Jaela erscheinen aus dem Dunkel, neben ihnen geht Ziki. Talma lacht.
"Stahl", sagt Ziki. Er steht neben den großen Kiefern, hoch aufgerichtet überschaut er die Sitzenden. "Sind alle da? Ich sehe, einige fehlen noch. Ruti ist noch nicht da, und..."
"Und Ofra, sie kommen zusammen."
"Gut, ich hoffe, niemand ist euch gefolgt! Du kannst ein Lagerfeuer anzünden, Jossi, nimm die Streichhölzer!"
Jossi hat auf diesen Auftrag gewartet. Er schichtet Äste kreuz und quer übereinander und steckt Föhrennadeln darunter. "Gleich wirst du sehen, mit einem einzigen Streichholz!" flüstert er Rami zu.
Ziki steht immer noch neben den Kiefern, jetzt wird er von den

ersten Flammen des Lagerfeuers beleuchtet. Alle Herzen fühlen sich zu ihm hingezogen. Jaela stimmt ein trauriges Hirtenlied an und alle singen leise mit.

Ruti und Ofra, Hand in Hand, tasten im Wadi nach ihrem Weg.

"Ich glaube, es ist nicht mehr weit", sagt Ofra. "Wenn wenigstens der Mond ein wenig scheinen würde!" Es ist ganz natürlich, in so einer Finsternis Hand in Hand zu gehen, zusammen den Weg zu ertasten, die Berührungen ihrer Hände gibt ihnen das Gefühl von Herzensnähe. Ofra braucht es nicht zu sagen, von da an werden sie sich ohne Worte verstehen. Sie werden darüber sprechen, wie sie in der Gruppe aktiv sein können, sie werden lange und tiefsinnige Gespräche über das Leben führen. Ofra hatte schon lange Sehnsucht nach so einer Freundin. Aber mitten in ihre feierlichen Gedanken, fragt Ruti plötzlich: "Sag, Ofra, was denkst du über Ziki?"

Ofra fühlt, das ist eine heikle Frage.

"Über Ziki? Wie meinst du das?"

"Im Allgemeinem", antwortet Ruti.

"Als Gruppenführer…", überlegt Ofra, "ist er gut. Er weiß alles, Erzählungen, Spiele, Sport… Ich glaube aber, dass die geheime Untergrundgarde und die Prüfungen in Stockduellen für uns zu kindisch sind. Wir brauchen ernstere Sachen. Und als Mensch…"

Es ist komisch, an Ziki als Mensch zu denken.

"Ich glaube, dass er auch ein guter Mensch ist, wenn auch…"

Wieder bleibt sie stecken. Ruti hört nicht mehr zu.

"Er ist sicher ein guter Schüler", fährt Ofra fort, "und hat sicher keine oberflächliche Einstellung zum Leben."

Immer redet sie über das Leben. Gut so, dann kommt sie nicht darauf, dich zu fragen: Ruti, und was ist deine Meinung über ihn?

Ruti hat Angst vor dieser Frage, erwartet sie aber gleichzeitig. Ofra schweigt. Es passt zu ihr, nichts zu fragen. Ist ja auch ganz gut so.
Ruti holt tief Luft und sagt wie beiläufig:
"Er liebt mich."
Ofra bleibt abrupt stehen und lässt Rutis Hand los.
"Ziki?"
"Klar, Ziki."
Er hat so schöne Locken und blaue Augen. Meine sind grün. Schade dass sie nicht blau sind, wie seine, denkt Ruti.
"Hat er es dir gesagt?"
"Er hat mir's nicht gesagt", Ruti zögert scheinbar, wie ein Feldherr, der die entscheidensten Waffen noch nicht einsetzt.
"Ah, du denkst das nur?"
"Gestern hat er mich umarmt", verteidigt sich Ruti.
Schweigen. Dann macht Ofra einen Schritt, nimmt wieder Rutis Hand und sagt: "Wirklich? Bist du glücklich? Warum hast du's mir nicht gleich erzählt? Ich wünsche dir, mit ihm glücklich zu sein."
Sie weiß gleich was zu sagen. Und du, was hättest du gesagt, wenn du so was von ihr gehört hättest? Aber das ist unmöglich! Ofra, und ein Bursche – lächerlich! Sie wird höchstens einen finden, der immer in den Institut-Versammlungen redet, einen, mit dem sie über Lebensziele sprechen kann. Aber sie ist eine gute Freundin, Schade, dass man ihr nicht alles erzählen kann.
"Gestern hat er gesagt, er will mit mir über die Lage in der Gruppe sprechen", erzählt Ruti, während sie wieder Hand in Hand nach ihrem Weg tasten. "Wir gingen hinauf, in den Wald…"
"Am Abend?"
"Natürlich, am Abend, wir gingen in den Obstgarten hinauf und

setzten uns nebeneinander in die Verpackungshütte. Er sprach zuerst über den Zusammenhalt und die innere Gestaltung und ähnliches..." – Ruti hätte fast gespottet: Solches Zeug, wie du es gern hast, hält sich aber zurück.
"Es war eine wunderschöne Nacht, vor uns die Lichter des Kibbuz und die Lichter der anderen Kibbuzim im Jesreeltal. Ich habe erwartet, dass er etwas Romantisches sagt. Er hat gefragt, ob ich meinen Platz in der Gruppe gefunden habe, ob es jemanden gibt, der mich wirklich versteht und dem ich vertrauen kann, er selbst sei so einer, viele in seiner Gruppe erzählen ihm alles und beraten sich mit ihm... unwichtig, was er gesagt hat, ich habe gleich gefühlt, woher der Wind weht, ich mochte seine angenehme tiefe Stimme und hörte nicht richtig zu, wie in diesem Spiel, wo man etwas versteckt, und dem, der es sucht, andeutet, wärmer, wärmer, so hab ich gespürt, zwischen uns wird's wärmer und wärmer. Er hat mich gefragt, ob ich schon einen Freund gehabt hätte, da hab ich ihm über Rafi erzählt, ich wollte schon längst mit jemandem darüber reden. Es war ja etwas zwischen uns, aber ohne dass etwas war, es ging von selbst zu Ende, ich hab ihn gern und wir haben gemeinsame Erinnerungen, nur war es nicht das, was es sein sollte. Da hat er, Ziki, gesagt, er versteht das gut. Rafi sei kindisch und ich brauche einen echten Burschen, der mich versteht..." Ruti verstummt einen Moment. Ofra schweigt. "Und dann hat er mich umarmt."
Ofra hat sich ein Liebesgespräch, das vor der ersten Umarmung kommt, anders vorgestellt. Aber soll Ruti doch weiter erzählen!
"Und dann? Hat er dann noch etwas gesagt?"
Sie ist so naiv, so unerfahren, fragt das Unwichtigste!, denkt Ruti.

Sie gehen stumm weiter, Hand in Hand. Ruti sieht Ziki vor sich, wie er ihre Bluse aufgeknöpft hat. "Nein, wir sind dann zurück gegangen und haben den ganzen Weg geschwiegen."
"Und er hat nichts weiter gesagt, kein Wort?"
"Nein, nichts."
"Und heute Früh, bei der Gymnastik? Und als er dir im Hof und im Speisesaal begegnet ist? Hat er da was gesagt?"
"Vielleicht mit den Augen."
"Hat er dich mit einem vielsagenden Blick angeschaut?"
Ofra traut sich nichts von einem liebevollen Blick zu erwähnen.
"Ja, das heißt eigentlich nein, er hat sich beeilt, als ob er es vermeiden wollte, dass unsere Blicke sich treffen."
Sie ist einen Moment nachdenklich. Dann erklärt sie: "Er will sicher nicht, dass etwas davon bekannt Im Institut bekannt wird. Du wirst es doch niemandem erzählen, schwörst du's?"
"Klar, natürlich", beteuert Ofra und nach einer Weile sagt sie: "Schau, das Licht dort, das ist sicher das Lagerfeuer." Und dabei drückt sie Rutis Hand. "Ich freue mich riesig, dass du's mir erzählt hast."
Am Lagerfeuer erklärt Ziki, wie man die Höhle absichern könnte: "Wir werden sie zu einer uneinnehmbaren Festung ausbauen", – Er sitzt auf einem großen Stein, einen Ellenbogen auf dem Knie, den Kopf in der Hand, in denkender Pose, bisweilen streckt er seinen Arm aus, deutet in die Ferne, betont, entscheidet, so wird es sein, so ist es. Der flackernde Schein des Lagerfeuers wirft rötliches Gold auf seine Locken, nur hier und da huscht der Schatten seiner ausgestreckten Hand darüber, wie ein kleines fliegendes Ungetüm, landet und startet.
"Wir werden unsere Höhle mit Steinschleudern verteidigen…"
Die Augen der Jungen folgen gebannt den Bewegungen seiner Hand, nur Rafi schaut auf den Start und das Landen des

Schattens auf Zikis Gesicht, die Mädchen sind von seinen Augen und Locken fasziniert. Sie lehnen sich aneinander, lauschen seiner Stimme, die um das Feuer schwebt.
"Steinschleudern?", fragt Jossi und sitzt mit offenem Mund.
"Klar. Antike Katapulten-Blocks. Und eine schwere Eisenstange wird über dem Eingang hängen, wie eine Guillotine. Wenn der Feind in die Höhle eindringt, genügt ein leichtes Ziehen an der Hinrichtungsschnur und das Beil zertrümmert ihm den Schädel. Auf die Wände zeichnen wir langarmige Russgestalten, wie in den Ur-Höhlen der Ur-Menschen, Schreckensgestalten, blutrünstige Gorillas, Gerippe..."
Jossi erinnert sich an die Strohballen-Festung die sie in der Scheune gebaut hatten... Wie kindisch das damals war!
"Vielleicht hängen wir auch einen Totenschädel auf, ich meine natürlich einen von einer Kuh oder einem Esel?", fragt er eifrig.
"Klar, einen Schädel, aber einen echten Totenschädel, über dem Eingang …"
Sie hören die Zweige unter Ofras und Rutis Schritten knacken.
"Wieder kommen sie zu spät", grollt Rami. "Setzt euch!"
Sie kommen – immer noch Hand in Hand – in den Kreis um das Feuer.
Ziki würdigt sie keines Blickes, aber er wartet. Ofra spürt ein leichtes Zittern von Rutis Hand. Mit einem graziösen Kopfschütteln wirft sie ihr Haar zurück, lässt Ofras Hand los, geht ums Feuer bis zum Föhrenstamm und setzt sich neben Ziki. Ofra erstarrt, ihr Herz pocht. Die hat Mut. Und er? Hat nicht einmal den Kopf gewendet.
"Weiter, Ziki, weiter!", bettelt Jossi. "Du warst beim Totenschädel und hast gesagt ein echter."
"Ein echter Totenschädel, hab ich gesagt. Klar. Also" – er zögert – "ah, ja, mutige Freiwillige aus unserer Untergrunds-

garde werden in stockfinsterster Nacht auf dem alten Friedhof neben der heiligen Eiche einen Schädel ausgraben. Den hängen wir dann im Eingang der Höhle auf, setzen ihm einen elektrischen Draht in die Augenhöhlen, der, wenn er ans Stromnetz angeschlossen wird, glüht. Wenn der Feind versucht, in die Höhle einzudringen, genügt ein Knopfdruck und die Augenhöhlen glühen auf. Den Feind überfällt natürlich unbeschreibliche Ur-Angst, was sage ich Angst, ich meine schwarze Todes-Urpanik und er versteinert. Stellt euch das vor, in der Grabes-Finsternis erglühen Schreckensaugen eines Ungetüms. Und da, gerade in diesem Moment, fällt die Metall-Stange der Guillotine auf ihn und zerschmettert ihm den Schädel..."

Jaela stimmt traurig sehnsüchtige Lieder an. Rafi sitzt neben Gadi und schaut in den Tanz der flackernden Feuerzungen, die langsam kleiner werden. Dann wandert sein Blick vom breiten, blassen Gesicht Gadis zu Jossis halb offenen Mund, zu Uris gespannten Kinnmuskeln, zu Ramis blinzelnden Augen, jeder ist in seiner eigenen Welt versunken, jede Welt hat ihre eigene Fremdheit.

Und die Mädchen – jede mit ihrer Fremdheit und ihrem Zauber. Talma mit ihren dunklen Haaren und dunklen Augen, ihren zitternden Nasenflügeln, wie die einer erregten Stute, Jaela neigt ihren Kopf und schaut traurig ins Feuer und Ruti...

Rafis Blick tastet über ihr Gesicht und auch seine Gedanken tasten um sie, sie hat so einen melodischen Namen, dass man ihn gerne vor sich hinsagt, Ruti, Ru...

Da stockt sein Blick:

Auf ihrer Hand, mit der sie sich abstützt, ruht Zikis Hand. Ruht? Sie müsste zittern, weil sich beide Hände berühren, seine auf ihrer, ihre auf seiner.

Das Feuer ist am Erlöschen. Ziki springt auf.
"Hört, Söhne der Verteidigungsgardenhöhle! Wir streuen auf die letzten glühenden Kohlen Erde und gehen ungeordnet zum Institut zurück, nicht mehr als zwei zusammen. Begebt euch auf den Weg, Söhne der Höhle!"
Rami und Jossi ersticken die Feuerreste mit Erde.
In der Dunkelheit verschwinden Zweiergruppen, nach unten, zum Wadi, nach oben, zum Obstgarten. Man sieht wer mit wem geht.
"Komm mit mir, Kind", sagt Gadi zu Rafi. "Ich geh hier, da ist es langsamer und leichter, ohne viel hinauf und hinunter."
Uri geht mit Usi und Amos. Rami und Jossi gehen zusammen. Ofra geht mit Jaela und Talma. Rafi schweigt, bis Gadi fragt:
"Kind, du bist ein wenig sauer heute Abend, nicht wahr?"
"Stell dir vor, Usa, du schätzt jemanden sehr, aber plötzlich beginnst du ihn zu hassen… Was würdest du tun?"
"Das hängt davon ab…", tastet sich Gadi vorsichtig vor, "warum musst du ihn hassen? Wenn mir jemand zum Beispiel etwas Niederträchtiges tut, würde mir das Hassen ganz leicht fallen."
"Nicht wichtig, warum. Nicht wegen etwas, dass er dir getan hat, sondern…, du musst einfach hassen."
"Dann würde ich ihn mit Freude hassen Es macht Spaß, zur Abwechslung jemanden zu hassen, so was soll man auf keinen Fall verpassen."
"Wart mal. Und wenn das Schicksal ihn dir ausliefert, sagen wir, du würdest zufällig ein Geheimnis entdecken, mit dem du ihn ganz arg und beschämend bloßstellen könntest?"
"Was weiß ich?", distanziert sich Gadi. "Das Ganze hört sich nicht besonders angenehm an, aber das hängt davon ab… Auf alle Fälle hoffe ich, du hast mit dem Wertschätzen aufgehört, sonst wärst du in der Klemme, nicht wahr?"

"Weiß ich nicht", sagt Rafi traurig. "Ich möchte einmal Gruppenführer werden, in ein paar Jahren."
Gadi schaut ihn von der Seite an und entgegnet nichts.

***

"Es wird zu nichts kommen", sagt Ziki einige Wochen später zu Rafi und klopft ihm auf die Schulter. Sie gehen nebeneinander ans Ende der Galerie, ins Klassenzimmer.
Rafi weicht aus, drückt sich zur Wand.
"Zu nichts", wiederholt Ziki. "Im schlimmsten Fall werden sie dir Moral predigen. Weißt du noch, wo du geschlafen hast?"
"Klar", sagt Rafi, müde. "Vor dem Kloster, auf den Steinstufen der Statue des Propheten Elias. Ich wollte nicht einschlafen, ich habe mich nur für einen Moment hingesetzt."
"Schon gut, niemand beschuldigt dich, alle sind gleich eingeschlafen, bis ich euch aufgeweckt habe. Dann seid ihr mir gefolgt."
Sie stehen vor der Tür des Klassenzimmers.
"Ich warte draußen", sagt Rafi. "Ruf mich, wenn sie beginnen.."
"Schon gut", sagt Ziki und klopft ihm wieder auf die Schulter. "Brauchst dich nicht zu sorgen, alles wird gut werden."
Er schließt die Tür hinter sich.
Rafi hebt seine Schulter, um das Gefühl von Zikis Berührung abzuschütteln. Niemand beschuldigt dich. Mich? Die Sitzung ist wegen dir, Ziki, du hättest vor dem Weitergehen einen Appell abhalten müssen, in dieser Nacht und in den Bergen, zwischen arabischen Dörfern. Rafi hört die Stimmen von drinnen.
"Warum beginnen wir nicht?", fragt eine ihm unbekannte Stimme.

"Israel ist noch nicht da. Wir müssen auf ihn warten". Das ist Jerucham. Rafi lehnt sich an das Fenstersims und schaut ins Jesreel-Tal hinunter. Einzelne Sätze setzen sich vom Stimmengewirr ab und stehlen sich hinaus, zu ihm.
"Und ich sag euch, das kann geschehen", widerspricht Ziki einer Anschuldigung. "Außerdem hab ich großen Erfolg. Das Spiel mit der Untergrundverteidigungsgarde hat sie total begeistert. Auch das Geheimnis der Höhle und die Pläne der Befestigungen, der Totenschädel und die Guillotine waren gut geplant. Ich hab sie in der Hand, wie ein Töpfer seinen Ton."
Rafi stockt der Atem. Die Untergrundgarde und die Höhle! Er hat alles Preisgegeben, die ganze Geheimnistuerei von ich hoffe, Söhne der Höhle, ihr wart auf der Hut und niemand ist euch gefolgt. Alles geplant, um uns um seinen kleinen Finger zu wickeln. Man fühlt die Selbstzufriedenheit in Zikis Stimme.
Rafi entfernt sich einige Schritte von der Tür, aber die Stimmen holen ihn ein: "Die Mädels sind schon alle in mich verknallt."
"Was, wirklich?", klingt Rachels Stimme. Eine rundliche, weiche, lächelnde Stimme. "Wirklich? Das ist interessant. Erzähl!"
"Eines der Mädchen, hat mir ihre Verliebtheit gebeichtet…"
Rafi entfernt sich rasch, aber am Ende der Galerie kommt ihm Israel entgegen. "Wohin, Junge?", wundert er sich. "Wir haben doch gesagt, du nimmst an der Sitzung teil. Komm, es ist Zeit."
Sie hören hinter der Tür die weiche, rundliche Stimme Rachels: "Und wer ist's gewesen? Sicher die große schwarze mit den langen Wimpern? Sie heißt Talma, stimmt's?"
"Nein, das ratet ihr nie", kommt Zikis selbstzufriedene Antwort. "Gerade die Naivste, die mit den grünen Augen und den kurzen Haaren. Stellt euch vor, im Verpackungsschuppen des Obstgartens hat sie mir plötzlich erzählt, wie kindisch ihr voriger Freund war und so weiter, ihr kennt ja das Geleier."

Israel zögert vor der Tür, er will den Bericht nicht unterbrechen. Dann öffnet er sie und deutet Rafi an, vor ihm hinein zu gehen.
"Verzeiht mir die Verspätung, Genossen. Rafi, setz dich da hin. Wir brauchen kein Protokoll, Rachel, das ist eine Besprechung und keine Sitzung, in der Beschlüsse gefasst werden. Also... die Angelegenheit, um die es geht, ist, wie ich annehme, uns allen bekannt. Das Problem ist Sicherheit und Verantwortung, daher hat die Nestführung beschlossen, der Sache nachzugehen und zu klären, wem die Verantwortung übertragen wurde und wie man ähnliche Fälle in der Zukunft verhindern kann. Deswegen wurde Rafi herbestellt, damit er uns über den Verlauf des Ausflugs aus seiner Sicht berichtet. Bitte, Rafi."
Rafi ist verlegen. "Da gibt's nicht viel zu berichten. Wir sind lange gegangen, es war schwer, im Dunkeln zu klettern, wir waren sehr müde. Ich glaube auch, dass wir uns verirrt hatten."
Der Ausflug – als Nachtausflug geplant – begann am späten Nachmittag, und nach zwei Stunden, als sie zu Füßen der Muchraka, des höchsten Gipfels der Karmel-Bergkette, standen, war es schon völlig dunkel. Sie steigen in Wadis und Ziki studiert mit Hilfe seiner Taschenlampe von Zeit zu Zeit eine kleine Ausflugskarte. Doch der auf der Karte angegebene Pfad ist verschwunden. Ziki sucht ihn auf einigen Abhängen – erfolglos. Alle sind von den Dornen zerkratzt und todmüde. Das Wadi ist steil, voller Felsenbrocken, auf beiden Seiten von senkrechten Wänden umgeben.
"Bald kommen wir an eine Bergspitze, es ist noch nicht die Muchraka, dort gibt es einen Pfad," prophezeit Ziki, nachdem er die Karte studiert hat, "einen geraden Weg zum Kloster."
Es findet sich kein Pfad. Auf der Karte sieht man klar eine dünne, sich windende Linie, aber im dornigen Gestrüpp ist keine Spur von ihr. Schweigend, stolpernd und von Stein-

gebröckel begleitet, bahnen sie sich einen Weg durchs Gestrüpp. Die Letzten und Erschöpftesten bleiben mehr und mehr zurück, die Abstände zwischen ihnen vergrößern sich, bis auf einmal die ersten, die nach vorne drängen, auf die letzten Nachzügler treffen und es klar wird, sie gehen im Kreis vielleicht schon einige Male. Ziki studiert die Karte. Der Schein der Taschenlampe wird zunehmend schwächer.

"Alles wegen dieser Karte, was da als Pfad gezeigt wird, ist eine Höhenlinie", zischt er mit zusammen gebissenen Zähnen.

"Und als wir an der Muchraka ankamen", erzählt Rafi weiter, "machten wir eine Pause. Ich legte mich für einen Moment hin."

Die Klostermauern sind hoch, ihre Quadersteine schauen abweisend schroff aus. Das Tal liegt unten ausgebreitet wie ein riesiger, dunkler Teppich.

Alle sinken erschöpft zu Boden, für einen Moment sehen sie noch den mit Sternen getupften Himmel. "Und plötzlich bin ich aufgewacht, weil mir schrecklich kalt war, ich war allein und es wurde hell und das ist alles."

Du reibst dir die Augen, rund herum ist niemand da. Du schaust auf die Uhr – drei Stunden sind vergangen. Du bist allein und hast Angst. Du musst schnell hinunter, zur Straße, bevor die Hirten und die Dorfbewohner aufwachen. Du beginnst zu rennen. Und rennst und rennst. Wie lange dauerte es bis zur Straße? Wie lange bist du an der Straße entlang gerannt?

Als du endlich ankommst, kannst du keine Fragen beant-worten und keine Vorwürfe anhören, du wirfst den Rucksack hin, fällst aufs Bett, dir ist alles egal.

"Du hast vergessen zu erzählen, dass ich dich geweckt habe", sagt Ziki versöhnlich und liebevoll.

"Da irrst du dich. Du hast ja nicht gewusst, wo ich war."

"Natürlich hab ich dich geweckt", unterbricht ihn Ziki. "Ich kann

mich genau an den Ort erinnern, an dem du eingeschlafen bist. Erinnerst du dich an den Platz vor dem Kloster? Dort, auf den Steinstufen der Statue des Propheten Elias bist du eingeschlafen. Und ich schüttelte dich und sagte: "Wach auf, Rafi! Stehst du auf oder nicht?" Rafi schweigt.
"Es kann ja leicht sein, dass du dich nicht erinnerst, wenn man sehr müde ist, vergisst man solche Sachen."
"Also, Genossen", – Israel zündet sich eine Zigarette an – "wir haben den Bericht gehört und eine Ahnung bekommen, um was es geht. Danke, Rafi. Du kannst gehen."
Auf der Galerie geht Rafi zuerst langsam, dann schneller, dann läuft er. Um Gadi zu suchen. Er ist erleichtert.
Unterdessen geht die Besprechung der Nestführung weiter.
"Hör mal, Ziki", ergreift Jerucham das Wort. "Das Problem ist nicht, ob du ihn geweckt hast oder nicht. Nebenbei, ich hab mir von einigen Kindern der Gruppe Felsen erzählen lassen, wie es war. Da bot sich mir ein Bild von Schlamassel und Inkompetenz. Ich bin sicher, du hast ihn nicht geweckt. Du bist weiter gegangen, ohne die Vollständigkeit der Gruppe zu prüfen – unverantwortlich! Und du hast die Namen der Mädchen erwähnt, die sich in dich verliebt haben, das ist ein Vertrauensbruch. Und das mit Bemerkungen wie 'und so weiter, ihr kennt ja das Geleier'. Du hast Namen von Mädchen erwähnt, die dir – nach deinem Bericht – ihr Vertrauen geschenkt haben, und da hättest du diskret bleiben müssen. Doch es ist fraglich, wer diese Beichten der Mädchen überhaupt initiiert hat."
"Das ist eine Schweinerei, hinter dem Rücken eines Gruppenführers auszukundschaften."
"Für gewöhnlich, aber in diesem Fall war es gerechtfertigt."
Israel reibt sich wegen des Zigarettenrauchs ein Auge und sagt

dann ruhig: "Das Problem ist auch nicht, dass du Rafis Fehlen nicht bemerkt hast. Jeder Gruppenführer kann einen Irrtum begehen. Die Frage ist, kann er seine Fehler zugeben, um daraus zu lernen. Auch wir machen Fehler und in den Sitzungen des pädagogischen Personals kritisieren wir einander offen und manchmal hart, geben Fehler zu und bemühen uns aus ihnen zu lernen. Meiner Meinung nach, ist dein Bemühen, die Angelegenheit zu vertuschen, viel ernster zu nehmen, als der Vorfall selbst, der nicht hätte geschehen dürfen. Ich schlage vor, bei dieser Gelegenheit, deine Erziehungsmethoden und deinen Charakter zu besprechen. Es ist unser Schicksal, in derselben Gruppe zu arbeiten, du als Gruppenführer, ich als Lehrer und Erzieher. Ich habe einige Male versucht, mit dir ins Gespräch zu kommen, um ein Bild von deiner Arbeit zu bekommen, – vergebens. Ich konnte mir kein Bild machen, deshalb muss ich meine Folgerungen aus Andeutungen und Eindrücken ziehen. Du hast mit der geheimen Untergrundgarde begonnen und betreibst das seit Monaten, obwohl wir es nur für den Beginn genehmigt haben. Du versuchst Eindruck zu schinden, die geheime Höhle, die Stockduelle, Totenschädel, und die Kinder haben schon das Alter von vierzehn überschritten, sie sind nicht mehr so naiv. Du hast hier Namen von Mädchen, die sich in dich verliebt haben, erwähnt, aber nicht, um sich mit uns zu beraten, wie man sich in so einem Fall verhalten kann. Ich hätte auf diese Bemerkung von Jerucham nicht reagiert, wenn ich sie zum ersten Mal gehört hätte. Aber du solltest wissen, dass man in anderen Gruppen schon über dich spricht. Deine Zöglinge sind noch geblendet und nehmen das Gerede noch nicht auf, aber wir, die Erzieher, haben es aufgenommen und es besorgt uns. Wir selbst wurden streng und mit Angst erzogen. Wir rebellierten gegen diese autoritäre Erziehung und suchten neue Wege. Unsere Suche ist noch nicht beendet, wird hoffentlich nie beendet sein. Aber nun taucht bei uns dieselbe autoritäre Methode auf, nur anders gekleidet, und gerade bei einem Gruppenführer. Wieder wird von den Zöglingen blinder Gehorsam gefordert, der nichts hinterfragen darf, es wird auf Bewunderung anstatt auf Wertung gebaut."

Israel schöpft Luft.

"Genossen, ich weiß, das sind harte Worte, aber ich hoffe, Zidkijahu wird sich ihnen wie ein Mann stellen. Wir wollen dich anspornen, über deine erzieherischen Aufgaben zu reflektieren, Zidkijahu. Ich schlage vor, die Gruppenführer sollen alle drei Monate einen Bericht abgeben und Zidkijahu soll dabei der erste sein und über seine Arbeit und uns seine pädagogischen Pläne berichten."

Einige schmunzeln, man ist es nicht gewohnt, Ziki mit seinem vollen Namen anzusprechen. Israel manipuliert seine ewige Zigarette in die Mitte seiner Lippen und schaut auf die Uhr.

"Ich schlage vor, Israels Zusammenfassung anzunehmen", sagt Jerucham. "Alle Gruppenführer sollen ihre Berichte vorbereiten. Ziki, wirst du nächste Woche vorbereitet sein?"

"Ja", sagt Ziki kühl. "Nächste Woche wird alles fertig sein."

Alle stehen auf. Israel beeilt sich hinaus zu kommen. Die andern gehen langsam und diskutieren erregt. Ziki bemerkt, dass niemand ihn anspricht, sogar Rachel, die noch vor Kurzem gebettelt hat, "das ist interessant, erzähl!", geht jetzt an ihm vorbei. Sie schreitet wichtigtuerisch und ihre Zöpfe baumeln energisch. Ziki beißt die Zähne zusammen.

* * *

"Was für ein Lügner! Zuerst fragt er dich, scheinheilig, wo du eingeschlafen bist, um dann zu sagen, er hätte dich geweckt. Und du? Du schweigst, wie ein dummer Dorftölpel. Du Blödmann! Vor der ganzen Nestführung hättest du ihm einheizen können, erzählen, wie er dich auf dem Weg zur Besprechung verhört hat und herausfinden wollte, wo du eingeschlafen bist, und dann, in der Besprechung, wiederhol er deine Beschreibung Wort für Wort!. Direkt ins Gesicht hättest du es ihm sagen sollen, mit einem entwaffnend mörderischen Lächeln. Was aber machst du? Du ziehst den... den Kopf ein, wie ein Hund, dem man einen Tritt versetzt hat, seinen Schwanz einzieht."

"Ich kann eben nicht frech sein", sagt Rafi, schuldbewusst. "Ich bekomme Herzklopfen und bringe kein Wort heraus."

"Dann lern es, Kind, frech sein macht riesig viel Spaß und gehört zur Elementarbildung, zum überleben."

"Bringst du's mir bei?"

"Klar, bei nächster Gelegenheit. Das macht ungemein viel Spaß. Wenn ich nur an deiner Stelle gewesen wäre..."

Rafi schweigt. Er hat Gadi nicht erzählt, was Ziki über das Geheimnis der Untergrundsgarde gesagt hat und wie er über Ruti gesprochen hat und dabei gelächelt hat, sein selbstzufriedenes Lächeln konnte man durch die geschlossene Tür sehen.

"Ich geh zur Nestführung", begeistert sich Gadi, "und morgen, so wahr ich lebe, weiß es das ganze Institut. Hör mal, Kind, du kannst dir nicht vorstellen, wie sehr er bei mir heruntergefallen ist, wie ein Blatt vom Baum, sooo..." Mit seiner Hand veranschaulicht Gadi den Niedergang.

"Nein, tu das nicht, Usa, du hast mir versprochen..."

"Dass ich's ohne deine Erlaubnis niemandem erzähle. Na und? Morgen wird das alles die ganze Jugendrepublik wissen."

"Aber ich erlaub es dir nicht."
"Aber warum, Kind, warum?"
"Erinnerst du dich an unser Gespräch damals, während der Rückkehr aus der Höhle? Ich fragte dich, was du getan hättest, wenn du jemand sehr geschätzt hättest, ihn aber dann hassen müsstest, und wenn dann das Schicksal zufällig ..."
"Wenn, wenn, wenn... Was zum Teufel hat das damit zu tun?"
"Wart mal, erinnerst du dich, was du mir geantwortet hast?"
"Bestimmt, dass du Unsinn redest. Hör mal, Kind..."
"Nein, du hast geantwortet", sagt Rafi sanft und entschieden, "das hängt davon ab, hast du gesagt, ob du ihn noch schätzt."
"Kind, lass mich ein Wort dazu sagen! Erstens, hab ich sicher nicht so was gesagt, im Gegenteil, ich sagte, dass es große Freude bereiten kann, zu hassen. Sogar du kannst mir nicht weismachen, dass du ihn noch verehrst, er hat dich auf niederträchtige Weise angelogen, um seine verlorene Ehre zu retten."
"Ich verehre ihn schon nicht mehr und ich hasse ihn nicht, ich fühle mich einfach befreit und das ist gut."
"Du redest Unsinn, du hast, dem Bart des Propheten sei Dank, zugegeben, dass du ihn schon nicht mehr verehrst. Also!"
"Aber denk mal an... an Jossi."
"Gerade darauf freu ich mich besonders, dem Jossi die Augen zu öffnen. Wo bleibt deine gesellschaftliche Verantwortung, wenn du dazu beiträgst, dass er in einem Lügner einen Halbgott sieht."
"Ich will ihm diese schwere Enttäuschung ersparen."
"Aber du belügst ihn."
"Du hast's mir was versprochen!"
"Aber ich halte nichts von Versprechungen, wenn sich die Umstände ändern. Erinnere dich, was Oscar Wild seinen Lord

Henry sagen lässt: Ich liebe Menschen mehr als Prinzipien, und Menschen ohne Prinzipien liebe ich am Meisten."
Rafi schüttelt den Kopf:
"Es muss ein Prinzip bleiben: Tu deinem Nächsten nicht, was…"
Gadi unterbricht ihn, indem er laut demonstrativ seufzt, als sei es aussichtslos, mit Rafi zu diskutieren.
Es ist eine seltene Situation, in der Rafi seinen Freund verstimmt sieht. Gadi ist doch sensibel, warum versteht er nicht, dass ihm Jossi egal ist, es ist doch Ruti, die er schützen will!
Am nächsten Abend kommt Gadi ins Zimmer, gibt Rafi ein Zeichen ihm zu folgen, und sagt geheimnisvoll:
"Hör mal, Kind, ich hab was für dich. Sei nicht sauer, ich habe mit jemandem aus der Nestführung geredet, nur einige Test-Fragen, zu schnuppern, woher der Wind weht. Du glaubst, dass man mir nichts erzählt hätte? Du vergisst meine besonderen Methoden. Ich habe Rachel gesucht, sie ist das schwache Glied in der Kette, und wo finde ich sie, im Lesezimmer mit Jerucham. Ich nehme mir eine Zeitung, setze mich mit dem Rücken zu ihnen an einen Tisch, und spitze die Ohren. Versuch Mal flüsternd zu sprechen, wenn du erregt bist, wie es Jerucham, zu meinem Glück war, dann wirst du verstehen, was ich dir jetzt sage." Gadi veranschaulicht Jeruchams halblautes Flüstern: "Ich gebe zu, ich habe ihn nicht besonders gern, aber es ist keine Frage von gern haben, sondern von seinem Charakter: Es ist ihm lebenswichtig, bewundert zu werden. Und als ihm klar wurde, dass wir ein kritisches Auge auf ihn haben, hat er verstanden, dass er bei uns keine uneingeschränkte Bewunderung haben kann, daher kann er hier nicht weiter leben, deswegen geht er. Gut, sagt Rachel, nehmen wir an, dass es so ist, aber lass ihm doch das Abzeichen, wenn er es

nicht zurückgeben will. Morgen früh fährt er, was schert es dich, wenn er es mitnimmt? – Was es mich schert, fragt Jerucham, und ich höre aus seiner Stimme, dass er hitzig wird. Wenn wir zulassen, dass ein Abzeichen so gehandhabt wird, verliert es seinen Wert. Übrig bleibt ein Stück Metall. Nein, Rachel, es wird bei unserem Beschluss bleiben: Ein Appell der Gruppe – oben, im Wald. Er wird kommen, denn sonst bekommt er nicht seine Kleidung und seine Abschluss-Papiere. Der Schlüssel der Kleideraufbewahrung ist schon in meiner Tasche. Er bekam das Abzeichen während eines Appells, er schwor ihm Treue, und wenn er all das jetzt verrät, soll er den Mut haben, es während eines Appells abzugeben. Ich wartete ungeduldig auf das Ende ihrer Diskussion, aber Jerucham war noch nicht fertig. Eines bin ich bereit zuzugeben, sagte er, dass man ihn nicht vor dem ganzen Institut beschämen muss. Ich habe einen allgemeinen Appell vorgeschlagen, aber Israel war nicht dazu bereit. Gut, ein Appell seiner Gruppe wird genügen. Verstehst du nun, Kind, auf welche unglaubliche Nachricht ich da zufällig gestoßen bin? – Einer aus Flamme oder aus Föhre verlässt das Institut mitten im Jahr: Da frag ich mich wie Ahasveros: wen hängen wir diesmal? Und wer entpuppt sich als Katze im Sack?" – Gadi holt Luft. – "Wenn du dich mit der Hälfte der Geduld umgürtest, die ich aufgebracht habe, wirst du's gleich hören. Ich lauere ungeduldig hinter meiner Zeitung, und in dem Moment, in dem Jerucham endlich geht, schieße ich hinter der Zeitung hervor. Racheli, sag ich mit Trauermiene, es tut mir ungemein Leid, aber ich habe euch gehört, ich wollte natürlich nicht lauschen, aber es ergab sich so. Rachel erschrickt ein wenig und sagt – hier schlägt Gadi eine höhere Stimmlage an – "Gadi, sagt sie, wenigstens bis morgen darfst du niemandem etwas davon sagen. Versprich mir das, bitte. So schön hat sie

gebettelt, das Herz wurde mir weich. Er hat gebeten, sagt sie, dass außer unserer Gruppe niemand davon erfährt und wir haben es ihm versprochen. – Gut, Racheli, sage ich ihr, aber nur, wenn du mir sagst, warum er weggeht. – Er hat sich in Tel-Aviv in ein Gymnasium eingeschrieben, um das Abitur zu machen, das ist alles. Sie steht auf, aber ich war noch nicht gescheiter. Warte einen Moment!, rufe ich und fasse sie an der Hand, eines musst du mir noch sagen, warum ihr ihm das Abzeichen abnehmt. – Ganz einfach, weil unsere Bewegung jeden Genossen verpflichtet, einem Kibbuz anzugehören, das klärt man in einer Gruppebesprechung, jedes Mal, wenn man in der Hierarchie aufsteigt, ein neues Tuch und ein neues Abzeichen bekommt, ist das mit einer ernsten Verpflichtung verbunden. Wenn der Kibbuz einen Lehrer oder einen Ingenieur braucht, schickt er den, den er für den geeignetsten hält, zum Studium, das ist für die Gesellschaft das Beste. Und wenn jeder gleich überlegt hätte, in welchen Beruf niste ich mich am besten und am bequemsten ein, wäre kein einziger Kibbuz bestehen geblieben. Nur wer den Weg der Bewegung geht, hat das Recht, das Abzeichen zu tragen. Stell dir vor, Kind, ich wurde immer gespannter, aber ich muss achtgeben, dass der Gesprächsfaden nicht reißt. Soll sie ruhig noch ein wenig predigen, damit sie die Befriedigung spürt, dass sie zur Nestführung gehört und pädagogisch redet, aber das Wichtigste konnte ich sie nicht fragen, nur mich selbst: Wer, zum Teufel, ist dieser Kerl, den man da hängen will? Auch ich möchte meinen Spaß daran haben. Dabei muss ich mich beeilen, dass mein Schaf nicht auf eine andere Weide geht, bevor ich es geschoren habe."
Sie lehnen am Fenstersims der Galerie und schauen über das

Jesreel-Tal. Gadi ist stolz auf seine Erzählung[7] und erwartet den Beifall seines Hörers.

"Also steuere ich das Gespräch auf ein anderes Gleise. Eigentlich ist er doch ein guter Bursche, sage ich, und mein Fisch beißt tatsächlich an. Jetzt sind plötzlich alle gegen ihn, sagt sie, aber ich sag dir, er ist wirklich ein guter Junge. Aber er hat Schwächen. Und das Schlimme daran ist, er kann sie nicht zugeben. Er glaubt, er muss immer der Erste und Beste sein, sich immer hervortun und alle in Erstaunen versetzten, er versteht nicht, dass man einen Burschen trotz seiner Schwächen gern haben kann, manchmal sogar wegen seiner Schwächen. Ich bin die einzige, die ihn von dieser Seite kennt. Hörst du, Kind, das hat sie mit so viel Gefühl gesagt, dass ich stutzig wurde und ihr eine neue Akte bei uns öffnen werde. Er ist eigentlich ganz unsicher, erklärte sie weiter, und nur wenn man ihn anbetet, hilft ihm das, an sich zu glauben. Er hat mit mir einmal über einen Freund gesprochen, und hat dabei geglaubt, ich würde nicht durchschauen, dass er sich selbst meint. Dieser angebliche Freund fühlt sich immer zu viel jüngeren Mädchen hingezogen, weil er vor ihnen seine Rolle als Alleswisser und Alleskönner spielen kann. Am Anfang glückt ihm das auch immer, die jungen Dinger sind bezaubert, später ist die Enttäuschung umso größer. Statt daraus zu lernen, beginnt er eine neue Vorstellung: So macht er es in Gesellschaft, während des Unterrichts und bei der Arbeit – eben in allen Bereichen!'", – Gadi zwinkert Rafi zu – "und wenn man ihn hätte fühlen lassen, er sei ein attraktiver und talentierter Junge, auch wenn er nicht erfolgreich ist, ich sage dir, er wäre geblieben. Aber Jerucham lebt nach Prinzipien, und

---

[7] Rachel bedeutet im biblischen Hebräisch Schaf.

wenn etwas nicht hundert Prozent der Ideologie entspricht, verwirft er es ganz. Sie wendet sich der Tür zu, der Wolf – das heißt ich – blieb hungrig und das Schaf entkommt noch ungeschoren. Aber was die Vernunft nicht macht, macht das Glück: An der Tür drehte sie sich um und sagte: Es tut mir Leid, Gadi, dass du das ganze Gespräch gehört hast, es ist mir sehr peinlich, dass gerade euer Gruppenführer in so einem Licht erscheint, aber vergiss nicht, was du mir versprochen hast! – Hörst du, Kind, unser Gruppenführer! Die ganze Zeit ging es um Ziki! Ich war so verblüfft, dass ich keinen Laut hervor bringen konnte, dann hat mich mein Erfolg so gefreut, dass ich hinter ihr her rief: Danke besonders für deine letzten Worte, Racheli! Endlich weiß ich, dass du die ganze Zeit über Ziki gesprochen hast, bis jetzt hatte ich keine Ahnung, wen du meinst. Na, da kannst du dir vorstellen, Kind, sie wollte sich selbst verzehren. Ich hätte ihr gerne guten Appetit dazu gewünscht. Ich habe schon lange nicht so von Herzen gelacht, wie über das Gesicht, das sie machte, übrigens war es dem Gesicht, das du jetzt machst, ähnlich. Eine Freude!!"
Gadi schaut Rafi neugierig an.
"Na, was sagst du, Kind? Eine tolle Sache, was?"
Rafi schweigt.
"Hör mal zu, Menschenskind, heute Abend ist der Apell! Da stehlen wir uns hin, die ganze Gruppe und wenn sie ihm das Abzeichen abnehmen, arrangieren wir uns leise zu beiden Seiten der Allee, hinter jeder Zypresse kauert einer und wenn er vorbeikommt, rufen wir in Chor: Hallo, Ziki, he-hop! Hallo, Ziki, he-hop! Das wird ein pädagogisches Meisterwerk."
"Das kannst du nicht machen, Gadi, du hast es versprochen."
"Das Versprechen gilt nur, solange er Gruppenführer ist. Nach dem Apell, wird er es nicht mehr sein."

"Aber du willst es vor dem Apell sagen."
"Das ist priggischer Formalismus!"
Gadi zwinkert leicht, wie immer wenn er eine rhetorische Phrase benutzt. "Außerdem hat er schon aufgehört, Gruppenführer zu sein, als er seine moralische Kraft eingebüßt hat. So kann man behaupten, damit du beruhigt bist, oder?"
"Nein, Usa, das kommt nicht in Frage. Das kann doch nicht sein, dass unsere ganze Gruppe… das ist eine schlimme Untat, ich meine von der pädagogischen Seite."
"Ach, Kind, von wo hast du diesen schrecklichen Ausdruck hergenommen? Von mir, vorhin? Jeder ist für seine Taten oder Untaten verantwortlich, besonders wenn er erziehen will."
"Aber ich erlaube dir nicht, es zu erzählen."
"Ist das dein Privateigentum? Das ist eine öffentliche Angelegenheit. Hiermit erkläre ich, dass sie entprivatisiert ist, sie betrifft das Kollektiv und untersteht dem Kollektiv. Das ist mein letztes Wort!"
"Ich erlaube es dir nicht, und das ist mein letztes Wort."
"Vorhin wolltest du lernen frech zu sein, jetzt ist die Gelegenheit da. Ich pfeife – um nicht zu sagen scheiße – auf das, was du erlaubst oder nicht, ich erzähl es allen. Schalom!"
Nach dem Nachtmahl ruft Gadi Rafi beiseite und sagt:
"Hör mal, in einer halben Stunde, wenn es dunkel wird, beginnen sie mit dem Apell. Ich hab es schon vorsichtig ausgekundschaftet und den Ort gefunden: Dort, wo die Allee sich zum oberen Schließ das Tor und zum unteren Schließ das Tor teilt. Da wurden zwei ziemlich armselige Feuerseulen und eine Linie mit Kalk gezogen. Nichts Beeindruckendes, es wird viel Rauch und wenig Feuer geben, aber dadurch wird es zu ein Kunstwerk, in dem Form und Inhalt zusammen gehören, das darf man nicht verpassen, kommst du mit?"

"Hast du's jemandem erzählt?"
"Klar, allen, ganz im Geheimen, habe ich ihnen verraten, dass Ziki eine Auszeichnung bekommt und seine Gruppe ihm dazu einen besonderen Appell vorbereitet hat, aber man darf natürlich nicht darüber reden. Alle haben eingewilligt, ihm eine Überraschung zu bereiten, einen lobenden Sprechchor, voller Anerkennung, sowas wie hallo he-hopp, wobei hinter jeder Zypresse ein Sprecher stehen wird, wir haben schon eine Generalprobe abgehalten. Ihre langen Gesichter, wenn sie kapieren, was beim Appell geschieht, werden einen einmaligen Anblick geben. Ich bin riesig zufrieden mit mir, das wird echt dramatisch!"
"Ich geh nicht. Du hast dich wie ein Schwein benommen."
"Und du – wie ein Esel. Zwar nicht wie ein ganz dummer, weil du das Frechsein schon ein wenig gelernt hast, also sagen wir wie ein Esel mit den Intelligenzquotienten der Eselin des bösen Bileams oder der weisen Eselin von Rabbi Chanina Ben Dossa. Beide hatten Funken von Verstand. Da könntest du ein paar Funken zusammenraffen und mir nur einen vernünftigen Grund nennen, warum ich diesen erfrischenden Skandal nicht entfachen sollte?"
"Es gibt viele Gründe."
"Tatsächlich?! Das ist interessant! Welche, zum Beispiel?"
"Darüber will ich nicht mit dir sprechen."
"Ah, das ist ein schwerwiegender Grund, der könnte fast überzeugend sein, wenn er nicht ein wenig vernebelt wäre. Vielleicht gibt es noch einen? Es kann auch ein winzig kleiner sein, ein halber, ein Viertel- oder ein Achtel-Gründchen?"
"Geh zum Teufel!" bricht es aus Rafi heraus.
"Nicht schlecht", lobt Gadi. "Du machst Fortschritte. Wer gut fluchen kann, hat meistens auch das Talent frech zu sein, nur

leichthin und graziös, bitte. Die schönsten Flüche und amüsantesten Frechheiten verdirbt man, wenn man nicht seine Freude daran zeigt."

***

Rafi hat die Obst-Plantage umgangen und gelangt von Oben zum Appellplatz. Von dieser Seite wird niemand kommen. Gadi und die anderen werden von unten, hinter den Zypressen der gegenüber liegenden Seite kommen. Rafi liegt unbequem auf den Schollen und lehnt sich auf seine Ellenbogen. Ruti steht im Zentrum seiner Gedanken. Gleich nachdem Gadi ihm erzählte, wo und wann der Appell stattfindet, versuchte er, sie zu warnen. Sie lag auf dem Rasen, vor dem Lesezimmer, mit einem aufgeschlagenem Buch, in dem sie nicht las, vielleicht weil es schon dunkelte. Es ist durchaus üblich, mit einem Buch, das man nicht liest, auf dem Rasen zu liegen. Talma und Jaela liegen neben ihr. Er ruft sie beiseite. Sie schaut ihn überrascht an, es ist nicht üblich, dass eine Junge ein Mädchen beiseite ruft, wenn sie mit ihren Freundinnen zusammen ist, man wird darüber tratschen. Schon lange haben sie nicht mehr allein mit einander gesprochen. Sie geht ihm nach, er fühlt deutlich ihren elastischen Schritt, schlank, graziös, distanziert. Plötzlich hält sie an und fragte:
"Was gibt's, Rafik?"
Er erzählt ihr, ohne ihr in die Augen zu schauen, Gadi habe alle getäuscht, in dem er sagte, es gäbe einen Appell zu Ehren Zikis. Die Wahrheit ist... Ziki verlässt das Institut, am Appell wird man ihn beschämen, ihm das Abzeichen nehmen.
Ruti schweigt. Steht einen Moment stumm, dreht sich um und

geht. Vielleicht – das ist ihm plötzlich klar – hat sie in diesem Moment gar nichts gedacht. Es ist, als ob er ihr gesagt hätte, Ziki sei tot. Was denkt man, wenn man hört, dass Jemand, der einem nahe steht, tot ist? Man denkt nichts, fühlt nichts und weiß nichts.

Ein Rascheln und Geflüster hinter den Zypressen auf der anderen Seite der Allee. Dunkle Flecken die sich von Stamm zu Stamm bewegen. Jetzt leuchtet in der Allee eine einsame Fackel auf, nähert sich, hinter der Fackel schreiten schweigend, mit knirschenden Schritten, die Genossen von Flamme, sie stellen sich entlang der Kalk-Linie auf, das Mädchen, das die Fackel trägt, entzündet die Feuersäulen. Jetzt gibt es mehr Licht. Alle haben blaue Hemden an, tragen dunkelblaue Tücher und die Jungen-Wächter-Abzeichen der Mittelschicht, versilberte Lilien mit vergoldetem Blattkranz.

Unterdrücktes Geflüster, wie bei einem Begräbnis.

Gadi hatte Recht: Viel Rauch und wenig Feuer.

Jerucham stellt sich zwischen die Feuersäulen. In dem Licht schaut er dünner aus. Er steht dort, wo gewöhnlich die ganze Nestführung steht.

"Steht stramm!" – Seine Stimme ist scharf, aber leise.

"Habt Acht! Steht frei! Genossen, wir befinden uns heute Abend in einer beschämenden Situation: Wir müssen aus den Reihen unserer Bewegung einen Genossen verstoßen, einer der mit uns lebte, der ein Gruppenführer war, der ein Beispiel für seine Zöglinge hätte sein sollen. Gut, dass diese Zöglinge, die ihn so angebetet haben, hier nicht mit uns stehen müssen und diese traurige Situation nicht miterleben müssen."

Hinter den Zypressen rührt sich nichts. Was denken und was fühlen sie jetzt? Jossi, Uri? Ofra? Vielleicht zweifeln sie, denken an einen Irrtum, eine Verwechslung, und lauschen gespannt?

Ihre Überraschung wird nur einen Moment dauern, dann werden sie einander etwas zu flüstern. Der arme Jossi wird sich an Gadi wenden: "Usa, was ist da los? Du hast gesagt...", und Gadi antwortet: "Eine kleine Überraschung, was? Tja, so ist das: Im Leben gibt es eben Überraschungen!"
"Zidkijahu Kimchi", hebt Jerucham seine Stimme, "du weißt doch...", – eine kleine Überraschung in der großen: Es war nie jemandem eingefallen, sich nach Zikis Namen zu erkundigen. Zidkijahu Kimchi! Wie lächerlich!
"Wir alle wollen, dass jeder Genosse sich selbstbestimmt entwickeln kann, studieren oder sich anders vervollkommnen, aber im Kibbuz! Der Kibbuz steht vor allem anderem. Er ist Mittel und Ziel. Wenn man einen Beruf mit einem Titel braucht, Arzt oder Ingenieur, z. B., wird der Kibbuz den Passendsten zum Studium schicken. Studieren um des Studiums und nicht um des Titels willen, konntest du auch bei uns. Die Lehrer können bezeugen, dass du das nicht getan hast."
"Und ich hab mit Rami gewettet, Ziki sei der beste Schüler in allen Fächern", wird Gadi murmeln, "und hab ihm gesagt, wenn ich die Wette verliere, nenn mich von jetzt an Usa... Guten Abend, Usa, flüstert Rami sicher, sobald er zu sich kommt. Wenn Gadi erzählen wird, was geflüstert wurde, wirst du den Bodensatz sehen: Die dunkle Allee, die flackernden Feuersäulen, Rachel, Jerucham, unerbittlich, wenn es um seine Prinzipien geht, Ziki, der plötzlich Zidkijahu genannt wird, der mit den Anderen in einer Reihe steht, stramm, wird Jerucham nicht in die Augen schauen, das ist klar, vielleicht schaut er ins Feuer, seine Mundwinkeln werden nach unten zeigen, mit zwei tiefen Falten.
"Du hast keinen Wissensdurst", hört Rafi Jeruchams Stimme, "du bist nur an deinen Noten interessiert, du willst Karriere

machen, weg von der Gruppe und von der gemeinsamen Zukunft."

"Ah, ihr erlaubt mir zu gehen?" erhebt Ziki seine tiefe Stimme, "oder darf man euch nicht verlassen?"

"Natürlich darfst du. Du könntest sagen, Genossen, ich denke anders als ihr, überzeugt mich von eurer Meinung. Du hättest auch sagen können, ich bin mit eurem Weg nicht einverstanden, ich kann nicht weiterhin Gruppenführer sein. Du hast dich verehren lassen, und als Misserfolg kam, hast du nicht den Mut aufgebracht, daraus zu lernen, stattdessen machst du dich aus dem Staub. Das ist Feigheit…"

Plötzlich hört Rafi ein Rascheln und bemerkt eine Gestalt die sich verstohlen nähert. Sein Herz schlägt heftig. Nur sie würde um den ganzen Obstgarten gehen, um unbemerkt zu bleiben.

"Hast du uns etwas zu sagen? Wenn nicht. "

"Ich habe noch etwas zu sagen", unterbricht ihn Ziki. "Gruppe, gegenseitige Unterstützung, gemeinsamer Weg, die Bewegung und die gemeinsame Weltanschauung, all das, mit dem ihr mich gemästet habt, das sind Worte, nichts als Worte, die euch als Vorwand dienen, im Leben Anderer herumzustochern, sie zu beschmutzen und ihnen Predigen zu halten. Glaubt ihr, ich hatte bei euch jemals, auch nur einen Moment, das sichere Gefühl gehabt, ein zu Hause zu haben? Alle die so schön reden, haben auch nicht das Gefühl, alle haben Angst vor der allgemeinen Meinung. Nach der letzten Besprechung mit der Nestführung fühlte ich mich in ein Fass von Misstrauen, Neid und verstecktem Hass getaucht. Auch bei euch gibt es den Kampf ums Dasein. Jeder will hinauf, man kleidet es in die schönen Worte, wie: Bewegung, Verwirklichung der Prinzipien… Deshalb gehe ich meinen eigenen Weg. Ihr seid neidisch auf jeden, dem es gelingt, euch zu verlassen. Wenn ihr

mich nicht beneiden würdet, würdet ihr nicht so ein Ritual, das nicht mich, sondern euch selbst entwertet, arrangieren."
"Ist das alles?"
"Es ist nicht alles, aber für diesmal genügt es."
"Habt acht! Steht stramm!"
Alle richten sich auf. Jerucham geht auf Ziki zu, schaut ihm in die Augen und nimmt ihm das Abzeichen vom Hemd. Ziki schaut durch ihn durch.
"Ein Appell ist keine Bühne für Diskussionen. Wenn dir gelegen wäre zu diskutieren, hättest du einen geeigneten Ort dafür finden können. Hiermit bist du aus der Bewegung und aus der Gruppe ausgeschlossen. Verlasse den Apell!"
Ziki geht aus der Reihe die Allee hinunter. Nach einigen Schritten wendet er den Kopf und sagt:
"Ich hoffe, ihr fühlt euch besser, wo Ihr euren jungwächterlichen Rachetrieb gestillt habt. Das wird euch Kraft und Lust geben. Seid glücklich miteinander und freut euch aneinander!"
Wird der Sprechchor ihm jetzt etwas zurufen? Die dunklen Flecken hinter den Zypressen rühren sich nicht. Rafi atmet tief ein, doch der Druck in seiner Brust bleibt.
Die Gestalt, die sich so verstohlen genähert hat, bewegt sich. Hört er nicht auch verhaltenen Atem? Aber schon verschwindet die Gestalt, leicht und leise, in der Dunkelheit.
Rafis Herz ist schwer. Wie durch Nebel hört er Jeruchams Worte: "Steht frei. Entlassen!" Einige beschäftigen sich mit dem Auslöschen der Fackeln und der Feuersäulen. Es bleibt Rauch ohne Feuer. Die Genossen von Flamme sprechen halblaut miteinander.
Sie gehen die Allee hinunter. Ihre Schritte knirschen leise. Nachdem sie verschwunden sind, folgen ihnen die Gestalten hinter den Zypressen.

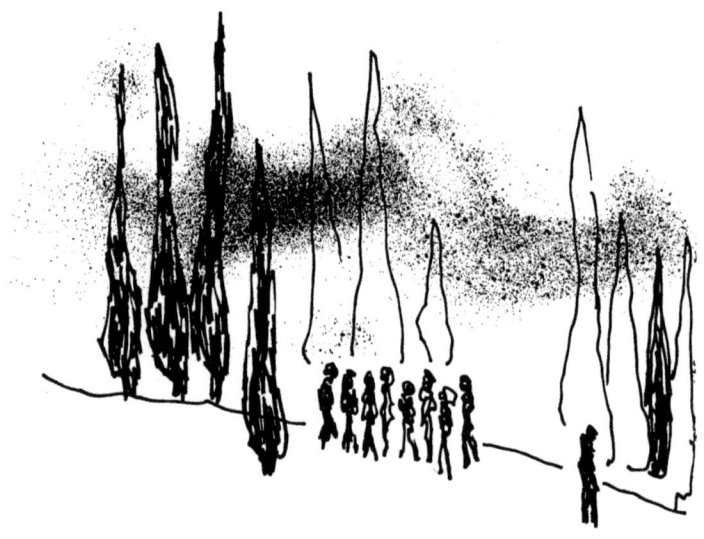

Rafi fühlt Mitleid mit Ruti, mit Jossi, mit sich selbst, vielleicht sogar mit Ziki.
Er wartet. Sollen doch alle endlich gehen! Er will niemandem begegnen, damit niemand von ihm erwartet, etwas zu sagen.
Zu sich sagt er: An diesen Abend wirst du dich erinnern.
Vor ihm, auf dem Hügel des Instituts, die Lichter. Hinter ihm steigt zwischen den Zypressen vom Appellplatz der Rauch auf.
Unten, über das Tal Jesreel verstreut, einzelne Lichter von nahen und ferneren Dörfern.
Unter Rafis Schritten knirscht es leise.
Das Knirschen vereint sich mit einer stummen, inneren Melodie,

Erinnerungen vergangener Melodien, Traurigkeit, Einsamkeit und Freude und der Vorgeschmack von allen Melodien die noch kommen werden, Melodien von Freude, Traurigkeit und Einsamkeit.
Er fühlt Erleichterung, wie jemand, der gebadet hat und frische Morgenluft atmet.

Gründung der Bande

Von unten, aus dem Kibbuz, hört man Musik und Gelächter, auf der dunklen Jesreel-Ebene scheinen verstreut Lichter, der Institut-Hügel liegt in Schweigen, kein Stimmengewirr, keine Schritte auf den Galerien, keine knallenden Türen. Nur in einem Zimmer im obersten Stock, auf der Felsen Galerie, ist Licht. Schritte hallen die Galerie entlang und vertiefen die Stille. Rafi ist in den letzten zwei Jahren gewachsen, seine blauen Augen schauen nachdenklich und traurig aus. Wenn er in Gedanken versunken ist, das heißt, fast immer, ist sein Gang ein wenig schwankend. Er ist sich dessen bewusst, seitdem man mit verbundenen Augen Erkenn die Schritte gespielt hat. Wenn jemand eine Bemerkung über seinen Gang gemacht hätte, hätte er sicher geantwortet, das sei eine Frage von Charakter, vielleicht hätte er auch zugegeben, das gehört zu seinem Selbstbild. Aber wer sollte etwas sagen?
Er bleibt vor dem erleuchteten Zimmer stehen und klopft leise, ein schwacher Lichtschimmer dringt unter der Türe hervor, er öffnet sie vorsichtig und bleibt auf der Schwelle stehen. Sein schüchternes Eintreten ist, als würde er sich entschuldigen wollen, dass er gekommen ist. Das Wort schüchtern hat er erst

unlängst kennen gelernt,[8] in einer Erzählung von Mosche, von Yigal oder von Yishar, so nennt Rafi sie in seinen Gedanken, so familiär hätte er sie auch genannt, wenn er mit jemandem über sie gesprochen hätte, ohne ihre Nachnamen Schamir, Mossensohn oder Smilansky hinzufügen zu müssen und trotzdem sofort verstanden geworden wäre. Aber mit wem hätte er über ihre Erzählungen sprechen können,[9] oder über die Gedichte von Abraham, Natan oder Leah, ohne deren Nachnamen Shlonsky, Alterman oder Goldberg zu erwähnen.[10] Sie sind alle drei etwas jünger als unsere Eltern. *Schüchtern* hat Rafi vergessen ins schwarze Heft zu notieren, in die Spalte der neuen Worte und Zitate. Im Wörterbuch von Jehuda Gur fand er zwar nicht *rahui*, aber den Bibelvers aus dem das Wort[11] abgeleitet wurde.[12] Als er das Alte Testament zum zweiten Mal las, unterstrich er das erschrecket in seiner Bibel, um es näher zu klären. Jetzt fand er die Erklärung: Bei Gur kam gleich daneben das Wort *rahat*, die Wasserrinne die zum Trog führt, um die Herden zu tränken. Und mit ihr die Erinnerung an die Bibelbilder der Hirtinnen, die schüchtern warten.[13] Und nun steht auch er schüchtern an der Schwelle.

"Ho, ho, Kind! Wer steigt da aus der Wüste auf? Wunderbar,

---

[8] Das hebräische Wort für schüchtern (rahui) wurde bis in die vierziger Jahre fast nie benutzt.

[9] Mosche Schamir (1921-2004), Yigal Mossenson (1917-1994), Yizhar Smilansky (1916-2006) waren die populärsten Schriftsteller der vierziger Jahre, besonders unter den Lesern ihrer Generation, die für die Errichtung Israels kämpfte.

[10] Abraham Shlonsky (1900-1973), Nathan Alterman (1910-1970), Leah Goldberg (1911-1970), Dichter die sich in ihrem modernen Stil nahe waren.

[11] Jehuda Gur verfasste (1938) das damals neueste und modernste Wörterbuch.

[12] Jesaja 44.8. Luther: "Fürchtet euch nicht und erschrecket nicht".

[13] 1 Mose 29.2-29.10 (Jakob tränkt Rahels Schafe); 2 Mose 2.16-2.21 (Moses tränkt die Schafe der sieben Töchter des Midian-Priesters).

dass du mich besuchst! Das freut mich riesig. Jetzt brauche ich schon nicht mehr traurig sein und nicht weinen."
Er wischt sich die Augen und leckt die Finger. Er liegt auf dem linken Bett und dreht Rafi den Kopf zu. Dann erhebt er sich langsam und schwerfällig. Er steckt von den Zehenspitzen bis zu den Hüften in einem Gipspanzer.
Steckt? Im Hohelied heißt es: "Ein König liegt in deinen Locken gefangen", das steht bei Gur gleich neben den schüchternen Hirtinnen. Verblüffend: Rafi ist schüchtern und Gadi – ein gefangener König.
"Hör mal, Kind, sich in dieser Schale umzudrehen, ist – außer sich kratzen zu müssen – das Höllenschlimmste mit Folterqual."
Rafi rückt einen Stuhl an Gadis Bett und stellt sich dabei die Höllenfolterqualen vor, wenn es einem juckt und man sich nicht kratzen kann. Das haben die weisen Götter vergessen, zu den Qualen des Tantalos hinzuzufügen. Sie könnten von Gadi etwas lernen. Soll er ihm das sagen? Er schweigt.
"Also, was ist, Kind? Alle sind unten, beim Film, was?"
"Ja."
"Na, und du? Du bist nicht hinunter gegangen, ist etwa dein himmelblauer Himmel himmelgrau bewölkt?"
Rafi lächelt.
"Ich hatte keine Lust", lügt er und errötet ein wenig, "da bin ich in der Mitte weggegangen."
"Ich verstehe dich nicht. Ich vergehe vor Lust Filme zu sehen. In den letzten Sommerferien, als ich bei meinem Onkel in Tel-Aviv war, verbrachte ich jeden Tag drei Stunden im Kino. Im Sommer gibt es doppelte Tagesvorstellungen. Ich verschlang und verschlang Filme und wurde nicht satt."
Das wird er in der Rubrik Zitate aufschreiben. Ich verschlang und verschlang und wurde nicht satt.

"Schade um die Zeit", sagt er mit einer abwertenden Kopfbewegung.
"Es soll ein guter Film sein, über den Krieg und einen Kolchos."
"Was hat der Doktor gesagt?"
Gadi macht eine wegwerfende Handbewegung:
"Noch zwei Monate. Dann beginnen sie mit Untersuchungen. Es geht um etwas im Hüftgelenk. Als ich drei Jahre alt war, haben sie mich zum ersten Mal in so einen Panzer gesteckt, und das war anscheinend zu spät, man hätte mich schon als Baby eingipsen sollen, aber, wie sagt Shakespeare: Better later than never, besser fressen als vergessen. Man gewöhnt sich. In der Tischlerei wird für mich ein Bett mit Rädern gemacht, jeden Tag werdet ihr mich ins Klassenzimmer fahren, na, das wird ein Gaudi! Ihr werdet brav sitzen und ich werde bequem in der Mitte liegen, wie ein König."
'Ein König liegt in deinen Locken gefangen'.[14] Im Gips gefangen, und im Witz gefangen, über alles muss er Witze machen.
"Schau mal, Kind, in welchen Gips sie mich gesteckt haben. Dicker als ein Zentimeter. Ein echter Panzer. Ich hab den Jungs gesagt, wenn das Rollbett nicht funktioniert, werdet ihr mich auf den Armen ins Klassenzimmer tragen, dann stellt mich in eine Ecke und lehnt mich an die Wand, vergesst nur nicht, einen Blumentopf an mich zu hängen, ihn zu bgießen und mich jeden Tag abzustauben."
Rafi schweigt. Gadi lacht.
"Hör mal, Kind, wir starten gerade mit einem gesellschaftlichen Projekt ersten Ranges: Wir haben den Verband der Maskenspieler gegründet. Jeder wählt sich seine Bibel und ein ganz

---

[14] Hohelied 7, 6., nach Luthers Übersetzung.

eigenes Sprichwort, dann stimmt unsere Jury ab. Wenn wir den Kandidaten annehmbar finden und er in unserem Existenzkampf überleben kann, wird er als Mitglied aufgenommen. Wir werden bald solche Skandale machen, dass unsere ganze Jugendrepublik auf dem Kopf stehen wird. Eines kann ich dir versprechen: Es wird in diesen nächsten zwei Monaten nicht langweilig."
"Welche Bibel?"
"Meine Bibel, zum Beispiel, ist das Bildnis des Dorian Gray. Usis Die Pickwickier. Drei Mann in einem Boot ist noch frei, die kannst du haben."
"Und was ist ein ganz eigenes Sprichwort?"
"Es soll geistreich und nützlich, kurz und mörderisch sein. Meins ist: 'Moral und Feigheit sind dasselbe. Aber Moral eignet sich besser zur Vermarktung'. Usi hat: 'Der Mensch lebt um zu sterben, die Kuh um zu kalben und wenn du mal den Pfahl besteigst, kommst du nicht so rasch herunter'. Ich hab ihm geraten, er soll es klarer machen: 'Wenn man dich am Pfahl erhängt...' Amos, mit seinem stillen Sadismus, hat bemerkt, dass Pfahl das Hängen bedeuten kann, aber auch das Pfählen, das die Türken so gerne öffentlich vollzogen haben. Ein eigenes Sprichwort ist ihm nicht eingefallen, ich habe ihm geraten: 'Das Leben ist Verrat und Gift, schieß, auf dass der Tod dich trifft!'. Auch Rami will mitmachen. Humor hat er keinen, zwinkern kann er gar nicht, hat aber ein gutes Sprichwort: 'So ist es gut, sagte jener Gentleman, nachdem er seinem Sohn den Kopf abgehauen hat, um ihn vom Schielen zu heilen'. Es ist etwas schwerfällig, aber gut anzuwenden. Wir haben schon eine ganze Reihe von 'sagte jener Gentleman', zum Beispiel: 'Ich hoffe auf eine lange Bekanntschaft, sagte jener Gentleman zu einer fünfhundert Dollar Note'. Gestern haben wir

einen Wettbewerb gemacht, wer findet das beste 'sagte jener Gentleman' für 'Tja, sowas gibt es eben'. Lach nicht, das ist nicht leicht. Und wer, glaubst du, hat am Ende was Passendes vorgeschlagen? Usi! Dieser Bursche überrascht immer wieder. Und was glaubst du hat er rausgebracht? 'Tja, sowas gibt es eben, sagte jener Gentleman, als er seine vierte Frau begrub'. Nicht schlecht, was? Nebenbei, wir sind noch unsicher, was den Namen unseres Verbandes betrifft. Die westliche Fraktion ist für Masquerade, während die östliche, pro-russische, Maskarade fordert. Ich finde, das erste klingt besser, wie schon jener Gentleman sagte, als man ihm vorschlug seinen Namen, Pinkelholz auf etwas, das besser klingt, zu wechseln. 'Gut, dann nennt mich Pinkelblech'.

Bei der nächsten Versammlung werde ich vorschlagen uns Pessimisten zu nennen, nach der Parole: 'Nieder mit dem banalen Optimismus! Es lebe der edle Pessimismus!' Aber zurück zu den Sprichwörtern. Außer: 'Das Leben ist Verrat und Gift, schieß, auf dass der Tod dich trifft!' Haben wir noch: 'Mein Freund, zur Lösung aller Dinge, neig deinen Hals in Henkers Schlinge!' Du schreibst doch Gedichte, Kind, da könntest du uns auch andere Todesarten. außer sich erschießen und erhängen, bedichten. Warum bist du sauer? Ich rate dir als Bibel die 'drei Mann im Boot' zu nehmen, bevor Amos sie dir wegschnappt."

"Nein, das lohnt sich für mich nicht", sagt Rafi mit gesenktem Blick, "ich werde keine Bibel und kein Sprichwort wählen. Ich passe so wie so nicht in euren Verein."

"Ach, Kind, was redest du da für'n Unsinn?! Ich hab dir gleich gesagt, du bist heute ein wenig sauer. Stell dir vor, was hätte ich getan, wenn ich so sauer wie du gewesen wäre. Ich wäre verrückt geworden. Hör mal, Kind, lern weniger, schreib

weniger Gedichte, lass die Prinzipien Prinzipien sein und beginn stattdessen endlich ein Menschenskind zu werden!"
"Das hat mit Prinzipien nichts zu tun", antwortet Rafi.
"Ich hab Prinzipien nur gesagt, weil es darüber einige gute Sprüche gibt. Zum Beispiel: 'Menschen sind mir lieber als Prinzipien und Menschen ohne Prinzipien sind mir am liebsten', sagte Dorian Gray damals zu Oscar Wilde. Ist doch gut, oder?"
Rafi wirft ihm einen flüchtigen Blick zu.
"Außerdem gibt es dazu auch eine kleine, pädagogische Geschichte", sagt Gadi wie jemand, der sich im Schweigen unbequem fühlt. "Ein Mann sitzt im Kino mit einem großen Hut auf dem Kopf. 'Mein Herr', sagt man ihm, 'nehmen Sie bitte dieses Ding-da ab!' – 'Nein', sagt er, 'auf keinen Fall, aus Prinzip!' Da kommt einer auf ihn zu, wirft ihm den Hut runter und sagt: 'Die Krätze haben Sie, das ist ihr ganzes Prinzip!' Gut, nicht wahr? Unter den Prinzipien versteckt sich oft Krätze und bedeckt sich ganz energisch mit dem Hut der Ideologie."
Von unten, vom Kibbuz, klingen Musikfetzen aus einem Film.
"Was ist mit dir los, Gadi?" fragt Rafi mit missbilligendem Blick.
Ein langes Schweigen. Rafi bereut seinen Blick, könnte wie eine Wolke wirken, die etwas beschattet, aber was? Ihre Freundschaft, über die sie nie gesprochen haben?
"Vor dem Film gab es eine Diskussion", greift Rafi ein neues Thema auf. "Wir saßen am Lagerfeuer, es war schön und interessant, nur schade, dass Israel am Ende die Diskussion nicht zusammen fassen wollte." Jetzt müsste Gadi fragen, über was diskutiert wurde, was daran so interessant war und warum Israel nicht zusammen fassen wollte.
Aber Gadi fragt nicht.
"Das Thema war das Gefühl von Glücklich sein im Leben, was das ist, ob man es erreichen kann oder nur anstreben. Alle

haben mit etwas verschiedenen Worten ähnliches gesagt: Jeder Mensch soll sich ein Ziel setzen, und wenn er es erreicht, dann ist er glücklich".

Gadi müsste jetzt fragen, was seine, Rafis, Meinung war, aber er schweigt. Rafis Blick hat wie eine graue, abkühlende Wolke gewirkt.

"Ich habe darüber noch nicht gründlich nachgedacht", fährt Rafi fort, um das Schweigen zu überbrücken. "Ich habe nur ein Gedicht darüber geschrieben. Und Israel hatte Recht, dass er nicht zusammenfassen wollte. Alle erwarteten, dass er seine Meinung äußern soll. Aber er sagte nur: 'Tut mir Leid, Genossen, aber ihr macht euch das Denken zu leicht. Zu sagen, Glücklichsein im Leben ist etwas Wollen und es Erreichen, ist zu wenig für junge Menschen in eurem Alter. Ich erwarte von euch, mehr mit dem Begriff Glücklichsein zu ringen.' Ich erinnere mich nicht genau, aber das Ringen hat er betont. Er sagt, die Behauptung, nur das Streben und Suchen mache glücklich, führe zu einer altmodischen Romantik oder zum Skeptizismus. Er wollte damit andeuten, die Antwort sei die harmonische Integration des Individuums in die Gesellschaft, in der es aber nicht harmonisch zugehen kann. Ich beschloss, darüber nachzudenken und habe in meinem Gedicht..." Wenn Gadi jetzt nicht nach dem Gedicht fragt, weiß Rafi nicht weiter.

Um die Lampe flattert ein verwirrter Nachtfalter und stößt an die Glühbirne.

"Na, und was ist mit dem Gedicht?", fragt Gadi. Besser verspätet, als versäumt. "Liest du es mir vor?"

"Sicher", sagt Rafi, dankbar. "Ich möchte, dass du mir sagst, ob ich es der Gruppe vorlesen kann."

Er sucht in allen Hemd- und Hosentaschen. Umsonst.

"Gut, dann erzähle ich jetzt kurz den Inhalt und suche es später. Wahrscheinlich hab ich es in der Tasche meiner Arbeitshose, die ich in die Schmutzwäsche geworfen habe, vergessen. Es heißt: 'Der weiße Hirsch, eine Legende'."
"Pssss, Legende, weißer Hirsch! Toll, Kind! Sag, von wo hast du das geklaut?"
Die Wolke ist weg.
"Was weiß ich?", entschuldigt sich Rafi. "Es gibt alle möglichen Legenden über einen weißen Hirsch. Er ist ein Symbol. Man sucht ihn, vielleicht, weil es ihn nicht gibt."
"Hör mal, so einen Spruch kannst du bei uns servieren: 'Man sucht ihn, weil es ihn nicht gibt'. Nicht schlecht. Aber zurück zum Hirschen."
Gadi hat die Spur von Unmut auf Rafis Gesicht bemerkt.
"Den Anfang weiß ich zufällig auswendig", – Rafi errötet dabei ein wenig. "Im fernen Morgenlande / Die Farne blühen bei Nacht, / Die schönsten Mädchen blühen / Mit voller Blüten-Pracht. – Noch einige Strophen beschreiben die Exotik dieser Länder, bis die Handlung beginnt: Es herrschte dort ein König... und jetzt beschreibe ich ihn und seine Schätze, die Königin, den jungen Prinzen. Eines Morgens geht der König auf die Jagd. Im Wald trifft er weder auf Bären noch Rehe, aber als die Sonne aufgeht, sieht er den weißen Hirsch: Er steht im Licht der Sonne, / Im Busch verschwindet dann..., der König jagt ihm nach, kann ihn aber nicht einholen. Von früher Morgenstunde, / Bis finstre Nachtstund kalt / Jagt und jagt der König / dort durch den dunklen Wald//. Da schwört der König laut einen fatalen Schwur: Er werde diesen Hirsch jagen, bis er ihn einholt: Und wenn ich müsst' verlassen / auch Frau, auch Sohn noch klein / Um diesen Hirsch zu jagen / Da ließ ich alles sein.// Jahre vergehen und noch immer jagt der König den weißen Hirsch. Er

sieht ihn in der Ferne, aber immer, wenn er sich ihm nähert, entschlüpft der Hirsch ins Dickicht. Bis der König – schon alt und müde – sein nahes Ende fühlt. Er fällt, spürt die kalte Hand des Todes, sieht noch den weißen Hirsch in Reichweite, er streckt die Hand aus – und stirbt in der Fremde."

"Nein, Kind, so darfst du das nicht enden lassen, das ist zu traurig, sogar für einen Pessimisten, wie mich. Hast du kein Erbarmen mit der armen Witwe und dem kleinen Waisen-Prinzling?"

"Aber das ist noch nicht das Ende", protestiert Rafi. "Jetzt kommt das Wichtigste: Uralt ist die Geschichte, die immer sich erneut..., was sich ändert ist nur, wie der weiße Hirsch genannt wird: Das Glück, so nennt ihn Mancher, / Freiheit, ein Andrer sagt. / Wahrheit sucht der Dritte / Auf dieser ew'gen Jagd."

"Das ist schon ein optimistischeres Ende, dem Gott der Poesie sei Dank!"

"Aber das ist nur das Ende dieses Abschnitts, jetzt kommt mein privater Teil: Kein König ist mein Vater, / Kein Geld mein Heim entstellt, / Jedoch den weißen Hirschen, / den jag ich durch die Welt.// Wenn mal erspießt der Liebe / In meinem Herz ein Keim / Und dann ein kleines Söhnchen / Wächst auf in unsrem Heim,// An seinem Bett am Abend / In Winternacht so kalt / Erzähl ich die Legende / Vom weißen Hirsch im Wald." – Rafi holt tief Luft. Bei den letzten Zeilen errötet er wieder. – "Also, über diesen Teil möchte ich dich fragen."

"Und das ist jetzt das Ende?"

Gadi ist vorsichtig und auch enttäuscht.

"Nein, nicht ganz, weil dann der Vater – das heißt ich, in der Zukunft – den Sohn beschwört, auch er solle weiter den weißen Hirsch jagen: Und wenn ich einst vergehe / In ferner Fremde kalt, / Dann jage du ihn weiter, / Den weißen Hirsch im Wald!'//.

Das war jetzt das endgültige Ende."
Rafi schaut seinen Freund fragend an.
"Nicht schlecht", sagt Gadi, nach geraumer Pause. "Ich verstehe nicht viel von Poesie, aber da sind einige besonders poetische Worte drin, wie in meinem Herze oder dass der Liebe ein Keim erprießt. Der Gedanke ist schön, und die Reime und der Takt, und all das was poetisch ist. Israel wird es vermutlich nicht gefallen, weil er überhaupt gegen das Romantische ist. An der Stelle an der du zu deinen familiären Plänen kommst und Liebe in deinem Herze erprießt, werden die Jungs sicher lachen, aber das brauchst du nicht zu beachten, kannst ja einfach zurück lachen. Aber sag mir im Geheimen: Ist denn Herze statt Herz nicht zu poetisch?"
Rafis Augen leuchten. Er schiebt seinen Stuhl näher an das Bett seines Freundes und legt begeistert los:
"Natürlich, das ist der Modernismus gegenüber der Romantik. In der muss alles wie in der Natur sein, im Modernismus gerade umgekehrt. Da muss man betonen: Das ist nicht Natur, das ist Kunst! Ich suche den Mittelweg, der beides vereint. Ich schreibe z. B. hinan statt hinauf. Abraham, Nathan und Leah – ich meine Schlonski, Alterman und Goldberg – hätten nie Herze gesagt, sie versuchen sich der Umgangssprache zu nähern. Und was die Romantik betrifft... Die Wahrheit ist, ich habe noch ein Gedicht geschrieben, ich weiß nicht, wie man das annehmen wird, weil es weniger modernistisch ist."
"Ohne Vorwort, raus damit und zeig es, wie zu jenem Gentleman sein Arzt für Haut- und Geschlechtskrankheiten sagte."
"Ich muss trotzdem etwas vorausschicken", verteidigt sich Rafi.
"Bei uns..." – er zögert – "spricht man nie über Gefühle. Immer poltert man, versucht mit Witzen geistreich zu erscheinen,

niemand würde zugeben, dass er was fühlt. Und diese Bande, die sich da um dich versammelt hat... Da ist keinen Platz für mich."

Gadi lächelt über das ganze Gesicht und versucht sich im Bett aufzurichten:

"Aber Kind, rede keinen Unsinn! Ich versichere dir, dass..."

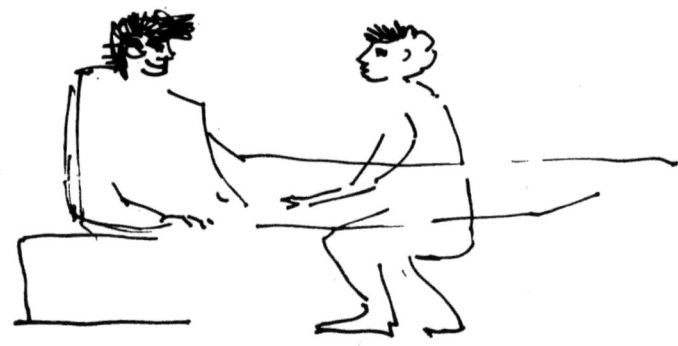

"Nein, Gadi, nein!", unterbricht ihn Rafi, "du nennst mich Kind, ich nenne dich Usa, alles nach eurem Stil. Es ist mir egal, ob du es Maskenspiel oder Pessimismus nennst. Es ist nicht mein Stil und auch nicht deiner. Es ist ganz unnatürlich."

"Aber Kind, rede keinen Unsinn! Ich versichere dir, dass..."

"Nein, Gadi, nein!", unterbricht ihn Rafi, "du nennst mich Kind, ich nenne dich Usa, alles nach eurem Stil. Es ist mir egal, ob du es Maskenspiel oder Pessimismus nennst. Es ist nicht mein Stil und auch nicht deiner. Es ist ganz unnatürlich."
"Dann ist dieser Stil vielleicht modernistisch, wie du gesagt hast?"
"Es ist sicher nicht romantisch. Auf jeden Fall, wird es mir nie gelingen mich anzupassen. Ich habe sogar mit Israel darüber gesprochen und habe versucht, ihm zu erklären, was ich an eurem Stil auszusetzen habe…"
"Wart mal, was hat Israel dazu gesagt? Das interessiert mich. Ich möchte schon lange wissen, was die Lehrer über uns denken."
Rafi hat nicht beachtet, was Gadi interessiert.
"Er sagt, ich soll mich nicht anpassen. Hör mal, Gadi, Israel beeindruckt mich mit seiner Eigenständigkeit. Alle quaken wie Frösche im Chor, der Einzelne soll sich der Gesellschaft anpassen und Israel sagt, sich anpassen bedeutet Verzicht auf dein eigenes Persönlichkeits-Ideal. Wenn es um Charakter geht, soll jeder um seinen eigenen Weg ringen. Kein Verwischen! Deswegen habe ich beschlossen, mein Gedicht in unserer Zeitung zu veröffentlichen. Ich frage dort, ob sie nie Zweifel haben oder ein wenig Unsicherheit auf der Suche nach ihrem Weg?""
"Du übertreibst", unterbricht ihn Gadi ungeduldig, "Jeder hat manchmal Zweifel, aber nicht jeder macht daraus ein Ritual, so wie du. Warum haben wir unseren Kreis Verband der Maskenspieler genannt? Weil das Leben ein Maskenspiel ist." Auf seiner Stirn stehen drei Falten. "Wenn mir zum Weinen zumute ist, stelle ich mich als ob ich vor Lachen bersten könnte und alle sagen: Was hat Usa so eine tolle Laune? Sonst würde ich

verrückt. Weißt du was das heißt, drei Monate in Gips zu liegen, ohne zu wissen, was dann kommt. Da muss man sich überwinden und lachen. Auch Usi hat einen Grund zu scherzen und witzeln und Unfug zu treiben. Ich bin sicher, er hat mit einer unglücklichen Liebe zu kämpfen. Und Amos ist uns auch nicht grundlos beigetreten."

"Glaubst du, jemand bei uns hat sich schon echt verliebt?", fragt Rafi. "Ich habe mich oft gefragt, wie verliebt man sich plötzlich? Ich, zum Beispiel fühle nichts von dieser Art, vielleicht werde ich nie im Stande sein, so ein starkes Gefühl, das einem alles vergessen lässt, zu empfinden?"

"Nein, Gadi, nein!", unterbricht ihn Rafi, "du nennst mich Kind, ich nenne dich Usa, alles nach eurem Stil. Es ist mir egal, ob du es Maskenspiel oder Pessimismus nennst. Es ist nicht mein Stil und auch nicht deiner. Es ist ganz unnatürlich."

Riesen der Urzeit

"Ich?"

Rafi hebt den Kopf und schaut Amos überrascht an. Der spielt mit einer Ähre, die er eben gepflückt hat und kichert.

"Ich? In Rachel?"

Er schaut Amos zögernd ins Gesicht. Wie kommt der auf so eine Idee? Und wenn etwas dran ist? Und warum schwelgt er so im Vergnügen? Der fühlt sich besonders klug. Antworte ihm leichthin und witzig, er soll nicht glauben, er hätte dich verwirrt!

Seinen Gedanken zum Trotz, fragt Rafi zum dritten Mal:

"Ich? In Rachel? Wie hast du das… Wieso glaubst du das?"

Sie gehen zwischen den Reihen australischen Weizens entlang

und prüfen eine Ähre nach der anderen. Ihre Aufgabe ist es, artfremde Ähren zu pflücken, damit ein reines Saatgut bleibt. Eine langweilige Arbeit, aber man kann dabei plaudern.

Die Sonne brennt auf ihre Köpfe, Amos hat Hemd und T-Shirt ausgezogen, wickelt beides zusammen und wirft es ans Ende der Reihe, neben das Hemd und Ruderleibchen von Rafi. Es tut gut, den streichelnden Wind auf der nackten Haut zu spüren. Amos ist breit und stämmig. Seit er sich zum ersten Mal rasiert hat, wachsen seine Barthaare auf den Wangen, wie auf einem Stoppelfeld nach der Ernte. Seine abstehenden Ohren erinnern – wie bei den Maskeraden ausgiebig erörtert wurde – an zwei Meeresbuchten oder Segel, was ihm den Beinamen Segler oder Meerbuchtler[15] einbrachte, aber beide Namen blieben nicht haften. Bis jemand – wahrscheinlich verleumderisch – behauptete, er habe ihn singen gehört "Ein Fischerboot fährt einsam / mit seinen Segeln zwei", woraufhin man ihn *Dugi* taufte.[16] Bei dieser Gelegenheit stellte man fest, seine Augen hätten die Farbe des Meeres, eines – grau-braun, das andere – grau-grün.

Sie gehen langsam zwischen den Getreide-Reihen entlang und plaudern über die Lehrer. Ob es gut sei, dass sie im Speisesaal an separaten Tischen sitzen und warum kein Lehrer zu der allgemeinen Besprechung über den Lebensstil gekommen ist, ein Zeichen dafür, dass das Thema sie nicht interessiert oder denken sie, das sei nur Gerede, bei dem nichts herauskommt? Dann wendet sich das Gespräch den Arbeitsplätzen zu. Rafi behauptet, man hätte ihn nur zeitweilig von der Arbeit im Maschinen-Schuppen abgezogen, aber zur Überholung der Erntemaschine und der Heupresse wird man ihn zurückholen.

---

[15] Auf Hebräisch sind beide Wörter sehr ähnlich (*mifrassi, mifrazi*).
[16] Nach Fischerboot – *Dugit* – ein seinerzeit sehr populäres Lied.

Amos bemüht sich, ihm die Flügel zu stutzen, wie die Maskenspieler sagen. Er versichert, man wird ihn ein paar Schrauben putzen lassen, aber die Maschinen selbst wird er nicht warten dürfen. Dann diskutieren sie über Traktoren, Kampfflugzeuge und den Krieg. Was geschieht, wenn die Russen Europa erobern? Amos beginnt ein neues Thema: Man sollte das Gruppenkomitee wechseln, das jetzige beschäftigt sich nur mit den Maskenspielern und predigt Moral. Von da geht das Gespräch über zu den Diskussionen während der Gruppen-Treffen, und hält beim nächsten Thema an: Die jungwächterliche Freundschaft. Rafi möchte darüber sprechen, besonders mit Amos, der sich den Stil der Maskenspieler angeeignet hat, nach dem Sprichwort: Wenn du eine Spanne aufgedeckt hast, deck gleich zwei wieder zu.[17]

"Man kann bei uns nur schwer über Freundschaften sprechen", beginnt Rafi nachdenklich, "weil es so wenig Paare gibt. Wenn einmal ein Junge mit einem Mädchen spricht, klatscht gleich das ganze Institut über sie."

"Freundschaften sind nebensächlich", sagt Amos nachlässig, "die Hauptsache, es gibt Krisen."

"Du meinst Krisen wegen Freundschaften?" fragt Rafi erregt.

"Ob Freundschaften, verliebt sein oder Enttäuschungen, das ist egal, die Hauptsache, man liefert Rohmaterial zum Klatschen. Nimm den Chajim Falshi, ein Siebzehnjähriger, Genosse in der ältesten Gruppe, jetzt hat er eine Krise. Und was ist aus ihm geworden? Ein Fetzen. Er kommt zu uns, sich einzuschmeicheln und spürt nicht, wie sehr er nervt. Wir nennen ihn den Metzger, weil er so viel über Fleisch spricht."

Rafi traut sich nicht zu fragen, was mit Fleisch gemeint ist.

---

[17] Rabbi Meirs Frau erzählte ihren Nachbarinnen, so verkehre ihr Mann mit ihr.

Amos spricht herablassend, als würde er Rafi einen Gefallen tun. und spürt dabei, er verletzt die Gesetze der Bande: Ein Maskenspieler darf aufsaugen, aber nicht vergießen, doch Amos verharmlost das: Er kann seine Lust, sich wie einer zu gebärden, der sich ungemein auskennt, nicht überwinden.
"Vielleicht gibt es Krisen, aber Paare gibt es keine, oder? Ich glaube, dass nur Amnon..." Rafi tastet verlegen herum, das Thema ist so spannend!
"Aber geh, lass den Amnon in Ruh", antwortet Amos und macht noch eine bekannte Akte auf. "Bei ihm geht es nie um Angelegenheiten, die uns interessieren könnten. Er denkt nur ans Anbandeln und Schmusen. Er hat das Institut vor zwei Jahren beendet, also alle Ehre seinem kümmerlichen Schnurrbart, aber Schürzenjäger sind in jedem Alter verächtliche Geschöpfe, solche Typen sinken bei mir wie ein Herbstblatt..." Amos ist der Ideologie und dem Stil seines Lehrers treu.
"Und warum interessieren euch seine Eskapaden nicht?"
"Weil er keine Krisen hat. Er irrt nicht seufzend herum, man kann nicht mit Erfolg über ihn spotten, man kann ihn mit keiner Andeutung verwirren, sie stören ihn nicht. im Gegenteil. Total uninteressantes Material. Die Mädchen machen wegen ihm Krisen durch. Deshalb sind sie interessant, und wir haben schon einige Akten geöffnet. Das ist unsere Dialektik der Liebe: Je weniger Paare es gibt, desto mehr Material für den Klatsch gibt es."
"Ich versteh nicht", gesteht Rafi und gibt sich unheilbar naiv.
"Wenn zwei zusammen gehen, kann man nicht mehr viel unternehmen, die Sache ist verpfuscht. Aber mit dem Rohmaterial, mit den verstohlenen Blicken, den zugesteckten Zetteln, den Krisen – mit denen kann man viel anfangen. Von diesem Rohmaterial gibt es genügend. Und wir wissen davon."

"Ich glaube, dass man meistens nichts weiß. Über mich, zum Beispiel, da bin ich sicher, weiß niemand etwas", trotzt Rafi und bemerkt nicht, wie er sich der gefährlichen Falle nähert.
"Wir wissen immer etwas", sagt Amos gelassen und plant vorsichtig den endgültigen Schlag. "Auf Rachel, zum Beispiel", fährt er nachlässig fort, als hätte er Rafis trotzigen Worte nicht gehört oder wisse nicht, was darauf zu antworten. "Auf Rachel, zum Beispiel", – er wiederholt den Namen und genießt die nachlässige Gleichgültigkeit seiner Stimme – "schauen jetzt vier. Wenigstens drei davon sind bis über beide Ohren verliebt in sie und haben keine Ahnung von einander. Na, siehst du, man weiß alles Mögliche." Amos beugt sich über die Ähren und prüft sie mit Sorgfalt. Die entscheidende Frage kommt bald. Es wird ein glänzender Bericht im nächsten Maskenspielertreffen. "Zuerst habe ich mit ihm über Neuigkeiten aus dem Institut gesprochen, als wäre ich sein zweitbester Freund, und zog ihn vorsichtig in den Bereich. Er fragte einige durchsichtigen Fragen, in der Hoffnung aus mir etwas heraus zu bekommen. Und ich…" – Amos spricht sich das, was er sagen wird, vor und kostet im Voraus das spöttische Lächeln Gadis, der stolz auf seine Schüler ist. – "Ich spende ihm einige uralte Fossile aus den Zeiten Methusalems, irgendwas über Falshi und Amnon. Da schnappte er nach dem Angelhaken. Über mich, behauptet er herausfordernd, da bin ich sicher, wisst ihr nichts. Und ich, natürlich…"
Eine dramatische Pause. Das wird der Höhepunkt vom Bericht. – "Ich stelle mich, als ob ich es nicht gehört hätte, ich habe meine stärkste Karte noch nicht ausgespielt, und behalte die Überraschung zurück. Auf Rachel, sage ich scheinbar nachlässig und wiederhole wie unabsichtlich den Namen, auf Rachel schauen jetzt vier und wissen nichts von einander…

und fahre ich ruhig mit meiner Arbeit fort. In solchen Situationen muss man warten, bis es zu nagen beginnt."
Rafi prüft die Ähren und schweigt. Der Wind ist angenehm kühl. Hinter dem Zaun der Instituts-Farm schnattern die Enten. Auf dem Misthaufen steht Jossi auf die Heugabel gelehnt und pfeift. Aus der Gärtnerei weht der Wind das Gelächter und den Gesang der Mädchen, die an den Blumenbeeten Unkraut jäten, herbei. Unter ihnen ist auch Rachel. Es ist leicht, sie zu erkennen, ihre Zöpfe und ihre Taille haben etwas, dass das Auge fesselt. "Amos?" – Rafi zögert. – "Vorhin hast du den Satz nicht beendet: Wer sind diese vier, die...", – er korrigiert sich: "Die nichts voneinander wissen?"
"Tut mir Leid, das ist unser professionelles Geheimnis."
Amos lässt sich Zeit. Der Fisch hat angebissen, man kann ruhig die Angelschnur lose halten.
"Gut, sag wenigstens einen", bittet Rafi, "damit ich es glaube."
Diese Drohung führt scheinbar zum Ziel. Amos zögert.
"Gut", überlegt er. "Einen kann ich dir sagen."
Erwartungsvolles Schweigen, und dann, plötzlich, leise und mit verborgenem Spott, kommt der entscheidende Hieb:
"Du!"
"Ich?" – Rafi schaut Amos total überrascht an. Aber der spielt weiter mit einer grünen Ähre und kichert.
"Ich? In Rachel?"
Wie kommt er auf den Verdacht? Antworte ihm rasch, leichthin und witzig, er soll nicht glauben, er hätte dich verwirrt!
Aber Rafi, seinen Gedanken zum Trotz, fragt erneut: "Ich? In Rachel?"
"Ja, du in Rachel!", schwelgt Amos in Vergnügen.
"Aber wie hast du... ich meine: Wieso denkst du das?"
"Ich hab gesehen, wie du sie anschaust."

"Wann hab ich sie angeschaut?"
"Auf der letzten Feier, als sie den Hirtentanz tanzte."
"Aber da haben alle sie angeschaut."
"Stimmt, aber du schautest anders."
"Wie?"
Amos macht mit seiner Hand eine unbestimmte Geste: "So… Wie man schaut, wenn man schaut…" – auch er ist verwirrt.
"Nein", sagt Rafi. "Das stimmt gar nicht. Ich hab geschaut, das allerdings, aber genau wie alle geschaut haben, wie alle… also… es stimmt wirklich nicht."
Amos hat nicht die Absicht, seinen Sieg durch eine Diskussion zu schmälern. Rafi beugt sich tiefer über die Ährenreihe. Jossi pfeift sein Lied, der Wind trägt es in die Gärtnerei, in den Gemüsegarten, in die Felder jenseits der Straße.
Auf dem Feldweg kommt ihnen ein Pferdewagen entgegen. Jossi winkt und droht dem Kutscher mit der Heugabel.
Der nimmt eine Grapefruit und wirft sie Jossi zu.
Amos richtet sich auf und lauscht auf den Wind: "Da pfeift man zum Feierabend", sagt er. "Wir sind fertig. Komm!"
Jossi schwingt die Heugabel auf seine Schulter und springt vom Misthaufen. In der Gärtnerei stehen die Mädchen auf und zupfen ihre Kopftücher zu Recht.
Der Wind trägt ihre Stimmen über die Felder.
Rafi geht zu dem Institutshügel, still und in sich gekehrt.

"Sie schaut dich an!"

Im letzten Zimmer der Felsen tagt die Bande.
"Was?! Es läutet schon acht? Dann geht zur Feier. Ich werde

allein schrecklich traurig sein und weinen". – Gadi schluchzt auf, presst eine Träne aus einem Auge, fasst sie mit zwei Fingern, schluckt sie, leckt seine Finger und verzieht das Gesicht.
"Schlaf ein wenig", rät Usi, "entsprechend dem nützlichen Sprichwort: Statt zu rennen – lieber laufen, statt zu laufen – lieber stehen, statt zu stehen – lieber sitzen, statt zu sitzen – lieber liegen, statt zu liegen – lieber schlafen, statt zu schlafen – Stopp! Es gibt nichts Besseres als Schlafen!"
"Auch ich rate dir, ein wenig zu dösen", sagt Amos, "oder leidest du, Gott behüte, an Schlaflosigkeit?"
"Und an welcher Losigkeit leidest du?"
"Am Tag losig und in der Nacht – lausig."
"Ich bin nicht sicher, wer der Lausigste ist."
"Und ich dachte, das sei sonnenklar", unterstützt Rami den Angriff auf Amos, "und das nach dem Sprichwort: Am Kopf des Diebes brennt der Hut!"
"Dann bist du der Erste mit Brandwunden am Schädel!"
Alle gehen zur Feier, nur Rafi bleibt noch.
"Hör mal, Kind", warnt ihn Gadi, "sei auf der Feier vorsichtig. Es wird für dich heiß werden."
"Was? Wieso heiß?", fragt Rafi misstrauisch.
"Sag nicht, dass ich dich nicht gewarnt habe."
Noch eine dieser Witzeleien, die er nicht versteht, mit Andeutungen und mit Sticheleien... Rafi zuckt die Schultern. *
Als er aus der Dunkelheit in das helle Licht des Speisesaals kommt, schlägt ihm eine Atmosphäre neugieriger Erwartung entgegen, die den Beginn von Feiern begleitet. Feierlich sehen auch die weißen Hemden und langen gebügelten Khakihosen aus, die alle aus der Kleiderabteilung bekommen haben. Einige aus der ältesten Gruppe Lilie tragen lange dunkelblaue Hosen

und sehen damit sehr erwachsen aus. Rafi wird von der Atmosphäre angesteckt. Seine Augen überblicken den Saal. Die Bänke stehen im Halbkreis. In der Mitte ein kleiner Tisch, mit einer bunten Tischdecke, einer Blumenvase und einer Lampe. Vorne sitzen die Genossen der älteren Gruppen. Sie leiten jetzt die Jugendrepublik und entsprechend ihrer Verantwortung und pädagogischen Auf-gaben sitzen sie in den ersten Reihen, aber nicht in der allerersten, die bleibt leer: Wer dort sitzen würde, würde als Wichtigtuer gelten. Es wird noch nicht gesungen, also plaudert man miteinander. In der Ecke, dem Eingang gegenüber, hat sich eine lärmende Gruppe versammelt, in der Usi und Amos den Ton angeben. Für die Feier hat man die Esstische übereinander gestellt und an die Küchenseite geschoben. Die lärmende Gruppe steht an den übereinander gestapelten Tischen und Bänken, mit verschränkten Armen lehnen sie sich zurück, ihre herausfordernde Pose sagt: Während ihr singt und strebt, wie es in der Jungenwächterhymne heißt, sammeln wir Rohmaterial zum Spotten. Hinter ihnen hängt ein Transparent, auf dem in großen blauen Buchstaben steht: "Mit glühender Jugendkraft bauen wir...", aber das Transparent hat sich von der Wand gelöst und die letzten zwei Worte sind eingerollt. Drei Genossen vom Kulturausschuss machen sich an die Reparatur des Schadens. Einer klettert auf einen Schemel, der auf einem Stuhl steht, einer hilft ihm sein Gleichgewicht zu bewahren, der dritte unterstützt ihn großzügig mit Ratschlägen.

Rachel, obwohl sie zu den Flammen gehört, die schon Verantwortung tragen, sitzt nicht in den vorbildlich vorderen Reihen, sondern in der letzten Reihe, nahe dem Klavier, sie wird singen.

Sie singt nicht, als wolle sie ein erzieherisches Beispiel geben, wenn sie singt ist ihr Gesichtsausdruck so weich, als würde sie nur für sich oder für ihren Geliebten singen.

Rafi setzt sich in eine der mittleren Reihen, neben Itamar, aus der Gruppe Tamariske, die im gleichen Alter wie die Felsen sind, es wird von ihnen erwartet, sich vorbildlich zu benehmen.

Während der letzten Feier saß Rafi auch neben Itamar, sie hatten einige Sätze gewechselt, also grüßte Rafi ihn mit einem Kopfnicken. Rafi schaut auf das Klavier und singt halblaut mit.

Jemand bedeutet den Singenden zu schweigen, Giora geht an den Tisch, ein Genosse des Kulturkomitees löscht im Saal die Lichter aus, bis nur noch die Tischlampe brennt. Giora, dünn, mit rötlichen Haaren, bebrillt, wirft einen letzten Blick auf die Notizen, die er vor sich auf dem Tisch ausgebreitet hat und auf die Uhr neben seinen Notizen. Es herrscht erwartungs-volles Schweigen.

"Also gut, Genossen, ich eröffne die Feier", bricht Giora laut die Stille und bringt einige Hörer zum Lächeln. "Unsere Feier ist der Verständigung und dem Fellowship der jüdischen und arabischen Menschen gewidmet und... äh... gerade jetzt, wo es klar ist, dass die Rote Armee den Krieg gewinnen wird... Einige Genossen werden sich vielleicht wundern, warum wir gerade dieses Thema zu dieser Zeit gewählt haben... äh... ich halte es als besonders wichtig für uns alle, also... äh... zu all dem möchte ich sagen...", – hier, am Höhepunkt seines verwickelten Satzes, hält Giora inne, wirft einen raschen Blick auf seine Notizen und die Uhr, holt tief Luft und fährt mit doppelter Energie fort: "Also, diese Feier, Genossen, die, äh... wie ich schon gesagt habe, der Völkerverständigung gewidmet ist, und.... äh... bei der es besonders wichtig ist, dass das Thema nicht nur eine Sache von...äh...leeren Worten bleibt, sondern auch von Taten begleitet wird, diese Feier also..."

Die Einleitung ist kompliziert, die Leiter sind besorgt und schicken einen Zettel zu Giora, er solle abkürzen, er liest ihn, nickt und fährt unbeirrt fort, dass aus dem Namen dieser Feier, ein Name der natürlich das Thema andeutet, ein Thema, bei dem man schon am Anfang erraten kann, was es mit sich bringt, was er auch ausführen wird und der Reihe nach aufzählen wird, sobald er seine Einleitung beenden wird. Nach einem weiteren energischen Zettel der Organisatoren, sagt er das Programm an und die Feier kann ihren Verlauf nehmen. Ein kleiner Chor, begleitet von Zimbeln und Trommeln, kündigt drei arabische Liebeslieder an. Beim zweiten muss Schoschanna lachen und zwingt damit den Chor zu einer Unterbrechung. Sie bemüht sich, ihr Lachen zu unterdrücken und macht Grimassen. Unterdessen gehen Jossi und Uri leise hinaus und am Ende des Chors erscheinen sie in arabischer Bauernkleidung und führen vor, wie ein reicher Effendi (Ami aus der Gruppe Föhre), sie gegen die Kibbuz-Genossen, die ihnen helfen wollen, aufhetzt. Er verspricht ihnen, wenn sie den Kibbuz angreifen, Waffen aus dem englischen Militär. Sie haben Schnurrbärte und ahmen die arabische Aussprache der Kehllaute und das rollende R nach.

Jerucham, dunkelhaarig und mager, gibt einen politischen Überblick und benutzt dabei die bekannten Idiome wie "der englische Imperialismus", "divide et empera", "aber der arabische Fellah wird sich langfristig nicht täuschen lassen", "und auch wir, in alltäglichen zufälligen Begegnungen mit unseren Nachbarn…"

Die Feier hat erfolgreiche und missliche Momente. Ein arabischer Hirtentanz mit fünf Jungen, gekleidet in Abayas und Kufias, die Stöcke schwingen und fünf Mädchen in dunklen Kleidern, die auf ihren Köpfen Krüge balancieren, – eine von ihnen ist Rachel – wird begleitet von drei Blockflöten, die ein wenig unvorbereitet und tapfer im Gewirr der fremden Töne und Rhythmen herumirren.

Ihr Spiel bringt ihnen sowohl spöttische als auch tröstende Bemerkungen ein und vorwurfsvolle Blicke des Musiklehrers.

Am Ende des Programms wird leidenschaftlich gesungen und geklatscht, um die Stimmung zum Tanzen vorzubereiten. Uri und Jossi sitzen wieder auf ihren Plätzen, auch Rachel ist zurück. Jemand berührt Rafis Schulter und der sommersprossige Isaak aus der Gruppe Vorstürmer steckt ihm einen Zettel zu, auf dem in feiner, gekünstelter Handschrift steht: "Für Rafael aus der Gruppe Felsen".

Rafi errötet und sein Herz klopft rascher. Auf dem Zettel steht: "Die ganze Zeit schaut sie dich an!"

Wie von einem Skorpion gestochen wendet sich Rafi dem Klavier zu und mustert die dort Sitzenden, aber niemand schaut ihn an. Rachel plaudert mit ihrer Nachbarin, der rothaarigen Schoschanna.

Wer hat den Zettel geschickt? Rafi schaut sich um. Fast alle singen und klatschen in die Hände, nur die Gruppe dort in der Ecke, die auf gestapelten Tischen sitzen, grinsen ihn an. Usi zwinkert ihm zu. Rami schneidet eine Grimasse, hält sich mit beiden Händen den Bauch, als würde er gleich vor lauter Lachen platzen. Rafi senkt seinen Blick.

Das Kulturkomitee fordert die Sitzenden auf, die Bänke zur Seite zu schieben und Platz zum Tanzen zu machen. Einige stehen mitten im Saal und warten auf ein passendes Lied für den Hora-Tanz, andere drängen sich in die Küche, zum Brotkorb und Teekessel.

Rafi steht verloren und starrt auf den leeren Platz neben dem Klavier.

***

Als Rafi aus seinen Gedanken auftaucht, tanzt man Hora. Rachel – Racheli, wie Rafi sie manchmal in seinen Gedanken nennt – tanzt im innersten Kreis, den Kopf zurückgeworfen, mit wehenden Zöpfen.
Amnon steuert auf die Spötterecke zu. Sein Gang ist betont lässig, sein schwarzes Haar ist sorgsam gekämmt und ein kleiner Schnurrbart schmückt seine Oberlippe.
Einige Neugierige schließen sich ihm an.
"Nun, Genossen, was gibt es Neues? Habt ihr Probleme gelöst, habt ihr Werte geklärt?" Man lacht, weil er die Phrasen der Nestführung nachahmt, er ist eine Persönlichkeit unter den Tänzern, Korbballspielern und Schürzenjägern.
"Macht Schluss mit dieser kindischen Hora! Das ist etwas für Schulkinder und Neueinwanderer, wir wollen endlich richtig tanzen. He, du da, Joram oder wie du heißt, du mit der Mundharmonika, stell dich in die Mitte und gib uns etwas Flottes vor!"
"Was ist los mit dir, Amnon, kannst du dich nicht ein wenig zurückhalten?", fragt Chajim Falshi mit näselnder Stimme.
Amnon wirft ihm einen ach-der-ist-auch-noch-da-Blick zu.
"Schau, schau, der Falshi! Zu deinem Glück halte ich mich zurück und antworte dir nicht, wie es dir gebührt. Aber erzähl uns doch, wie steht es bei dir mit den zehn Jung-Wächter-Geboten? Wie heißt es da im zehnten, der Junge Wächter ist rein in seinen Gedanken, also, wie geht es dir da? Hast du reine Gedanken?"
"Hör mal, Amnon", wagt Amos eine Seitenbemerkung, "weißt du eigentlich, dass du für uns ein Vorbild bist? In der letzten Institutsbesprechung ging es um den neuen Hebräer, der uns

ein Vorbild sein soll, und da haben wir natürlich gleich an dich gedacht."
"Was du nicht sagst! Ich habe euch gefragt, ob ihr eure Werte geklärt habt. Warum habt ihr mir das bisher verschwiegen? Aber denkt nicht, dass ich nicht zum Vorbild tauge. Ich lasse mich immer von den geflügelten Worten von eurem Meir Yaari leiten, Zuerst und vor Allem die Hände! Das ist für mich der Wegweiser und der Leitfaden, auch für mich waren die Hände vorrangig."
"Aber Yaari meinte die Händearbeit im Zionismus und im Sozialismus."[18] – "Und ich – wie immer, in der Verbrüderung der Geschlechter."[19] Man lacht über die Anspielung an die Sozialismus."[20] – "Und ich – wie immer, in der Verbrüderung der Geschlechter."[21] Man lacht über die Anspielung an die Parole der Bewegung und das Thema der Feier.
"Verbrüderung oder Verbindung?", fragt Falshi.
Niemand lacht und Amnon sagt lässig: "Schäm dich vor den Kindern!", dabei zeigt er auf Usi und Amos. "Du erweist ihnen keinen guten Dienst. Sie spitzen schon die Ohren. Aber was ist heute los? Wann wird endlich getanzt? He, du mit der Mundharmonika…"
Rafi ist gekränkt. Hätten die sich getraut, diesem Amnon einen solchen Zettel zu schicken, auf dem steht "Sie schaut dich an!"?

---

[18] Yaari (1897-1867), Führer der Jugendbewegung "Der junge Wächter" und der Kibbuzim. "Zuerst und vor Allem die Hände!" war sein erster, später oft zitierter Artikel.
[19] Die Parole der Jungen Wächter Bewegung war: "Für Zionismus, Sozialismus und Verbrüderung der Völker".
[20] Yaari (1897-1867), Führer der Jugendbewegung "Der junge Wächter" und der Kibbuzim. "Zuerst und vor Allem die Hände!" war sein erster, später oft zitierter Artikel.
[21] Die Parole der Jungen Wächter Bewegung war: "Für Zionismus, Sozialismus und Verbrüderung der Völker".

Und auf wen hätte er geschaut? Klar, auf Rachel. Warum, eigentlich? Es gibt viele Mädchen im Saal, im Institut, auf der Welt. Trotzdem hätte er sie angeschaut. Wen denn sonst? Oder er hätte nur mitleidig gelächelt: "Ach, Jungs, schert doch diesem Witz den Bart! Schon Methusalem hat über diesen Witz zu Terach gesagt: Hör auf, der ist zu alt!"
Gerade als Rafi den Speisesaal verlassen will, kommt Itamar auf ihn zu:
"Ich hab gehört, du schreibst Gedichte? Vielleicht zeigst du sie mir mal?"
Rafi ist überrascht.
"Ich schreibe auch", erklärt Itamar.
"Gut", zögert Rafi. "Aber nicht jetzt. Vielleicht morgen."
"Vergiss es nicht!"

***

Rafi geht aus dem Speisesaal. Drinnen hat das Singen aufgehört, wahrscheinlich hat der mit der Mundharmonika beschlossen, mit den Paartänzen zu beginnen. Im Institutsgebäude sind alle Fenster dunkel, nur in Gadis Zimmer brennt Licht.
Gadi empfängt seinen Freund mit einem breiten Lächeln: "Ach, Kind, das ist schön, du kommst mich besuchen. Ich habe eben gedacht, kommt jemand oder werde ich es traurig haben und weinen? Komm, nimm dir einen Stuhl, setz dich auf den Boden und lass die Beine baumeln!"
Rafi kennt Gadis Redensarten.
Er setzt sich auf das gegenüberliegende Bett.
"Na, Kind, Mund auf und sing! Wie war's?"

"Die Feier war der Völkerverbrüderung gewidmet. Zuerst..."
"Lass das, das ist unwichtig, Was gab es Interessantes? Ich meine, was haben unsere Maskenspieler gemacht?"
"Sie haben mir einen Zettel zugesteckt, auf dem stand: Sie schaut dich die ganze Zeit an!, aber keine hat mich angeschaut."
"Aber du hast sie angeglotzt, und unsere Maskenspieler haben gelauert, wo du hinschaust und wer dort die Kandidatinnen sind.. Sag mir nicht, ich hätte dich nicht gewarnt. Du bist in die Falle gelaufen, mein Lieber!"
Gadi jubelt, aber sofort verändert sich seine Stimme: "Erzähl, Kind, ich brenne vor Neugier: Wer ist die Glückliche?"
"Ich hab auf keine besonders geschaut", behauptet Rafi verärgert, muss aber auch lachen. "Ich hab mich umgedreht und nur so herumgeschaut. Jetzt werden sie sicher alle möglichen Schlüsse ziehen, ich weiß nicht, wer zufällig dort gesessen hat. Die rothaarige Schoschanna, glaube ich, und Rachel und... ich erinnere mich nicht."
"Okay, Kind, okay, vor mir brauchst du dich nicht zu schämen. Ich weiß, wie zufällig solche Zufälle sind."
"Es war wirklich zufällig."
"Natürlich, zufällig", tröstet ihn Gadi. "Der blinde Zufall beherrscht unser Leben. Sie saß dort zufällig, du hast zufällig hingeschaut, nachdem du zufällig einen Zettel bekommen hast, auf dem zufällig stand..."
Gadi schaut seinen Freund an und seufzt: "Ach, Kind, Kind, wann beginnst du endlich ein Mensch zu werden?"
"Was fehlt mir, um in deine menschliche Gemeinschaft aufgenommen zu werden?"
"Warte mal. Erzähl mir: Wen haben sie noch ertappt?"

"Das weiß ich nicht", sagt Rafi grollend, "Ich hab dem Programm zugehört."

"Na, siehst du, sag ich doch!", ruft Gadi und schon ändert sich wieder seine Stimme: "Sonderbar… Ein gescheiter Bursch, ein verständiger Bursch, aber er lernt nichts. Was dir fehlt, fragst du? Der Sinn für das Wesentliche. Schau dir die Menschen an! Das Programm ist der unwichtigste Teil einer Feier. Das Wichtige sind die Menschen. Alle sind da, direkt vor dir. Was für eine Gelegenheit! Das ist DER Ort und DIE Zeit für die Jagd! Was machst du? Du hörst dem Programm zu!"

"Wieso das denn?"

"Okay, ich sehe, hier muss ich mit den Grundlagen beginnen. Also, jeder, der bei uns über fünfzehn ist, hat wenigstens eine Sie im Sinn, er beobachtet sie und tagträumt von ihr: Jede hat einen Er, von dem sie träumt. Unsere Aufgabe ist es, herauszufinden, wer mit wem in solchen Sehnsuchtsgedanken schwelgt, um sie dann bei passender Gelegenheit zu sticheln und beschämen zu können. Wie wir die nötige Information bekommen? Die Antwort hast du ja schon am eigenen Leib erfahren. Alle Wege führen nach Rom, alle Mittel dienen dem guten Zweck. Stell dir vor: Alle sind auf der Feier. Das Programm hat schon begonnen. Man hört von draußen Schritte, die Tür knarrt ein wenig, alle wenden den Kopf, um zu schauen: Das ist dein Moment! Du gleitest rasch über die zur Türe gewandten Augen. Wenn du etwas von Blicken verstehst, wirst du entdecken, wer ein wenig anders, wärmer, verliebter schaut. Da bist du schon einem Etwas auf der Spur. Natürlich, nicht immer ergibt sich das so einfach. Manchmal ist der Verspätete kein guter Köder. Dann such dir für ihn oder für sie eine andere Methode. Die Hauptsache ist, Blicke aufzufangen. Das ist die ganze Kunst, kurz gefasst. Hörst du, Kind, es gibt alle möglichen Blicke. Du hast es ihnen leicht gemacht und ihr einen Ziel-Blick zugeworfen, aber die geschickteren schicken keinen Bohrblick, so wie du, sondern einen gleitenden, der nur für einen Augenblick hängen bleibt. Gebt mir einen Blick als Hebelpunkt, sagte Archimedes, und ich drehe euch die ganze Jugendrepublik um."

Gadi strafft sich in seinem Gips. Eine Locke fällt ihm in die Stirn. Seine Augen glänzen.

"Hör mal, Kind, du kannst dir nicht vorstellen, was wir alles wissen. Jede Woche bringt neue Opfer, wir haben geheime Waffen. Damit kannst du jeden im Zaum halten. Wenn jemand es wagt, zu knurren oder zu bellen, stichelst du ihn mit kleinen, manchmal sogar nur winzigen Andeutungen, und gleich wird er still und erlischt wie eine Kerze. Das ist mein Lieblingsspaß."

"Ich versteh nicht", gibt Rafi zu, "wie stichelt ihr?"

"Stell dir vor, man sitzt im Speisesaal zur Vieruhrjause, trinkt Tee in einer Gruppe – gute Sticheleien soll man nie in bescheidener Gesellschaft verschwenden – und ein Bursche, sagen wir du, sagt etwas, das mir nicht gefällt, wird frech, behauptet, ich sei ein schlechtes Vorbild. Da lächle ich ihn an und sage mit honigsüßer Stimme: Oho, unser Poet hat etwas über Erziehung zu sagen! Aber zeig deine Kraft in Prosa, wie im biblischen Motiv von Jakob und Rachel. Da könntest du dein Talent zeigen!"

Rafi schweigt.

"Na, wie ist die Methode? Stell dir vor, alle hören zu und kichern. Der Arme wird rot und zappelt. Ich sag dir, es ist ein Vergnügen, mit einer geistreichen Antwort, so scharf wie ein Peitschenhieb, zu kontern. Ich kann ängstliche Typen, die bei der ersten Stichelei schweigen, nicht ausstehen. Sie sollen antworten! Erster Peitschenhieb – patsch! Er antwortet, und sofort – ein zweiter Hieb! Tatsch! Jedes Wort scharf geschliffen. Es macht keinen Spaß, gegen einen Rivalen zu kämpfen, der gleich aufgibt. Nein, man muss es machen, wie Lord Henry es Dorian Gray empfiehlt: "Sei vorsichtig bei der Wahl deiner Feinde. Unter meinen ist kein Dummkopf. Die gut aussehen, wähle als Freunde, die gutherzigen als Verwandte und die klugen – als Feinde!"

Was Gadi für ein Bursche ist! Der weiß zu leben!, denkt Rafi. Er spürt einen süßlichen Geruch nach Jasmin, es ist wieder Wien, auf der Schwelle zum Hof sitzt Kurti, seine Hose ist zerrissen, sein Hemd ist schmutzig, die Haare zerrauft, er kann vier große Schritte weit spucken und treffen. Geld hat er keines, auch kein Spielzeug, aber er weiß, verdammt, er weiß, wie man Aufsätze schreibt die der Lehrerin gefallen, er kann das ganze Treppengeländer runterrutscht, wo man Hakenkreuze auftreibt, wie man Schaufenster zerschlägt und das alles leichthin und lässig. Du, Rafi, wirst das nie können.

"Gadi, glaubst du, dass ich eurem Verband beitreten könnte?"

"Nein, du nicht, dein Vater is a Jud!", antwortete Kurti.

"Aber klar, Kind", jubelt Gadi, "natürlich! Wozu, glaubst du, hab ich dir das alles erzählt? Allerdings musst du noch geschliffen werden, du bist noch zu naiv. Aber das ist nicht schlimm. Einen Naiven kann es in der besten Familie geben, aber naiv bleiben... Nein, Kind, das ist übertrieben. Ein paar Lektionen in Lebenserfahrung, das ist es, was dir fehlt!"

Wasser in der Hosentasche

"Also, fassen wir zusammen, was wir in dieser Stunde durchgenommen haben…"
Israel lehnt an seinem Tisch. Zweiundzwanzig Mädchen und Jungen beugen sich über ihre Notizen. Rafi schiebt sein Heft beiseite, schreibt etwas auf einen Zettel und schaut von Zeit zu Zeit durch das Fenster auf die Landschaft von Abu-Shusha. An der Seite, auf einem fahrbaren Bett, liegt Gadi und versucht sein Lachen zu unterdrücken. Auf dem Hocker neben seinem Bett liegt sein geschlossenes Heft und daneben ein geleertes Wasserglas. Jossi stößt Gadi an und flüstert ihm etwas Wütendes zu. Amos und Usi bemerken das Geflüster und unterdrücken ein Lachen. Fünf Minuten vor Ende des Unterrichts ist es schwer, sich zu konzentrieren.
"Es wurden zwei Theorien behandelt, die die Entwicklung der Lebewesen und der Pflanzen erklären: die Ansichten von Lamarck und von Darwin. Was war Lamarcks Hauptidee – Rafi?" Der hebt erschrocken seinen Kopf, verdeckt den Zettel, schaut auf sein Heft und in das Gesicht von Israel.
"Ich habe die Frage nicht verstanden. Kannst du sie bitte wiederholen?"
"Wiederhol bitte die Frage, Jossi!"
"Du hast gefragt… äh… gefragt, was die Erklärung von Lamarck für die Lehre Darwins war, glaube ich."
Jossi schaut Israel fragend an. Einige lachen.
"Und was war die Erklärung?" – Israels Augen werden schmaler, seine Hand ballt sich zu einer Faust.
"Er hatte zwei verschiedene Erklärungen", stottert Jossi mit wachsender Unsicherheit. "Eine von der Entwicklung, und die andere… die hab ich vergessen."

Er holt erleichtert Luft.

Israels Hand ballt sich stärker zusammen, er spürt, wie sich die Fingernägel in seine Hand bohren. In seinem Gesicht bewegt sich kein Muskel, aber unsichtbare Wellen vermitteln der Klasse seine Anspannung.

"Gadi, wiederhole du die Frage!"

Wenn auch Gadi sie nicht wiederholen kann – und wie soll er das können? – wird Israels geballte Faust auf den Tisch sausen:

"Und ihr glaubt, dass ihr euch bildet? So wollt ihr eine Weltanschauung aufbauen? Eure Eltern investieren viel Geld und während viele Kinder auf der Welt im Alter von vierzehn arbeiten müssen, um sich zu ernähren, sitzt ihr wie Prinzen und Prinzessinnen in einem Gewächshaus und wollt, dass ich das billige?!"

Aller Augen hängen an Gadi, als er antwortet:

"Du hast über zwei verschiedene Erklärungen der Entwicklung der Lebewesen und der Pflanzen gesprochen: die Ansichten von Lamarck und von Darwin und hast gefragt, was Lamarcks Hauptidee war. Das war die Frage. Und die Antwort..." – Gadi spricht klar und fließend. – "Lamarck dachte, dass die Eigenschaften, die die Individuen im Laufe ihres Lebens erwerben, in das Erbgut gehen. Lamarcks zwei Beispiele sind: Die Giraffe dehnt ihren Hals schon viele Generationen lang, um die Blätter an den hohen Bäumen zu erreichen, und der Schmied, dessen rechte Schulterknochen..." –Gadis Augen glänzen kampfeslustig: Du willst mich erwischen? M i c h ?

Israel öffnet seine Faust. Unsichtbare Wellen vermitteln der Klasse die Entspannung. Die Gefahr ist vorüber. Die Mädchen und Jungen sind zufrieden, fühlen sich aber ein wenig schuldig.

Israel blickt auf seine Uhr.

"Ich sehe, Genossen, wir müssen den Unterricht beenden. Ich bitte euch, den Stoff zu wiederholen und euch für den Test vorzubereiten. Wir sind fertig."

Alle schließen die Hefte und reden durcheinander: "Oi, Jossi, was ist passiert? Warum bleibst du sitzen?" – "Er ist ja ganz nass!" – "Wie? Mit einem Schlauch, in die Hosentasche?"

"Pfui, Jossi, in deinem Alter!"

Vor Beginn der Stunde hatte Gadi einen dünnen Schlauch unter seinem Hemd versteckt, das eine Ende in Höhe seines Kragens, das andere lugte aus dem Ärmel heraus. Während des Unterrichts, nahm er einen großen Schluck aus dem Glas, schob den Schlauch zu seinen Mund und das Stück Schlauch, das aus seinem Ärmel ragte, in Jossis Hosentasche. Es begann aus Jossis Hose zu tropfen, auf dem Boden bildete sich eine Pfütze. Jossi unterdrückt seine Tränen.

Während Israel seine Bücher und Notizen nimmt und mit großen Schritten das Klassenzimmer verlässt, eilen Ofra und Jaela ihm nach: "Einen Moment, Israel, warte bitte!"

Sie holen ihn an der Treppe ein.

"Es sind noch zehn Minuten bis zum Mittagessen, wir müssen mit dir sprechen."

"Okay, kommt, wir setzen uns raus."

Während sie noch auf der Treppe stehen, holt Rafi sie ein.

"Israel, wenn es geht, möchte ich…", – er unterbricht sich und wendet sich an die Mädchen:

"Oder habt ihr etwas Dringendes, dann komme ich später."

"Ja, wir haben etwas Wichtiges zu klären. Es wäre gut, wenn auch du dabei bist", sagt Ofra streng. "Wir müssen etwas gegen diese Bande unternehmen. So kann das nicht weitergehen. Du hast ja gesehen, was sie vorhin mit Jossi gemacht haben. Das war das Letzte."

Draußen zündet Israel sich eine Zigarette an und Ofra spricht empört weiter: "Das zerbröckelt uns die Gruppe, dieser Zynismus, dieses Spotten. Bald wird niemand mehr während eines Gruppentreffens reden wollen oder in die Zeitung schreiben können, weil er von dieser Bande lächerlich gemacht wird. Noch heute, Israel, nach der Arbeit, musst du das Gruppenkomitee versammeln. Am Abend, während des Gruppentreffens, müssen wir dieses faule Milieu abschaffen – verbieten."
Israel kneift ein Auge zu, um es vor dem Rauch seiner Zigarette zu schützen. "Ihr sucht wie so oft den leichtesten Weg, Genossen. Seit Beginn des Jahres beobachte ich das. An den Gruppentreffen wolltet ihr über Politik sprechen, das ist am Bequemsten, man braucht über nichts nachzudenken, mit nichts ringen und Israel soll dann zusammenfassen. Auch im Unterricht: Israel soll vortragen, ihr hört zu. Jetzt soll Israel das Komitee versammeln, er soll diese Gruppe verbieten. Nein, meine Herrschaften, so geht das nicht. Diese Gruppe hat eine Ideologie entwickelt. Ihr müsst mit ihr ringen, sie überzeugen und nicht durch euren Beschluss von mir verbieten lassen."
"Man kann nicht mit ihnen ringen", ruft Ofra verbittert, "man kann überhaupt kein ernstes Gespräch führen. Statt auf ein Argument zu antworten, zitieren sie irgendetwas aus einem ihrer heiligen Bücher. Gestern habe ich zu Gadi gesagt: Soll ich dir einmal die Wahrheit sagen, Usa? Da hat er geantwortet: Gott behüte! Ich halte mich an die Worte von Lord Henry an Dorian Gray: Alles bin ich bereit zu hören, außer der Wahrheit, die kann ich prinzipiell nicht ausstehen. Da hab ich ihn gefragt: Glaubst du wirklich an das, was du sagst? Und er: Was, auch das noch? An das glauben, was ich sage? Um keinen Preis!"

"Er liegt jetzt in Gips", wendet Israel ein. "Diese Bande ist sein Lebensinhalt. Ihr wollt ihm das wegnehmen. Was gebt ihr ihm stattdessen? Wie bereichert die Gruppe das Leben des Einzelnen? Ihr lernt und wohnt zusammen – glaubt ihr, das genügt, um euch eine Gruppe zu nennen und aus euch eine wahre Gruppe zu machen?"

"Also, was schlägst du vor? Was sollen wir tun? Du redest ja nur so herum!"

Ofra ist empört. Diese Störenfriede werden auf einmal entschuldigt, und sie, Ofra, die sich für die Gruppe einsetzt, wird schuldig gesprochen.

"Tut euch als Gruppe zusammen, zieht aus um mit Gadi zu ringen, aber beschließt nicht einfach willkürlich."

"Das stimmt nicht!", platzt Ofra heraus, "hundert und tausend Mal hast du nicht Recht! Ich fordere eine Sitzung des Gruppenkomitees. Ich hab das Recht, das zu fordern."

"Bestimmt einen Termin, und ich komme", sagt Israel trocken.

Ofra geht beleidigt weg und Jaela folgt ihr traurig.

Rafi bleibt bei Israel stehen. Er wartet: Vielleicht wird Israel die frechen Worte Ofras kommentieren? Aber der schweigt nur.

"Du hast Recht, Israel, man muss ringen. Und ich bin bereit dazu. Zum Beispiel für das Gefühl von Lebensglück. Ich habe über dieses Thema nachgedacht und…"

Israel schaut auf seine Uhr.

"Du schwebst immer in höheren Sphären, Rafi. Du machst immer den Eindruck, als wärest du vom Mond gefallen, ob im Unterricht oder in der Gruppe, du bist immer mit deinen Gedanken beschäftigt. Schau dir Ofra an! Sie ist wunderbar! Wie sehr sie sich über diese Angelegenheit empört hat! Sie hat wütend ausgerufen: Hundert und tausend Mal hast du nicht

Recht! Sie fühlt es wirklich. Das Anliegen der Gruppe ist ihr eigenes, privates. Sie weiß, wie man ringt."
Rafi senkt den Kopf.
"Ja, das stimmt", sagt er mit schwacher Stimme, "aber auch ich will um etwas ringen. Ich... ich habe letztens einige Gedichte geschrieben. Kann ich sie dir vielleicht einmal zeigen?"
"Sicher."
Aber das "Sicher". hört sich kühl an.
Und Rafi spürt Neid: Wann wird er Israel ins Gesicht rufen können, Hundert und tausend Mal hast du nicht Recht!
Wann wird er Ringen und Kämpfen lernen und endlich ein lobendes und unterstützendes Wort von Israel erhalten?

Das Heft des Ringens

Es ist mir traurig. Das stimmt grammatikalisch nicht, aber für mich stimmt es. Ich irre im Institutsgebäude herum, dann im Hof, gehe nach Süden und dreh mich nach Norden und wieder herum zu dem Ort, an dem ich begann.[22] Was suche ich? Mich an etwas hingeben, trunken, bis zum Aushauchen der Seele, in die Tiefen des Lebens tauchen! Vielleicht sich entfremden? Beiseite gehen. Sich in den gesellschaftlichen Lärm nicht einmischen? Nur zuschauen, notieren, Ausdruck verleihen?
Und vielleicht anders: In die Ferne gehen, ein Matrose. Ein Fremder in einer fremden Stadt. Eine fremde Stadt am Meer. Fühlen. Ja, das ist die Hauptsache: Die ganze Tiefe der Fremdheit spüren und dann Ausdruck finden! Aber wie kannst du ein Gefühl ausdrücken, wenn du es nicht kennst?

---

[22] Der Prediger Salomo, 1. 4.

Fremdheit, hast du gesagt. Hast du wirklich Fremdheit gefühlt, und Sehnsucht und Liebe? Ich habe etwas gefühlt, aber was? Wie schreibe ich darüber?
Während des Vortrags über Lamarck und Darwin, hatte ich einen Tagtraum: An einer Schabbat-Feier findet ein Wettdichten statt, wer kann ein Gedicht improvisieren? Viele versuchen es. Dann schlägt jemand von den Maskenspielern, sagen wir Amos Dugi, mir vor, ein Gedicht über Rachel zu schreiben. Und ich improvisiere ein Gedicht über sie: Wortspiele, über Liebe und Begehren. Das Gedicht gefällt ihr. Wie kannst du mit dieser Leichtigkeit ein so bezauberndes Gedicht schreiben, frage sie und schaut mich mit ihren wundervollen blauen Augen an. Das geht nur, antworte ich, wenn man fühlt, was man schreibt. Wenn es für dich bezaubernd ist, hat mich dieses Gedicht dir nahegezaubert…
Gerade da fragte Israel mich und ich musste zugeben, dass ich die Frage nicht gehört habe. Gadi sagt, es war lustig zu sehen, wie ich rot wurde. Ich möchte einmal erleben, dass er rot wird!
Fühle ich denn etwas Echtes oder ist es nur Fantasie? Habe ich echte Sehnsucht nach einem Mädchen, oder ist es nur Sehnsucht nach der Sehnsucht?
Es regnete. Ich ging eine Galerie entlang. Rachel stand dort, an das Fenstersims gelehnt. Ich hatte den Eindruck, sie sei traurig und voller Sehnsucht. Ich war dabei, die Experimente von Gregor Mendel bei der Kreuzung von weißblühenden mit rotblühenden Erbsen zusammenzufassen, dabei dachte ich über nach, ob man Gefühle und Gedanken kreuzen kann und dann gemischte Gefühle oder gemischte Gedanken bekommen könnte. Plötzlich hatte ich den Drang, alle Manierismen wegzuwerfen und etwas in aller Einfachheit und Direktheit auszudrücken und schrieb:

> Es regnet.
> Du stehst auf der Galerie,
> Schmiegst dich an ein feuchtes Fenstersims,
> Und legst den Kopf auf deine Schulter,
> Als ob sie dein Liebster ist.
> Ach, wenn ich das Sims gewesen wäre,
> Wenn ich die Schulter gewesen wär!

Aber dann schämte ich mich. Warum?
Am späten Nachmittag klopfte ich an Israels Tür. Ich schämte mich, aber anders als im Gedicht über das Gesims, die Schulter, den Regen. Er deutete mir an, mich zu setzen und ieb stehen. "Israel, ich möchte dir einige meiner Gedichte vorlesen."
"Bitte."
Das war offiziell, kalt, ohne eine Geste von Ermunterung. Hätte ich verzichten sollen? Was sollte ich sagen? Wenn du mir nicht zulächelst, lese ich nicht? Ich schluckte die Kränkung herunter. Und las ein Gedicht, ein zweites, drittes... Er stand unbeweglich und gab keinen Laut von sich. Was für ein schreckliches Gefühl! Ich hätte sagen sollen...
Ja, was? Ich sehe, du hast nichts zu sagen, wenn dir jemand sein Herz zeigt?
"Also, was sagst du, Israel?"
"Was sagst du selbst?"
Ich antwortete, mir gefallen die Gedichte.
Was für eine Antwort! Ich möchte in die Erde versinken, wenn ich daran denke.
"Das sind gewöhnliche, sentimentale Gedichte der Pubertät. Du suchst dir keinerlei objektives Ziel."

Ich war sprachlos. Israel sprach weiter, seine Worte drangen wie durch Nebel zu mir. Ich erinnere mich nur an einzelne Satzfetzen: "Ihr könnt nicht an euren Liebesträumen fest-halten, ihr lebt in der Mitte des zwanzigsten Jahrhunderts. Weißt du nicht, was jetzt auf der Welt vor sich geht? Welche Zukunft auf uns zukommt? Man hegt und pflegt euch in einem gewärmten Gewächshaus. Kein stürmischer Wind berührt euch. Daher könnt ihr euch den Luxus leisten, euch in Sentimentalität oder Zynismus zu ergehen..."
Nachdem ich einige Zeit keinen Laut herausbringen konnte, stotterte ich, er vermische zwei verschiedene Angelegen-heiten: Die Maskenspieler haben sich für ein zynisches und leeres Milieu entschieden, ich dagegen gehe meinen eigenen Weg, auch wenn er aus Suchen und Unsicherheit besteht.
"Du musst ein aktiver, ein kämpfender Mensch in der Gesellschaft werden", sagt er, "und nicht in der Luft schweben. Klammere dich an die Realität. Wisse, woher du kommst und wohin du gehst."
"Und wem du Rechenschaft geben wirst", ergänzte ich das Zitat aus der Mischna, um zu zeigen, dass ich mich in unserer Kultur auskenne.
"Ja. Jeder Mensch sollte sich über seinen Lebensweg Rechen-schaft ablegen. Und nebenbei" – hier lächelte er – "wenn du mit Herz und Seele für ein großes Werk wie – sagen wir – die Kibbuz-Bewegung, einstehst, wirst du auch mehr Erfolg mit den... in deinen privaten Problemen haben."
Dieses Gespräch wird mein Leben beeinflussen. Keine Liebes-gedichte mehr! Ab heute werde objektive Themen suchen!
Eine zufällige Fügung des Schicksals: Immanuel, der Wald-hüter, entdeckte zwei neue Höhlen. Ihre Öffnungen waren hinter dornigen Sträuchern versteckt. Vor tausend

Generationen lebten hier Menschen – wir fanden Knochen und Tonscherben – wer weiß welcher Nation sie angehörten, vielleicht wohnten sie nicht dort, sondern begruben da ihre Toten. Ich glaube sie waren Kämpfer und Rebellen. Vielleicht verschanzten sie sich hier, zwischen den Felsen, für ihren letzten großen Kampf. Die Feinde haben sie umzingelt, und obwohl sie fliehen können, wählen sie den stolzen Heldentod. Ich sehe mich mit ihnen kämpfen. Baruch hält gerade einen Vortrag über die Kirche im Mittelalter, während ich im Kampf stehe: Wir schwingen Keulen und werfen sie auf die Feindesköpfe. Da habe ich ein echtes, objektives Thema gefunden! Aus solchen Träumen wächst die tiefe Verbundenheit zur Heimat und zum Werk. Ich habe beschlossen, sofort eine Serie von Gedichten zu schreiben. Einige Strophen sind schon fertig.

Das Gedicht ist schlecht, schlecht, schlecht! Während des Schreibens hat es mir gefallen. Aber nach meinem Gespräch mit Israel, verstand ich, dass ich mich total geirrt habe. Einige Reime wie Herz-Schmerz oder Feld-Held sind wirklich abgenutzt. Israel schob seine ewige Zigarette in den Mundwinkel: "Du bist noch nicht von der Romantik losgekommen und hast dich schon in die Mystik verstrickt. Konsequent bist du nur im Sentimentalismus."

Ich fragte ihn nach der Bedeutung der Fremdwörter, obwohl ich sie natürlich kannte, nur um etwas zu sagen, um mir zu beweisen, dass ich sprechen kann.

"Hör mal, mein Freund", antwortete er, "Poesie rutscht nicht so leicht aus dem Ärmel. Wenn du wirklich Literatur liebst, setz dich und lerne sie. Dafür genügt es nicht, wenn dir jemand sagt, dass der Sentimentalismus die Überbetonung der Gefühle im späten 18. und frühen 19. Jahrhundert ist und dass Mystik geheimnisvolle Erfahrungen behandelt. Aus diesen Begriffen gingen Meister-werke hervor, die man kennen muss. Ihr seid wie ein Gemüse, das immer wieder n der eigenen Sauce kocht, bis es einen schalen Geschmack bekommt. Man muss für euch die Fenster zur Kultur aufreißen. Wir wissen beide nicht, ob du einmal ein Schriftsteller werden wirst, aber auf jeden Fall wird aus dir – wenn du jetzt nicht ernsthaft lernst – ein ungebildeter levantinischer Mensch."

Ich fragte, was in dem Gedicht mysteriös oder mystisch sei.

"Was bedeutet: Aber still! Leise flüsterts: Wir kommen zurück! Wer flüstert? Die Rebellen vor tausend Generationen?"

"Unser Werk, die Kibbuzim. Wir, die wir das Werk fortsetzen, beleben die Vergangenheit."

"Das steht nicht im Gedicht. Vergiss nicht: Wenn Massada und Tel-Chai Glieder einer Kette sind, dann gehört auch der Aufstand im Warschauer Ghetto dazu."

Sind meine Gedichte wirklich so schlecht?

***

Heute kam sie mir im Hof entgegen. Ich ging beiseite: Keine Gedanken an sie! Ich versuchte an den Aufstand im Warschauer Ghetto zu denken, es gelang mir nicht und ich kehrte zu meinen Fanatikern in die Höhlen zurück.

Warum denke ich immer: Sie befestigten Wege und hauten Steine aus Felsen und das gerade nachts? ("Und starke Arme, harte Hände / pflastern Wege, bauen Wände"). Vielleicht gelingt es mir irgendwie, sie mit den jüdischen Städtchen Osteuropas zu verbinden?

Heute, während der Mittagspause, habe ich mir vorgestellt: Ich gehe hinunter ins Tal, dorthin, wo die Höhlen entdeckt wurden, und plötzlich, an einer besonders öden Stelle, steigen vor mir die Schatten jener Rebellen auf und beschwören mich, ihrem Weg zu folgen. Wenn Israel das wieder als Mystik bezeichnet, werde ich antworten, das könnte auch einfacher Realismus sein: Darf ich mir das nicht vorstellen?
Während der Arbeit im Maschinenschuppen habe ich einzelne Reime verfasst und nach dem Duschen suchte ich einen Platz, an dem ich allein schreiben kann und fand keinen. Vielleicht soll ich mich ins Klo einschließen? Aber dann setzte ich mich auf die Terrasse vor dem Naturkunde-Raum und schrieb:

> Als der Abend sich senkte, da ging ich alleine
> Auf Pfaden der Berge, zu trinken das Licht…

So beginnt die erste Strophe. In der zweiten treffe ich sie, und sie weisen auf den wie Feuer brennenden Sonnenuntergang:

> Schau, sie sind dort zusammen, das Warschauer Ghetto,
> Tel-Chai und Massada in Flammen vereint.

Die Berge lauschen meinem Schwur – den muss ich noch bearbeiten – sie haben schon viele Schwüre gehört. Gerahmt in den glühenden Sonnenuntergang liegen sie öde und schön seit tausend Generationen. Es ist das schönste Gedicht, das ich bis jetzt geschrieben habe. Vielleicht, ich meine: sicher, werde ich es an unsere Zeitung geben. Stell dir das vor: Eines schönen Tages, Freitagabend, erscheint mein Gedicht in "Unser Institut", alle lesen es!
Wieder und wieder nicht gut! Vor Wut könnte ich das Papier in Fetzen zerreißen!
Israel überflog die Zeilen und sagte nachlässig, ohne die

Zigarette aus dem Mundwinkel zu nehmen: "Bei dir geht das rasch und leicht: Licht – nicht, vereint – vermeint. Formation – Generation, und nicht nur eine, sondern tausend. Nein, mein Lieber, das ist die alte Romantik, in einem anderen Kleid. Da nützt es ihr nichts, wenn sie sich das Warschauer Ghetto wie eine Brosche anheftet. Glaubst du, damit gibst du der schrecklichen Lage des jüdischen Volkes Ausdruck, auf so eine..." – da zögerte er – "leichte und naïve Weise? Man rottet das jüdische Volk aus? Macht nichts, wir bauen weiter!"
Ich spürte, dass mich etwas im Hals würgt.
Ich gab keinen Laut von mir und wandte mich zur Tür, mit dem festen Vorsatz, sie ganz langsam und leise zu schließen.
Da rief er hinter mir her: "Gewöhne dich an den Gedanken, dass das kreative Schaffen nicht leicht ist. Man muss darum ringen, wie um Bildung oder Liebe, wie um Freundschaft und Gestaltung der Persönlichkeit. Wenn du nach einer kalten Dusche den Mut verlierst, hör lieber mit dem Dichten auf!"
Ich biss meine Zähne zusammen und schwieg. Und es gelang mir, die Tür leise zu schließen.
Ich werde dieses Heft das Heft des Ringens nennen. "Da rang ein Mann mit ihm, bis die Morgenröte anbrach. Und als er sah, dass er ihn nicht besiegen konnte... und er sprach: Lass mich gehen, denn die Morgenröte bricht an. Aber Jakob antwortete: Ich lasse dich nicht, du segnest mich denn." (1 Mose 32).
Heute wandte sich das Gruppenkomitee an mich, ich soll ein Feuilleton für die nächste Feier schreiben, das der Presse und dem Zeitungslesen gewidmet ist. Ich lehnte ab. Ich arbeite heute im Gemüsegarten, habe das Unkraut aus einem Roterübenbeet zu jäten. Die Hacke hat einen so langen Stiel, dass man sich fast nicht bücken muss, ich konnte bequem meinen Tagträumen nachgehen. Ich stellte mir vor, Israel sei

mein Schüler. Er kommt zu mir, in meine Baracke im Institut, verängstigt und beschämt und zeigt mir die Gedichte, die er geschrieben hat. Obwohl er mein Schüler ist, erinnert er sich, dass er einmal mein Lehrer war und ist sicher, ich werde es ihm nun mit gleicher Münze zurückzahlen, aber ich ermutige und lobe ihn, obwohl das den Gedichten gar nicht gebührt. Er weiß das und ist doppelt verlegen und beschämt. In einer anderen Version ist er wieder Lehrer. Noch in Polen, hat er Gedichte geschrieben, die natürlich ganz schlecht sind. Als er jetzt meine Gedichte liest, erinnert er sich an seine und sieht, meine sind besser. Um seinen Neid und seine Verwirrung zu verbergen, fällt er über meine Gedichte her und beurteilt sie vernichtend. Aber ich schicke ein Gedicht an die Tageszeitung der Jungwächter-Bewegung, "Auf der Wacht", allerdings anonym. So erscheint es auf der Literaturseite in der Schabbat-Ausgabe. Israel lobt es: Seht ihr, so muss man schreiben! Und nun stellt sich heraus – aber nicht durch mich – dass es mein Gedicht ist. Alle wundern sich: Was, dein Gedicht? Rafi, Glückwunsch! Du bist ein echter Dichter!
In einer Version schreibe ich an das pädagogische Echo: "Sehr geehrter Genosse Redakteur, bitte, gib mir einen Rat. Ich bin Erzieher in einem lange bestehenden Kibbuz, dessen Namen ich nicht nennen möchte, es ist genug, wenn ich angebe, dass es bei uns ein pädagogisches Institut gibt und er im westlichen Teil der Jesreel-Ebene liegt. Einer meiner Schüler, ungefähr 16 Jahre alt, hat mir seine Gedichte gezeigt und mich um meine Meinung gebeten. Ich lege die Gedichte bei. Ich sagte ihm, sie seien mystisch, pathetisch, romantisch, sentimental, mit schlechten Reimen. Aber dann kamen mir Bedenken, glaubst du, Genosse Redakteur, dass ich vom pädagogischen Gesichtspunkt richtig gehandelt habe?" Und ich unterschreibe

den Brief mit "Eli Sar" oder vielleicht besser mit "Ein verwirrter Pädagoge". Eine Woche später wird mein Brief in der Spalte "Die pädagogische Ecke", zusammen mit der Antwort veröffentlicht: "Genosse Eli Sar, dein unpädagogisches Verhalten hat uns sehr überrascht. Auch wenn die Gedichte ganz schlecht gewesen wären, hättest du ermuntern und unterstützen müssen. Und du, Genosse Eli Sar, hast deinen Schüler, der dir vertraute, unpädagogisch und schädlich behandelt. Umso mehr, aus den Gedichten, die du beigelegt hast, geht hervor: Der Junge hat Talent, Charakter und Fantasie, deswegen ist es doppelt wichtig, ihn zu unterstützen."
Alle Lehrer lesen diese Antwort und sprechen missbilligend über das Verhalten ihres Kollegen Eli Sar – sie wissen natürlich, wer gemeint ist – Israel selbst versteht, wie sehr er sich geirrt hat und bittet mich um Entschuldigung.
Genug der Tagträumerei, weiter ringen! Israel, du willst ein Gedicht über die Katastrophe, die über das jüdische Volk hereingebrochen ist? Gut! Sollst du bekommen. Ich bin gespannt, was du dann auszusetzen hast. Sind die Reime zu einfach? Dann mach ich sie eben kompliziert. Mal sehen, wer von uns hartnäckiger ist!
Ich habe schon Ideen für drei Gedichte:
Eines, die unauslöschlichen Kindheitserinnerungen von einem Pogrom in einem jüdischen Städtchen in Ost-Europa:

> Die Schrecken der Sturmnacht verlassen nicht konnten
> Mein Herz und noch tief in der Seele erglüht
> Das Flackern der Flammen von den Horizonten,
> Verdeckt von dem Rauch vieler Feuer,
> Noch fühl ich das Zucken mit stechenden Schmerzen,
> Beim Anblick der Gräber, mit Tränen besprüht,

> Geruch vielen Blutes mit Tod vieler Herzen,
> Verbrannt in der Heimat mir teuer.

Ich bin stolz auf die komplexe Struktur von 8 Zeilen, in der Formel: 4 Amphibrachen, a+, b, a+, c+, d+, b, d+, c+. Die sechs weiblichen Reime mit ihren unbetonten Endsilben waren schwer zu konstruieren. Der einzige männliche Reim enthält mehr als das nötige üht: in den vorigen Silben bringt das e einen bereichernden Effekt mit. Auch die Alliterationen Schrecken, Sturmnacht, Flackern, Flammen sind gut, erglüht und besprüht binden die Strophe zusammen. Wunderbar! Drei Strophen sind mir in dieser komplexen Struktur gelungen!

Das zweite Gedicht handelt von einem Traum. Ich nenne es vorläufig "Rachegebet":

> Der Rachegott mir flüstert zu:
> Da, nimm den Dolch und räche rasch,
> Vergoss'nes Brüderblut schreit: Räche!

Ich nehme den Dolch ohne Zögern und mit gezogener Klinge schleiche ich in das Heim meines Feindes, aber dort sehe ich sein Kind – noch ein Säugling – im Schlaf lächeln und ich streichle es.

Was für eine positive Wendung!

Das dritte Gedicht – "Der Tempel meiner Jugend" – erzählt von einem Kastanienbaum, den ich sehr liebe, aber die Nazis und der Krieg fällen ihn. Der Baum ist natürlich symbolisch gemeint, er steht für meine Jugend und meine erste Heimat.

> Wenn versank hinter Bergen am Abend die Sonne
> Und die Blätter der Bäume mir flüsterten leis,
> Eine traurige Einsamkeit füllte mit Wonne

Meine Brust und mich fragte, wohin ob ich weiß,
War die Antwort bereit mir schon ganz zweifelsohne:
Zum Tempel, zu einem Kastanien Greis.

Die langen Anapest Zeilen, in denen die weiblichen 13 Silben und die männlichen 12 Silben haben, verleihen der Strophe einen leichten, erzählenden Ton.

Was für wunderbare Gedichte! Nicht, weil es meine sind sondern ganz objektiv: Bialik oder Goethe hätten es nicht besser geschrieben. Man müsste ein Gedicht zuerst anonym veröffentlichen. Ich denke schon lange daran, meine Gedichte unter dem Pseudonym "Ifar Neslef" zu veröffentlichen. Wie werde ich triumphieren, wenn Israel – mag er sich auch Eli Sar nennen – diese Gedichte lobt und sich dann zufällig herausstellt, wer der wirkliche Autor ist!

***

Nicht ohne Aufregung, ging ich mit meinen drei Gedichten zu Israel. "Nicht ohne Aufregung" ist natürlich eine literarische Untertreibung. Die Wahrheit ist, ich zitterte. Seine Baracke steht ganz nah beim Instituts-Zaun und man hört das leise Rauschen des Baches.
Ich übergab ihm wortlos die Gedichte. Er las, reichte sie mir zurück und schwieg.
"Also, Israel, was sagst du nun?"
"Was soll ich sagen? Ob das gut oder schlecht ist? Ich weiß nicht. Ich bin kein Literaturkritiker. Nur eines kann man mit Sicherheit sagen: Wenn du auch in zehn Jahren so schreiben wirst, wird das ganz bestimmt sehr schlecht sein. Du drehst

dich immer um deine eigene Achse: Ich, ich, ich. Mein Tempel. Ich bin der Weise, der versteht, dass noch immer Millionen leiden – ich. Schaut wie schön ich über das Unglück derer, die im Exil leben, schreibe."
Ich antwortete mit zitternder, Unheil verkündend leiser Stimme: "Ich weiß nicht, ob das, was du sagst, stimmt, Israel" – (das war pure Höflichkeit, ich hatte eine klare Meinung darüber), – "aber eines kann ich dir versprechen: Nie wieder werde ich dich mit einem meiner Gedichte belästigen."
In diesem Moment fühlte ich, dass ich nicht mehr meine Stimme und meine Worte beherrschte. "Und überhaupt, was für ein Erzieher bist du? Deine Aufgabe sollte es sein, zu unterstützen und nicht immer nur zu behindern und zu entmutigen. Deine Reden über Objektivität sind ein kompletter pädagogischer Unsinn. Ja, ich schreibe über mich, ich, ich, ich! Wie kann ich über eine dumme Objektivität schreiben, wenn ich keine einzige meiner brennenden subjektiven Fragen gelöst habe und wenn ich jeden Tag vor Einsamkeit ersticke?!"
In dem klaren Gefühl, mich kindisch benommen zu haben, wandte ich mich zum Gehen. Aber noch bevor ich die Türe erreichte, hörte ich hinter mir seine Stimme, ruhig und als ob sie lächelte: "Endlich sagst du etwas aus dem Herzen, Rafi! Schon ein halbes Jahr warte ich darauf, so etwas von dir zu hören."
Schweigend verließ ich sein Zimmer.
Warum bin ich so einsam? Ich muss einen Freund finden!
Itamar möchte mein Freund werden. Er schreibt zwar Gedichte, aber er hat nicht Gadis wunderbare Leichtigkeit und Lebendigkeit. Ach, Gadi, Gadi, dieses Tagebuch ist mein Zeuge, nur es wird meine Beichte hören: Gadi, ich beneide dich, ich möchte sein wie du, mein halbes Leben gäbe ich

dafür, weniger grübeln zu müssen und mehr lachen zu können, naiv, frech, lebensfroh lachen, wie du!
Ich wollte diesen Abschnitt meines Tagebuchs "Das Heft des Ringens" nennen. Ich habe gerungen, aber ich wurde besiegt.

Unerträglich

Aus einem Zimmer der Galerie Felsen dringt der Lärm eines Primus-Petroleumbrenners, vermischt mit Stimmen und Gelächter. Rafi steht vor der Türe, seine Hand auf der Türklinke, er zögert. Itamar sitzt jetzt unten, im Lesezimmer. Wenn er hingehen würde, würde Itamar ihn fragend anschauen, ob er an sein Versprechen gedacht hat, ihm seine Gedichte zu zeigen. Vielleicht sitzt Rachel auch dort, blättert in Magazinen und plauscht mit der rothaarigen Schoschanna. Es wäre gescheiter zu ihnen ins Lesezimmer zu gehen, statt hier vor der Tür zu stehen. Aber Rafi drückt auf die Türklinke.
"Hat jemand hier ein blaues Buch gesehen?"
Diese Ausrede für sein Kommen fiel Rafi im Moment seines Eintretens ein. Und sofort verfolgt ihn der Gedanke: Warum habe ich ein blaues gesagt? Ich habe doch schon ewig kein blaues Buch gelesen, ich erinnere mich an keines, außer vielleicht... und wenn mich jetzt jemand fragt, wie das Buch heißt? Die Frage wird vom Brausen des Primus-Brenners verschluckt, der in einer Ecke steht. Auf ihm dampft eine kleine arabische Kaffeekanne, ein Findschan. Daneben steht ein Tablett mit Mokkaschälchen, einer Dose, einem Teelöffel und einer Tüte.

Gadi liegt auf seinen Ellbogen, auf ein Kissen gestützt, die Bandenmitglieder lungern auf den anderen Betten.

"Ah!", ruft Usi. "Da ist ja sogar Rafi! Auf ihn haben wir nicht gehofft!"

"Beachte ihn nicht, Rafik", wendet sich Gadi an seinen Freund. "Er will dich unbedingt beeindrucken, wie jeder Witzanfänger. Um jedes Missverständnis zu vermeiden, erkläre ich hiermit, wir freuen uns, dass du gekommen bist."

Usi antwortet spötisch lächelnd:

"Das Erwähnen von Witzanfängern ist eine interessante Projektion aus dem Mund eines Witzerzählers, der sich irrtümlich für erfahren hält."

"Er versucht immer wieder mich zu ärgern", erklärt Gadi, "und dabei gelingt es ihm nur, sich selbst zu ärgern."

Usi würdigt seinen Rivalen mit keinem Blick und wendet sich an Rafi: "Schau, Rafi, wie auf dem Kopf des Diebes der Hut brennt. Er behauptet die ganze Zeit, ich hätte die Absicht..."

"Weiter, weiter!", ermuntert ihn Gadi. "Vergiss nicht, es steht eins zu null, durch dein Eigentor."

"Während dieser Unruhestifter, Troublemaker, Querulant und Störenfried versucht, uns gegeneinander aufzuwiegeln. Ich habe nur gesagt: Ah, da ist Rafi! Auf ihn haben wir nicht gehofft! Was bedeutet, dass es eine schöne Überraschung..."

Gadi unterbricht ihn: "In jedem zoologischen Nachschlagewerk findest du ihn: Schleimiger Schmeichler, Familie der Doppelgesichter, Art der Schamlosen."

Rafi muss lachen. Rami mischt sich ins Gespräch ein:

"Schaut mal Rafi an!" – dramatische Pause – "Ich glaube, es wächst ihm langsam ein Schnurrbart!"

"Oh ja", nutzt Amos die Gelegenheit, – "hör mal, Rafi, 'sist 'ne Tatsache: Du verschnurrbartest dich!"

"Such den Schnurrbart!'", sagt Falshi, glücklich. Niemand rührt sich. Vielleicht hat man nicht an das französische "Sucht die Frau!" gedacht. Es ist einen Moment ganz still. Dann ruft Gadi: "Rasch! Ein Notfall! Lacht doch! Sagt was! Sonst stirbt sie stumm und unbemerkt, Falshis einzige, spätgeborene Witzbemerkung, sein Schaf des Armen".

"Ich empfehle dir einen schmalen englischen Schnurrbart", sagt Amos. "Einen sogenannten Verführer, wie Amnon einen hat."

"Amnon verführt auch ohne Verführer", sagt Rami.

"Verführt ist zu sanft", bestimmt Gadi. "Sag lieber: Er jagt."

"Sicher", fängt Rafi den Ball auf, "und sogar auf einigen Jagden, ein Multi-Jagd-Jäger." Dabei schaut er Gadi an.

"Ah!" ruft Gadi. "Habt ihr's gehört? Das war ein geistreicher Blitz! Still! Gleich kommt der Donner! Schaut mal, wie er glücklich strahlt! Löscht einen Moment das Licht aus, dann werdet ihr sehen, wie er im Dunkeln leuchtet!"

Rafi schweigt und Gadi sagt halblaut: "Im Existenskampf gibt's kein Mitleid. Frag Darwin."

"Bei Verführerschnurrbärten", meint Falshi, "muss man den Schnurrbart von Zwiah erwähnen. Viele Kosaken können sie beneiden."

"Ihr Schnurrbart ist nichts gegen ihre Nase", findet Amos. "Mein Gott, was für eine Nase! Davids Turm. Ein Wolkenkratzer, die Cheops-Pyramide!"

"Daran ist sie nicht schuld", sagt Jossi. "Sie wurde so geboren."

Alle schauen ihn mitleidig an.

"Jeder wird mit seinem So geboren", sagt Gadi, "auch du."

"Und auch du!"

"Aber da ist ein Unterschied zwischen meinem So und deinem."

"Dein So kennt man".

"Gut, dass man es kennt. Ich bin nicht einer von denen, über

die Lord Henry zu Dorian Gray sagt: Ihr ganzes Leben bemühen sie sich einen Ruf zu erlangen, und wenn sie ihn haben, wollen sie ihn wieder loswerden. Es ist ist schlimmer, als wenn alle über dich reden: wenn keiner über dich redet.'"
"Ach, lasst doch Lord Henry! Erzählt lieber noch etwas über Zwiah. Für wen zieht sie sich so schön an oder aus?"
Gadi rafft sich auf, ihm zu antworten.
"Sprich lieber nicht über Kleidung, solange wir nicht sehen, wie sich Frau Falshi kleiden wird. Vielleicht wandelt sie einmal barfuß und in Unter…"
Falshi kichert zufrieden.
Es herrscht Schweigen, ein "Du sollst nicht"-Gebot des Kreises. Bald wird Falshi sich mit etwas wie: "Lacht bitte nicht über meine Frau, weil…" ins Zentrum stellen.
"Warum schweigt ihr?! Sagt was!", ruft Gadi. Er schaut sich nach einem Opfer um. "Rafi, zum Beispiel, ist schweigsam wie ein gebratener Fisch. Wahrscheinlich hat er alles, was er zu sagen hatte, schon gesagt bevor er fünfzehn wurde."
"Der Weise weiß, was er sagt, der Dumme sagt, was er weiß".
Diese Antwort hat sich Rafi beizeiten vorbereitet.
"Es stimmt, was geschrieben steht: Auch ein Tor, wenn er schwiege, würde für weise gehalten und für verständig, wenn er den Mund hielte'",[23] sagt Gadi.
"Dann ist ein Stummer so weise wie Salomon, und Rafi, der halb stumm ist, ist so weise wie der halbe Salomon", sagt Amos.
"Wie die obere oder die untere Hälfte?"
"Die obere. Rafi ist ja, wie Noah, bevor er betrunken wurde, ein Mann ohne Tadel und auch Salomon war ohne Tadel von

---

[23] Sprüche 17, 28.

seinen Taschen aufwärts. Nur seine untere Hälfte war obszön, pfui!"
"Die Taschen – waren noch im untadeligen Bereich?"
"Nebenbei, ich habe einen Witz, der fast keinen Bart hat", sagt Amos. "Einmal fragt einer Jemanden: Weißt du, wer weiser war als Salomon, stärker als Simson, gerechter als Moses, schöner als David, tapferer als Jonathan?"
"Füg hinzu: 'lyrischer als Jeremia, jähzorniger als Ezechiel…"
"Gut", willigt Amos ein. "Also, der Gefragte weiß es natürlich nicht, und fragt, wer dieser wunderbare Mann war. Die Antwort: Der erste Geliebte meiner Frau!". Niemand lacht. Gadi bricht in die Stille: "Was? Was hat er gesagt? Bitte, Amos, sag es nochmal, ich hab's nicht gehört!"
Und da Amos nicht darauf eingeht, fragt Gadi weiter: "Ihr erster Geliebter? Nein, Amos, das musst du uns erklären: Hatte sie wirklich einen so starken und lyrischen Geliebten?"
"Schade, dass du es nicht verstanden hast. Du warst immer so ein Wunderkind…"
"Nicht ich", versichert Gadi, "im Gegenteil, das Wunderkind warst du, eines der besonderen Wunderkinder, bei denen das Wunder verschwindet und das Kind übrig bleibt."
"Joo-oh-ho!!" – schreit Usi auf einmal und springt zur Kaffeekanne, die eben mit Gezisch überschäumt. Jossi und Rami werfen sich dazu, um zu helfen. Die Flamme des Primus-Brenners ist erloschen, der Petroleumdampf verbreitet sich im Zimmer und fordert Hustenanfälle und tränende Augen. Der kochende Kaffee hat sich dabei auf den Boden ergossen. Jemand öffnet die Tür und die Fenster weit.
Das Durcheinander nutzt Rafi, um sich hinaus zu stehlen.

Eliah am Hof Ahabs

Draußen hat sich eine kühle und helle Nacht über die Ebene gebreitet. Er atmet tief die kalte Luft ein und fühlt, wie sie ihm als etwas Reines in die Brust dringt. Er geht langsam die Galerie entlang und schaut auf die fernen Lichter. In ihm liegt eine Spannung, die ausbrechen will, keinen Weg findet, wie ein wildes Tier, geblendet, verwundet, dem man sein Junges getötet hat, verzweifelt und verloren im Dickicht.

Du könntest den Geistreichen spielen. Anfangs würde es dir misslingen, aber mit der Zeit könntest du den Stil lernen und würdest geistreich zurückschlagen. Dann gibt es noch einen Maskenspieler, aber du bist nicht mehr du. Es gibt solche, die zur Fröhlichkeit vorbestimmt sind, zum Lachen, Tanzen, Singen, die selbstsicher sind, und andere, die lieber auf die Stille lauschen. Das hast du aus Thomas Manns Tonio Kröger. Die Lebensfrohen sind dort immer blond. Gadi ist nicht blond, aber er hat einen blonden, blauäugigen Charakter. Es wird immer solche geben, denen die Welt gehört und die mit sich zufrieden sind, wie Romain Rollands Meister Breugnon, das sind die Hellen, und es gibt die, die alles gründlich verstehen wollen und darüber grübeln, das sind die Dunklen, wie Hamlet. Die Hellen erfreuen sich der Liebe, wie Salomon und die Schulamith im Hohelied, die Dunklen suchen sich selbst, wie der Prophet Elia. Er suchte Gott am Berg Horeb, nicht im Sturm, nicht im Erbeben nicht im Feuer, sondern in der sanften Stille. Er suchte die Wahrheit. Musste er in die Wüste fliehen, weil Ahab ihn verfolgte? Aber das war nach Elias großem Sieg, nach dem Gottesurteil am Karmel, da hätte er nicht fliehen müssen. Floh er weil Isebel ihn verfolgte, oder war das ein Vorwand und er floh in Wahrheit vor dem Siegeslärm, vielleicht verspürte er einen Lebensüberdruss und flehte deshalb: "Es ist genug! So nimm jetzt, Herr, meine Seele!" [24] So steht es ausdrücklich: "Und er ging zu seiner Seele". Die Schriftgelehrten nahmen das Wörtliche nicht an und verstanden es als "und er lief um sein Leben"; aber in Wirklichkeit suchte er seine Seele, genauso wie du es tust.

Da herrscht großer Trubel im königlichen Saal des Elfenbein-Pavillions. König Ahab feiert und lässt ein gebratenes Schaf für seine Komplizen richten, sie flegeln sich übermütig in die seidenen Polster, ihre Mäuler voller Fleisch und Gelächter. Und er, Elia, steht abseits und fühlt in sich die innere Spannung, die ausbrechen möchte und sich hin und her wirft, das verwundete wilde Tier, verloren im Dickicht. Er spürt, wie fremd er unter ihnen ist, und beschließt in die Wüste zu wandern. Bestimmt war es Nacht. Der Saal war erfüllt vom Rauch der Pech-Fackeln, aber draußen umgibt ihn Kühle, Erfrischung und Dunkelheit. Er atmet gierig die reine Luft. Da ist das Tor, in der Ferne schlummern die Berge. Soll er in die Wüste gehen, ohne sich von ihr zu verabschieden?

Rachel ist eine der schönsten und begehrtesten Tänzerinnen am Hof. Elia geht an ihrem Zelt vorbei, um sie zu fragen, ob sie ihn auf seinen Weg begleitet. Nein, sie braucht keine Wüste und mit denen, die sich selbst suchen, kann sie nichts anfangen. Sie will das fröhliche, lachende Hofmädchen bleiben. Sie gehört zu den Hellen. Nein, die Dunklen, wie Elia einer ist, kann sie nicht leiden. Wenn sie vor dem König tanzt, tänzeln auch ihre Zöpfe auf ihrer Brust und über ihren rundlichen Wangen schwebt das Lächeln. Ahab liegt in Gips, in den seine

---

[24] Rafis Gedanken über Elia basieren auf "Elia am Horeb", 1 Könige 19 und "Das Gottesurteil auf dem Karmel", 1 Könige 18. Luther übersetzte einiges nicht wörtlich, sondern deutend.

Ärzte ihn eingesperrt haben, nachdem er auf der Jagd durch einen Ast von seinem Pferd gerissen wurde. Er ergötzt sich an den Tänzerinnen und seinen Hofnarren und verbündet sich mit Bildad aus dem Haus Achitofels, der beste für schlechten Rat, dessen Ohren abstehen, wie die Segeln eines Fischerboots und dessen Wangen Stoppeln bedecken. Wenn der sein törichtes Lächeln aufsetzt, segelt sein Mund von Ohr zu Ohr, ein Gedankenstrich zwischen Klammern. Mit listigen Augen berichtet er: "Herr König, als oberster Ratgeber melde ich pflichtgemäß, dass unsere Tänzerin jemandem gefallen hat. Ich habe gesehen, wie er sie angeschaut hat."
"Viele schauen sie an", bemerkt Ahab lässig, "wenigstens vier: Du, ich…"
"Ja", kichert Bildad, "aber er schaut sie anders an", – er macht eine unbestimmte Geste mit der Hand – "so wie man schaut wenn man schaut."
"Und wer ist es?"
Bildads Blick sucht, bis er ihn, Elia, findet. Der steht an eine Säule gelehnt.
"Der da!", sagt er, grinst und zeigt mit dem Finger auf ihn.
"Elia?", fragt der König amüsiert. "Mein bester Freund? Mit ihm habe ich in den Scheunen Strohfestungen gebaut und wir haben zusammen die Jungen gegen die Mädchen gespielt,[25] als die mit den Krügen zur Quelle gingen. Meine schönsten Kindheitserinnerungen teile ich mit ihm. Sie ist meine Magd und Sklavin, meine Kriegsbeute aus dem letzten Kampf in den Gileadbergen. Gebt sie Elia, er soll sie in sein Haus bringen!"
Nun denkt Elia nicht mehr an die Wüste.
Vielleicht aber: ruft der König mit zornigen Augen aus:

---

[25] Diese Kindheitserinnerungen stammen aus dem Buch "Morgenluft".

"Elia, mein Feind, der Verderber Israels? Der sich verweigert hat, mit mir ein Weingelage in Nabots Weinberg zu machen, Elia, der keine geistreichen Witze machen kann? Nie und nimmer erlaube ich, dass er sie bekommt! Gebt sie lieber dem verachtungswürdigen Philistersohn Falshiel, dem Schmutzigsten der Fleischbesteller!" Da springt er schon, der Philistersohn Falshiel, packt Rachel an ihren Zöpfen und zerrt sie hinaus. Elia wird in die Wüste fliehen, wie der Mörder vor dem Messer.

Es kann aber noch anders kommen. Der König schaut Rachel an: "Die Schönste meiner Tänzerinnen? Wahrlich, ihre Haare sind an den passenden Stellen gesprossen, ihre Brüste lassen sich schon zeigen, sie ist ins Liebesalter gekommen. Ihr Ausrufer, blast die Hörner und verkündet: Ein großer Zweikampf wird stattfinden. Jeder der unsere Schönste, Rachel, haben will, komme in die Arena! Und jetzt..." – wendet sich der König an seine Ratgeber – "lasst uns sehen, wer da kommt, sollen sie uns amüsieren!"

Elia steht stumm und reglos in seinem Hirtenrock und Hanfkleid, reglos an eine Säule gelehnt. Seine Augen brennen wie feurige Kohlen. Er wartet, gespannt, wie ein Löwe zum Sprung.

Da steht Amnuel auf, er ist der Befehlshaber der Leibwache. Mit leichten, lässigen Schritten betritt er die Mitte des Saals. Ein dünner Schnurrbart im englischen Stil schmückt seine Oberlippe. Ben-Achitofel flüstert:

"Der lässt sich einen 'Verführer' wachsen", und Ben-Pleschet, der Philistersohn, murmelt mit schiefen Lächeln:

"Ein fleißiger Jäger, ist für die Verbindung der Geschlechter."

"Hört auf Werte zu klären, sagt mir lieber wer gegen mich antritt, damit ich ihm zeige, was mein Arm bewirken kann", ruft

Amnuel. "Mein Credo: Zuerst und vor allem – die Hände!" In Elia kommt Bewegung. Langsam schreitet er seinem Rivalen entgegen, bis sie einander gegenüber stehen. Und plötzlich – tach! Ein Volltreffer aufs Kinn und gleich ein Haken von links. Amnuel wankt mit zerschundenem Gesicht. Aber Elia packt ihn am Kragen, schüttelt ihn, und – tach! tach! Jeder Schlag fällt kräftiger aus als der Vorausgegangene. Dann wendet er sich ab, groß und stark und ergreift er Rachel. Ja, er nimmt sie mit sich in die Wüste.

Aber vielleicht verläuft alles noch anders: Amnuel, in der Mitte des Saals, glättet sein Schnurrbärtchen und sagt lässig: "Ein Wettkampf? Wieso? Sind wir Hunde oder Hähne, die miteinander kämpfen? Wozu? Da ist Rachel, eine Tänzerin ohnegleichen! Lasst uns mit ihr tanzen und sie soll den besten Tänzer wählen. He, du-da, mit der Mundharmonika, stell dich in die Mitte und gib uns ein flottes Krakovjak[26], hörst du?"

Die Mundharmonikas spielen, eine Magd zupft die Leier, eine schlägt Zimbeln. König Ahab, in seinem Gipsverband, pfeift die Melodie. Bildad trommelt nervös mit seinen Fingern, Ben-Pleschet lächelt maskenhaft und Amnuel geht mit federndem Schritt auf Rachel zu, legt ihre Hände auf seine Schultern und beginnt sie im Tanz zu drehen, immer schneller, ihre Zöpfe fliegen, sie überlässt sich dem Tanz. Mit den letzten Takten der Melodie hebt er sie hoch und lässt sie wieder auf den Boden gleiten, sie hält sich an ihm fest, ihre Augen glänzen.

Elia geht auf sie zu. Da geschieht das Wunder: Mit jedem Schritt werden seine Beine leichter, alle Melodien, die in ihm glühten, werden sich im Tanz entfachen. Er steht Rachel gegenüber, fasst sie um die Taille, gibt den Spielerinnen ein

---

[26] Paartanz, der aus der Region um Krakau stammt.

Zeichen, die Melodie wird langsamer und zarter. Ganz leise, ganz leicht wiegt er sich mit ihr in den zartesten, zärtlichsten Takten. Sie gleiten wie über einen ruhenden See, ihre Körper vereint. Ein Tanz wie ein langer Kuss. Des Königs Hof ist verschwunden, sie beide schweben allein mit der Stille in ihnen. Rachel öffnet die Augen, sie flüstert: "Ich bin die deine!"
Wer denkt da noch an die Wüste?
 Und wenn kein Wunder geschieht? Amnuels Tanz ist beendet, alle heften die Blicke auf ihn, Elia, den Wüstensohn. Mit schwerem Schritt geht er auf Rachel zu und schaut ihr tief in die Augen. "Racheli", sagt er, "ich kann nicht tanzen. Ich kann dich nicht so schwingen, aber ich liebe dich, Racheli, viel zarter und tiefer, als alle die dich da umflirten. Komm mit mir auf die Felder, zu den Pfaden der Gebirge. Ich bin kein Schönredner, Racheli, die Wüstensöhne sind schwerfällig, sie gehen langsam und schweigen. Ich liebe dich, Racheli, ich habe in der Wüste alle sieben Höllen der Einsamkeit durchlebt und bin jetzt mit ganzem Herzen bereit für dich. Ich habe nichts, außer dir. Willst du mich haben, so wie ich bin, ein schwerfälliger, schweigsamer Wüstensohn, der dich über alles liebt? Willst du mich, obwohl ich nicht tanzen kann?"
Was antwortet sie? Wahrscheinlich wird Elia in die Wüste gehen. Aber vielleicht ist sie nicht eine Magd und Tänzerin, sondern die Prinzessin selbst und sie liegt im Sterben.
Eine giftige Schlange hat sie gebissen. Wer wird sich opfern und das Gift aus der Wunde saugen? Verstummt und verschwunden sind alle Prinzen, die ihr den Hof machten. Auch die treuesten Diener entfernten sich. "Eine taube Natter war's, kein Schlangenflüsterer kann sie beschwören!", raunen sie einander zu. Nur er, Elia, ist bei ihr geblieben, er wird sie retten. Er saugt an ihrer Brust, dort wurde sie von der Natter gebissen,

als sie mit entblößter Brust schlief. Rasch gesundet Rachel, nun liegt er im Sterben, das Natterngift beginnt seinen Körper zu lähmen. Sie wirft sich schluchzend auf sein armseliges Strohlager, beschwört Götter und Schicksal, ihn nicht von ihr zu nehmen, er war ja der Einzige, der sein Leben für sie opferte, sie rettete, der Einzige, der ihrer Liebe wert ist. Umsonst! Verzweifelt sieht Rachel, es ist zu spät. Mit letztem, glühendem Liebesschwur nehmen sie Abschied, bevor sein Tod sie trennt.

Aber nein, es ist alles anders, keine Natter, kein Sterbebett, eine Feier und ein Liebesbett! Es ist der siebzehnte Geburtstag der Prinzessin, heute opfert sie der Göttin Astarte ihre Jungfernschaft!

Aber es gelingt Rafi nicht, diese Version zu Ende zu entwickeln. Heißes Blut strömt ihm in den Kopf und in die Lenden, sein Herz klopft rasch und stark, seine Erzählung verliert sich in Bilderfetzen, kurz aufleuchtende Mondstrahlen zwischen jagenden Gewitterwolken.

Sie zeigen ihn, stumm und glühend im lauten, vollen Tempel, scheinbar cool, an eine Alabaster-Säule gelehnt. Die Prinzessin erwählt ihn mit ihrem 'Der-ist-es!'-Blick, winkt ihren Dienerinnen, alle hinaus zu schicken, selbst zu verschwinden, und dann, mit ihm allein, streift sie ihren Jungferngürtel ab, bereit der Liebesgöttin zu dienen…

Ein Gespräch über Poesie

Rafi erwacht aus seinen Tagträumen vor der Türe des Leseraums. Er lehnt seine Stirn an die feuchte Wand des Gebäudes, langsam beruhigt sich sein Atem. Die Tür knarrt laut als er sie öffnet, alle heben ihren Blick von den Zeitschriften und Illustrierten um zu schauen, wer da kommt.

Rachel sitzt neben dem Radio, sie scheint traurig. Aus dem Radio erklingt leise und sehnsüchtige Musik. Rachel schaut Rafi flüchtig, mit dem Blick, den man einer Fliege zuwirft, an und wendet sich wieder dem Radio zu.

Nur Itamars Blick ruht länger auf ihm. Rafi sucht nach einem Stuhl, von dem aus er, als ob Zeitung lesend, ihr Gesicht sehen kann, aber da verstummt die Musik, die raue Stimme eines Ansagers informiert, das Musikprogramm sei beendet. Rachel steht auf, streckt sich, schaut auf ihre Uhr und geht hinaus. Als sie an Rafi vorbei geht, berührt ihr Ärmel Rafis Hand, sie hat es nicht bemerkt, da ist Rafi sicher. Wenn sie es bemerkt hätte, hätte sie dann gelächelt oder ihren Fliegenblick weiter beibehalten?

Itamar das Gespräch. "Überkommt dich das plötzlich?"
Eine gekünstelte Frage, ein paar Momente hängt sie im leisen Rauschen des Baches, dann zappelt sie, wie verwaist. Vor ihnen nähern sich die dunklen Konturen der Bäume.
Itamar geht auf Rafi zu und fragt leise. "Erinnerst du dich, Rafi, du hast versprochen, mit mir über Poesie zu sprechen."
"Stimmt. Willst du jetzt?"
"Wenn's dir nichts ausmacht."
Im Hinausgehen ergreift Itamar die Initiative: "Lass uns ein wenig gehen und dabei über das Schreiben und die Poesie reden. Schau, was für eine schöne, helle Nacht! An so einem Abend muss man sich draußen ergehen, um Inspiration zu sammeln."
Sie gehen ins Wadi. Fremdheit steht zwischen ihnen.
"Wie ist das bei dir, wenn du ein Gedicht schreibst?", eröffnet Itamar das Gespräch. "Überkommt dich das plötzlich?"
Eine gekünstelte Frage, ein paar Momente hängt sie im leisen Rauschen des Baches, dann zappelt sie, wie verwaist. Vor ihnen nähern sich die dunklen Konturen der Bäume. "Ich weiß nicht", sagt Rafi unbestimmt. "Wenn ich mit etwas ringe, etwas suche, etwas Starkes fühle, versuche ich es auszudrücken, damit man es versteht. Aber manchmal denke ich, mich sollten wichtigere, objektive Probleme beschäftigen, Probleme, die zur Realität gehören. Israel sagt, ich stehe nicht fest auf dem Boden, und er meint, etwas wie der Krieg und die Juden im Exil, der Sozialismus oder unser uraltes Band an unser Land sollte mich beschäftigen."
"Bei mir ist es der innere Drang," wirft Itamar mit einem Blick auf Rafi ein. "Wenn er kommt gehorche ich, das Gedicht verfolgt mich. Dann renne ich mitten im Unterricht ins Zimmer, und befreie das in mir eingesperrte Gedicht."

Itamar ist dünn und zerbrechlich. Bei Feiern, Spielen oder Wettbewerben steht er träumerisch abseits und schaut mit weit aufgerissenen Augen in eine unsichtbare Ferne.
"Ich wollte schon lange mit dir sprechen, weil wir beide unser Leben der Poesie widmen. Wer sich der Poesie opfert, ist ein im Feuer brennender Dornenbusch, der nicht verzehrt wird. Deswegen müssen wir uns zusammentun."
"Stimmt", sagt Rafi nachdenklich und fühlt Vertrauen zu seinem neuen, auf so überraschende Weise gefundenem Freund. "Das könnte uns viel geben. Wir müssten die Gemeinschaft dazu bringen, etwas dagegen zu tun, dass jeder mit viel Lärm und Witzen beeindrucken will, um seine Leere zu überdecken." Er denkt dabei an die grinsenden Gesichter von Gadis Bande, an denen er sich gescheitert fühlt. "Andererseits", fügt er hinzu, "haben diese Maskenspieler auch etwas Bezauberndes an sich. Sie sind voller Leben, besonders Gadi. Er ist schon lange mein guter Freund. Uri und Jossi stehen abseits, sie glänzen da nicht mit, auch ich nicht. Heute bin vor ihnen geflohen."
"Ich habe nichts Gemeinsames mit meiner Gruppe. Sie "haben ihre Angelegenheiten und ich habe meine", sagt Itamar. "Heute haben wir gelernt, dass zwischen zwei Punkten eine gerade Linie der kürzeste Weg ist. Da kam mir der Gedanke, dass auch zwischen Menschen das so ist. Ich fühlte, dass ich das aufschreiben muss, das war ein unwiderstehlicher Drang. Ich lief ins Zimmer und versuchte in einem Gedicht die geniale Einfachheit und Strenge des geometrischen Satzes zu zeigen. Klar, unterdessen verpasste ich das, was im Unterricht erklärt wurde, nämlich, wie man das beweist. Natürlich ist die Beweisführung in diesem Fall ganz unwichtig, das Ganze ist ja selbstverständlich. Hör mal, Rafi, ich sage dir, die ganze Geometrie ist für die Poesie und die Kunst viel wichtiger, als für

die Mathematik. Und dabei predigt man dir, im Unterricht zuzuhören. Wirklich, glaub nicht, dass ich dagegen bin. Aber sie können nicht verstehen, dass jemand plötzlich diesen unwiderstehlichen inneren Drang verspürt und ihm gehorchen muss."
"Glaubst du, man soll jedem alles direkt ins Gesicht sagen? Wenn du etwas für jemanden empfindest, soll man ihm – oder

ihr – das einfach und direkt sagen? Das ist eine schwierige Frage, Ich habe lange mit mir gerungen und jetzt erscheint es einfach: Man soll alles geradeheraus sagen, nach den Gesetzen der Geometrie."
"Die Hauptsache ist, wie man das poetisch formuliert. Wie würdest du das machen? Ich arbeite schon lange daran."
"Wie arbeitest du?", fragt Rafi.
"Man muss das Gefühl kristallisieren, wenn es dich überkommt, konzentrier dich drauf und vertief dich darin."
"Für mich ist es wichtig, alles klar zu verstehen", sagt Rafi. "Vielleicht, weil für mich so viele Sachen unklar sind. Gadi und Uri kümmern sich nicht darum, wenn ihnen etwas nicht klar ist. Sie vertiefen sich in nichts und am Ende stellt sich heraus, dass gerade sie es sind, die alles besser verstehen. Ich dagegen habe tausend Fragen. Wir hörten über Darwins Entstehung der Arten, man spricht viel über Marxismus, aber wer kennt den Text der drei Bänden des Kapitals? Und wenn man erst Kant und Hegel behandelt… Zeig mir einen unter uns, der etwas von Hegel gelesen hat! Aber über seine Dialektik reden alle, ganz oberflächlich. Nicht mal Israel hat diese Bücher gelesen. Und er ist ein außergewöhnlicher Erzieher. Er versteht es gut, mit jedem zu sprechen. Mir hat er gesagt: Über dich ist viel ergangen. Du hast bei uns noch keine Wurzel geschlagen. Du musst dich an objektive Werte halten. Er hat Recht, ich denke oft an Wien, an meine Mutter, an die Sommer auf dem Land… meine Eltern haben sich scheiden lassen, dann kamen die Deutschen… Ich erinnere mich, wie sich alle ums Radio drängten und der Sprecher meldete: Die Regierung von Schuschnik ist zurückgetreten, das deutsche Militär hat die Grenze überschritten. Er weinte vor Freude, als er den Führer beschrieb, wie er in einem offenen Wagen durch Wien fuhr und

die ihm zujubelnde Menge grüßte. Schon einmal hatte ein Ansager während der Sendung geweint, aber damals aus Verzweiflung, weil Max Schmeling den Kampf um die Box-Weltmeisterschaft gegen den schwarzen Joe Louis verlor. Als Hitler kam, weinte er Freudentränen. Wir mussten fliehen, mein Vater und ich, das war Ende November, am Abend... ich erinnere mich nicht, wie wir am Bahnhof ankamen. Eine Lokomotive pfiff, so wie ein verwundetes Tier heult, meine Mama weinte, ich sprach mit ihr noch aus dem Fenster des Kupees, der Wagon begann zu rollen, meine Mutter hielt meine Hand und lief neben dem Wagon her. Der Zug hat uns auseinandergerissen, sie verschwand im Nebel, wir fuhren die ganze Nacht..." – er verstummt und schluckt einige Male. Dann sagt er nach kurzem Schweigen: "Komisch, wie die Gedanken sich verbinden. Eigentlich sprachen wir doch über objektive Werte, und mein Wunsch war, dass es wenigstens eine Sache gäbe, die ich wirklich gründlich verstehen könnte..."'
"Ich habe nichts Gemeinsames mit meinen Eltern", sagt Itamar. "Ich habe jetzt nur eines im Leben – die Poesie. Rafi, ich sage dir", – er bleibt stehen und wendet sich feierlich an seinen Freund – "nur eines ist mir wichtiger als das Leben: Die Poesie. Weißt du, meine Natur ist einem Nomaden ähnlich. Ich werde sicher viel in der Welt herumwandern". – Wieder umspielt ein träumerisches Lächeln seinen Mund – "Vielleicht werde ich in einer fernen fremden Stadt wohnen, in einem winzigen Dachstübchen oder einem dunklen Keller. Die meisten Leute können das nicht nachvollziehen, auch meine Eltern nicht. Sie wollen, dass ich das Institut verlasse und einen – wie sie sagen – anständigen Beruf erlerne, damit ich einmal für meinen Lebensunterhalt sorgen kann. Als ob ich jetzt Zeit hätte, über meinen Lebensunterhalt nachzudenken. Sie verstehen nicht,

dass ich hierbleiben muss, ich brauche die Natur und das ländliche Milieu. Nimm dieses Wadi, schau die Mondstrahlen an, wie sie sich zwischen den Föhren einen Weg bahnen, sich verzweigen, lausche dem Murmeln des Baches im Gestrüpp der Himbeeren – weißt du, was so eine Atmosphäre wert ist? Im Ländlichen findet sich genau, was ich für meine Gedichte suche: Die Einfachheit und Traurigkeit die man für echte Liebesgedichte braucht. In der Stadt kann man keine Liebesgedichte schreiben. Man kann natürlich die Natur und die Liebe auch aus dem Gesichtspunkt der Stadt betrachten, aber das ist nichts für mich. Und was das Objektive anbelangt, das stimmt vielleicht für dich, aber vergiss nicht, jeder hat seine eigene innere Lebenswahrheit. Wenn ich etwas fühle – besteht dieses Gefühl? Natürlich. Und wenn es besteht, ist es objektiv. Vielleicht hat Israel Recht, aber er versteht nicht, dass ein Mensch auf seine innere Poesie lauschen muss. Wenn er sich auf das sogenannte Objektive begrenzt, gelangt er höchstens bis zur trockenen Wissenschaft aber nicht zur Poesie."
"Weißt du", geht Rafi seinen Gedanken nach, "in diesem Wadi gibt es Grabhöhlen. Dort könnten unsere Ururväter begraben sein. Manchmal spüre ich das ganz stark und direkt..." – Seine Gedanken wachsen ihm entgegen. Es ist gut, wenn man laut denken kann und die Worte wie von selbst auftauchen. Der aufmerksame Freund wird alles annehmen, aufnehmen, er wird nie spotten, auch wenn du etwas Unsinniges sagst. – "Manchmal stelle ich mir vor, sie waren Rebellen und ich folge ihrem Weg. Oder nehmen wir die Liebesgedichte, die du erwähnt hast. Liebe ist sicher mit Ringen verbunden, Israel hat ausdrücklich vom Ringen um die Liebe gesprochen."
Das Mondlicht fällt durch die Baumkronen und liegt in hellen Flecken vor ihren Füßen und im Gebüsch der Sträucher und

Gräser bildet es ein feines Netz. Grillen, Frösche und das Gemurmel des Baches bringen die Nacht zum Singen.
"Wer weiß schon, was Liebe ist, so wie ich? Ich kann dir sagen, Rafi", – er spricht leise, als ob er Angst hätte, die Bäume könnten sein Geheimnis belauschen, – "ich liebe auch jetzt, schon die ganze letzte Woche, ein Mädchen aus deiner Gruppe…" – Er bleibt stehen und wendet sich feierlich seinem Freund zu – "es ist… Ruti."
Einen Moment herrscht Stille, dann sagt Itamar mit seiner gewöhnlichen Stimme: "Sie hat etwas von einer ländlichen Einfachheit, etwas Frisches. Ob du über die Hirtentochter oder das Zigeunermädchen schreiben willst, über die Ährenleserin oder die Mädchen im Weinberg…Sie ist das Modell."
Rafi ist unangenehm überrascht.
"Ruti ist ein sehr nettes Mädchen", sagt er zuletzt, "als wir noch klein und naiv waren, haben wir uns geliebt. Ich habe immer ihre Tasse warmer Milch ausgetrunken, wenn unsere Pflegerin nicht geschaut hat, bis heute kann sie Milch mit Haut nicht ausstehen. Ich konnte es auch nicht, aber ich habe mich für sie geopfert und immer die Haut von zwei Tassen getrunken… Weiß sie schon, dass du… sie liebst?"
Es ist nicht leicht, das auszusprechen, Rafi scheint es, als würde Itamar gar nicht zu Ruti passen.
"Natürlich nicht. Ich glaube nicht, dass sie es je erfahren wird."
"Liebst du sie schon lange?" "liebst", "Liebe", "geliebt" sind ungeübt, man fühlt ein Prickeln, wenn man sie ins Gespräch einwebt.
"Letzten Freitag während der Tänze habe ich es beschlossen. Gleich danach schrieb ich Die Ährenleserin. Ein ausgezeichnetes Gedicht. Es hat Atmosphäre. Ich beschreibe die Felder zur Erntezeit, die Weinberge mit den Mädchen. Auf

jedem Feld – die Ährenleserinnen. Nur in meinen Weinberg kam keine. Ich nahm dazu die vierzeilige Strophe mit dem a+b a+b Reim, die weiblichen a+ Reime wie Lande und Bande, die männlichen b Reime wie mein Leid und die Maid. Das bestimmt das Melodische, das Gedicht als Lied. Es gehört zur Serie die Betrübnis des Dorfes." – Er schaut in eine unsichtbare Ferne.

"Ich", sagt Rafi mit äußerster Anstrengung, "bin auch verliebt. Zuerst dachte ich, ich bin es nicht, aber jetzt stellt sich heraus... Es ist ein großes, trauriges Gefühl von Glück – Itamar, ich bin voll davon. Ich hatte immer Angst, ich würde nie lieben können. Aber jetzt denke ich nur an sie, auch wenn ich nicht will. Ich bin traurig und glücklich zugleich. Ich hätte es ihr gern gesagt, weiß aber nicht, wie. Vielleicht weißt du es, du hast gesagt, am besten, wie in der Geometrie, in einer geraden Linie. Aber wie sagt man etwas in gerader Linie? Was sagt man und wie und wann?"

"Ich sage es nie. Ich habe schon viele Mädels geliebt", Itamar spricht leichthin, und das Wort Mädels statt Mädchen reizt und prickelt, "aber ich sagte es keiner. Es gab eine Zeit, da wollte ich ihnen die Gedichte, die ich über sie geschrieben habe, schicken, ich habe sie nicht geschickt."

"Das verstehe ich gut", sagt Rafi. "Auch ich fürchte, sie wird es nicht verstehen, ich meine, mein Gefühl. Und trotzdem wäre ich glücklich, wenn sie es wüsste. Auch wenn sie mich nicht liebt. Sie ist... sie ist fünf Monate älter als ich, sie hat im April Geburtstag, ich im November. Aber sie ist die Jüngste in ihrer Gruppe, ich der Älteste in meiner. Dadurch ist sie meilenweit von mir entfernt. Sie ist die Vertreterin ihrer Gruppe in der Nestführung. Sie liest während der Apelle die Tagesanordnungen, du errätst sicher, wen ich meine, ich brauche ihren Namen nicht zu nennen. Sie hat einen wohlklingenden Namen,

ich wiederhole ihn gerne: Rachel..." – Rafi atmet erleichtert auf und wischt sich die Stirne. Er bemüht sich, beiläufig weiterzusprechen. "Ein schöner Name, stimmt's? Er lässt mich nicht los. Ich habe begonnen, alle Mädchen und Frauen, die Rachel heißen, anders zu sehen. Auch Rachel in der Bibel, auch die Dichterin Rachel, ich lese jetzt ihre Gedichte anders, über ihre Sehnsucht und ihre Enttäuschungen... Ich kann mir gar nicht vorstellen, dass sie, meine Rachel, die leider nicht die Meine ist... Also, ich kann mir nicht vorstellen, dass sie irgendwie an mich denkt, das kann gar nicht sein, es wäre, wie in einem Märchen. Wenn ich etwas Besonderes für sie tun könnte... Sagen wir, während eines Ausflugs, sitzt sie auf einem Felsen, da kriecht eine giftige Natter auf ihren Fuß zu. Ich sitze zufällig neben ihr, es gelingt mir, die Schlange zu packen oder ich werfe mich auf sie, auf diese Natter oder auf Rachel selbst, ich rette sie. Oder Araber überfallen uns, sie wird verwundet, sie braucht eine Blutspende und nur ich habe die passende Blutgruppe... Lauter Träume, die fast keine Chance haben sich zu verwirklichen, aber vielleicht doch?"
Itamar wartet geduldig. Als Rafi einen Moment zögert, unterbricht er ihn: "Hast du schon über sie geschrieben?"
"Nein, noch nicht", gibt Rafi beschämt zu. "Ich habe nicht gewusst, dass ich in sie verliebt bin. Das ist das Komische daran, ich liebte sie, ohne es zu wissen. Wenn man es mir gesagt hätte, hätte ich gelacht. Jetzt bin ich sicher, es ist schon lange so, schon viele Jahre, schon bevor ich sie kannte, bevor ich geboren wurde... Ewig..."
Sie gelangen zur kleinen Hütte über dem Bachbett, gehen auf die schmale Brücke, lehnen sich an das Geländer und schauen in den Wasserfall, der wie flüssiges Silber strömt.

"Hier habe ich mich vorige Woche mit Talma geküsst", sagt Itamar beiläufig.
Rafi ist verblüfft: "Wieso… das?"
"Nach dem letzten Pfadfinderspiel gingen wir zusammen zurück, sprachen über Literatur und kamen uns näher."
Rafi ist aufgeregt: "Und dann? Seid ihr nun Freunde?"
"Du verstehst nicht, Rafi: Jemand, der sich der Poesie gewidmet hat, darf sich nicht an ein Mädel verschwenden, er muss viele Erlebnisse sammeln, um sie zu verarbeiten. Hast du Narziss und Goldmund gelesen? Die Poesie fordert das ganze Leben. Für mich gibt es kein Leben außer der Poesie. Erinnere dich, was Alterman in die Sterne draußen sagt: Das Schaf und das Reh werden beide bezeugen / Dass du sie gestreichelt und weiter gewandert. Und dann: Deine Hände sind leer, deine Stadt – sie liegt fern / Du verneigst dich noch oft und tief nieder / Vor einer Wachau, einer lachenden Frau, einer Baumkron' mit tränenden Lidern.// Das muss man jeden Monat von Neuem lesen, wenn man ein Poesieleben führen will. Mach dir das zur Tagesanordnung."
Rafi schaut seinen Freund erstaunt und bewundernd an: Wer hätte das gedacht, so ein zerbrechlicher und träumerischer Bursche spricht so nachdrücklich!
"Du hast es gut", sagt er, "dir ist das alles klar. Aber bei mir hat jedes Mal eine andere Meinung die Oberhand. Manchmal bin ich sicher, ich sollte ein Revolutionär werden, so wie Usi es als sein Ziel sieht. Er treibt seinen Spaß als Maskenspieler, aber am Abend liest er politische Literatur über die Gründung von Untergrundparteien, politische Ökonomie, militärische Taktik und gesellschaftliche Philosophie und Marxismus. Dann wieder denke ich, ich sollte ein einfacher Landarbeiter werden, mich dem alltäglichen Leben widmen, nicht um über die Betrübnis

des Landlebens zu schreiben, sondern als Glück, so wie Uri es fühlt. Im Kibbuz wird er einer der besten Feldarbeiter werden, landwirtschaftliche Maschinen reparieren und Vorsitzender seiner Arbeitsgruppe werden, Vorsitzender der Farmleitung, er wird das haben, was Israel Wurzeln nennt. Andererseits gibt es Zeiten, da scheint mir, du hast Recht, und ich sollte mich ganz der Poesie widmen, in die Welt wandern, in einer fernen Stadt in einer kleinen Dachkammer wohnen..."
"Du beachtest die andern zu viel", weist ihn Itamar zurecht. "Du solltest nur auf deine innere Stimme hören. Lass dich von deinem Inneren führen. Für die Poesie kann man nicht nach Plan leben. Planen ist gut, um Kuhställe zu bauen. Du aber solltest leben wie ein kleines Schifferboot auf stürmischer See, das nur ein weißes Segel hat, das aber allen Winden lauscht."
Sie nähern sich dem Institutshügel. Rechts türmen sich die dunklen Felsklumpen, der Bach murmelt zu ihrer Linken.
"Du musst mir einige deiner Gedichte kopieren", sagt Itamar. "Du bist ungemein interessant. Das innere Suchen und Ringens zieht sich bei dir durch alles, wie ein Purpurfaden. Vielleicht werde ich nach der Betrübnis des Dorfes eine Serie schreiben, die 'der Wanderer im Herbst' heißen soll, darin will ich dieses Suchen und innere Ringen aufnehmen".
"Ich werde sie dir kopieren", verspricht Rafi, glücklich.
"Wir verstehen einander", sagt Itamar.
Sie sprechen noch lange miteinander, während sie gehen. Am Himmel haben sich die Sterne verändert und es ist kalt geworden. Schließlich sagt Itamar feierlich:
"Wir werden gute Freunde sein, Rafi. Wir werden gemeinsam Poesie erschaffen und jeder von uns wird seiner inneren Wahrheit nachgehen."
Alle Fenster am Institut sind dunkel. Nur in der Küche brennt

Licht, der Nachtwächter isst zu Abend.

"Gib mir deine Hand, Itamar", Rafi fühlt die Größe des Augenblicks. "Wir werden gute Freunde sein, die einander alles erzählen können und wir werden immer wissen, dass wir einander vertrauen können, stimmt's?"

Als Rafi in sein Zimmer hinaufgeht, schaut er nochmals auf den Himmel und es scheint ihm, dass die Sterne und die kalte Nachtluft eine helle Melodie singen.

Wandzeitung

Das Abendessen ist beendet, der Küchendienst ist mit dem Aufräumen und Spülen fertig. Aus dem Speisesaal kommt ein Stimmengewirr. Die Genossen aller Gruppen, von den Vorstürmern, die noch Kinder von zwölf sind, bis zu den Siebzehnjährigen Flammen, die dieses Jahr das Institut beenden werden, scharen sich um die Wandzeitung, manche stehen auf Zehenspitzen, andere drängen sich mit Ellbogen vor. Rafi steht auf der den Speisesaal umgebenden Terrasse und lugt verstohlen durch ein Fenster. Sooft er Schritte hört, zieht er sich in eine dunkle Ecke zurück. Itamar kommt heraus und deutet ihm mit wichtigtuerischer Miene an, er habe ihm etwas mitzuteilen. Rafi stürzt zu ihm hin:

"Hast du es gesehen? Wo steht es? Gibt es eine Illustration dazu? Hast du es gelesen? Wurde was verändert?"

Itamar macht eine beschwichtigende Handbewegung, seine Stimme lächelt, als er erklärt:

"Churchill war vor jeder Rede sehr aufgeregt, da hat er über sein Publikum gedacht: Krautköpfe, alle miteinander! Ich weiß,

was ich sagen will, sie wissen es nicht! Das hat ihn beruhigt. Ich denke, jeder Künstler sollte sein Publikum so betrachten."
"Itamar, hör mit deinem Witzeln auf! Du willst mich nur auf die Folter spannen. Sag, ist sie erschienen?"
"Ja, ja, ja", beruhigt ihn Itamar. Sie ist da. Siehst du, dort, wo sich alle versammelt haben."
Sie schauen durch ein Fenster. Als sie Schritte hören, zieht Rafi sich und seinen Freund zurück.
"Komm weg von hier! Ich gehe sowieso nicht rein. Schade, dass ich nicht verschwinden kann! Sicher lachen mich alle aus."
"Keine Illustration", sagt Itamar. "Man braucht auch keine. Deine Erzählung werden alle lesen. Es ist das erste Mal in unserer Gemeinschaft, dass jemand sich getraut hat, eine Liebeserzählung zu veröffentlichen."
"Deswegen ist es so eine schlimme Angelegenheit. Ich dachte, sie würde abgelehnt. Alle werden sagen, ich will mich nur hervortun. Na klar, man soll zu sich selbst stehen, wie du sagst, und bereit sein, dafür zu ringen, wie Israel es betont, aber... wie kann ich morgen in den Speisesaal gehen?"
"Du brauchst dich doch deswegen nicht zu schämen. Es ist eine gute Erzählung. Sie hat einen süßen Beigeschmack von Traurigkeit, etwas, das ich für meine Serie suche. Heute, zum Beispiel, habe ich geschrieben:

> Mein Herz ist so traurig wie Winter im Wald
> Ohne Zorn, doch betrübt
> Weil du dort verweilst, wie ein Lied das verhallt
> Doch immer noch glüht.

Gut, nicht? Es ist mir gelungen, den leisen Verzicht hinein zu bringen, die stille Betrübnis, die so gut für die Poesie ist."
"Für deine Gedichte mag das stimmen", seufzt Rafi, "aber ich

habe nicht für die Betrübnis geschrieben. Mir wäre lieber, ich könnte was Glückliches schreiben. Ach, Itamar, das könnte so wunderbar sein, aber ich kann es mir nicht vorstellen, sie und ich, ich und sie, wie im Märchen, wo man gleichzeitig glaubt und nicht-glaubt, was darin vorkommt. Ich wage nicht zu hoffen und hoffe. Im Hohelied steht ausdrücklich geschrieben: Ich erkenne meine Seele nicht.[27] Das ist so wahr, dass es mir direkt Angst macht."
"Und dann würdest du die Poesie verlassen, und ich würde dich nimmermehr sehen?", fragt Itamar im Spaß.
"Was redest du da?", widerspricht Rafi. "Wir könnten alle drei... Sogar alle vier, du hättest eine Freundin gefunden... ich meine, du wirst sicher eine finden. Dann könnten wir alle vier zusammen Ausflüge machen, sagen wir im Sommer zum See von Genezareth, dort könnten wir ein kleines Lager mit zwei Zelten bauen..." Rafi verstummt, nachdenklich. "Auch wenn ich weniger Zeit für dich und für die Poesie hätte... Rachel ist für mich das Leben, so wie die Poesie für dich. Wenn ich was Schönes sehe, denke ich sofort: Schade, ich erlebe es nicht zusammen mit ihr." Sie gehen ins Wadi hinunter. Die dunklen Felsen liegen in sich gekehrt in friedlicher Ruhe. Ein erschreckter Vogel piepst und schlägt seine Flügel. Rafi erzählt, Itamar geht schweigend neben ihm. Das Rauschen des Baches, das Schlummern der Felsen, der Geruch des Waldes, die Wärme des verstrichenen Tages, die noch im Tal weilt, sie sind Teil eines ruhigen, lilafarbigen Abendfriedens. Aber Rafi ist erregt: "Sag, Itamar, was wird sie über die Erzählung denken? Sag es mir. Wenn du es nicht weißt, rate!"
"Sie wird sich freuen, dass du über sie geschrieben hast."

---

[27] Hohelied 6.12. Luther übersetzte deutend: "Ohne dass ich merkte".

"Und wenn es ihr egal ist, wer der Autor ist – das wäre schrecklich! Und warum sollte sie sich freuen?
Vielleicht weiß sie nicht, dass sie gemeint ist?"
"Klar wird sie es wissen", beruhigt ihn Itamar. "Mädels haben einen besonderen Sinn dafür. Wenn jemand in eine verliebt ist, spürt sie es."
"Und wann wird sie es lesen? Wenn alle um sie herum stehen? Oder sieht sie gleich, es ist etwas über Liebe und liest sie erst, wenn alle weg sind, um allein zu lesen, so wie man es mit einem Liebesbrief macht, den liest man, wenn man allein ist. Ach, Itamar, was gäbe ich darum, zu wissen, was sie denkt! Wenn du zufällig siehst, wie sie es liest…"
"Das habe ich."
"Was? Wieso? Was sagst du da?" – Rafi ist außer sich – "Sie hat schon gelesen? Und du hast es gesehen? Wann? Warum hast du mir das nicht gleich gesagt? Das ist doch das Wichtigste! Das hättest du mir gleich erzählen müssen!"
"Das konnte ich nicht", sagt Itamar, voller Schadenfreude. "Du hast mich nicht zum Wort kommen lassen."
"Okay! Jetzt erzähl!"
"Gut", beginnt Itamar. "Also, als wir beschlossen hatten, dass du die Erzählung in die Zeitung gibst…"
"Hör auf, Itamar, das ist unwichtig", unterbricht ihn Rafi, "du willst mich nur weiter auf die Folter spannen! Was war, als du in den Speisesaal gekommen bist."
"Als ich hinein kam, war noch niemand da. Ich wartete auf die Genossen der Redaktion, die mich gebeten hatten, ihnen beim Aufhängen zu helfen. Sie haben sich verspätet. Also wartete ich dort, in Gedanken versunken und dachte…"

"Ach, Itamar, bitte, was war, als die Zeitung schon aufgehängt war und man sich versammelt hat... nein, besser, erzähl von dem Moment an, als sie es gelesen hat."
"Bitte, aber dann verlierst du viel, weil sie vor dem Lesen fragte... aber das willst du ja nicht hören, stimmt's?"
"Du bist unerträglich, Itamar!" sagt Rafi und scharrt mit den Füßen. "Du weißt, ich will hören, was sie gesagt hat, bevor sie es las, und überhaupt, alles was mit ihr zusammen hängt."
"Gut", stimmt Itamar zu. "Eigentlich gibt's da nicht viel zu erzählen. Sie kommt herein und fragt: Na, Leute, gibt es diesmal was Interessantes? Da antworten ihre Freundinnen: Ja, da gibt es was, stell dir vor, eine Liebeserzählung von einem aus Felsen. Und sie fragt: Ja? Interessant! Wo steht sie? – Da, in der Literaturspalte. Da hat sie zu lesen begonnen und nachdem sie fertig war, hat sie gelächelt und gesagt: Sehr schön! Und dann begann sie etwas anderes zu lesen."
"Gelächelt hat sie, sagst du?"
"Ja, sie hat gelächelt und hat gesagt: sehr schön."
"Aber wie? Im selben Ton wie du? Oder spöttisch?"
"Aber nein", versichert Itamar, "nicht im Geringsten. Sie hat im Ernst gelächelt und hat sehr schön gesagt."
"Wirklich? Du machst dich lustig über mich, Itamar! Vielleicht hast du gar nicht gesehen, wie sie gelesen hat? Bitte, Itamar!"
"Oi, Rafi, sie hat es wirklich gelesen und wirklich gelächelt."
"Und was hat sie gedacht?"
"Sie hat gedacht, es ist sehr schön."
"Woher weißt du das?", fragt Rafi, argwöhnisch. "Vielleicht sagst du das nur so?"
"Sie hat es gesagt."
"Nur das, oder noch etwas?"

"Nein, nur das. Und genau wie ich es dir sage: Sie las, lächelte und sagte: Sehr schön."
"Das ist alles?"
"Ja, Rafi, das ist alles."
Nach kurzem Schweigen, fügt Rafi hinzu: "Es erscheint dir sicher lächerlich, aber es geht mir nicht aus dem Sinn."
"Brauchst dich nicht entschuldigen, für dich ist das natürlich."
Sie gehen den Pfad hinauf. Als sie in den Hof des Instituts kommen, fragt Rafi:
"Sag mir noch einmal, Itamar, nur noch einmal, wie war das, genau? Ging sie einfach hin und las und sagte: Sehr schön?"

"Ameisen"

Rafis Erzählung: "Ameisen"
Es ist Mitternacht. Yaron steht am Fenster und schaut in die Finsternis. Er erinnert sich, als er klein war, erzählte ihm jemand, das sei die Stunde, in der Geister durch die Welt wandern. Hinter seinem Rücken tanzt man Hora.
Draußen nieselt es. Als er sich von der Scheibe einen Schritt entfernt, sieht er sein Spiegelbild. Dieser hohe Bursche, der in die Nacht schaut, während man hinter ihm Hora tanzt, das ist Yaron Hermoni, sechzehn, im Kibbuz aufgewachsen. Yaron schnitt eine verächtliche Grimasse, die Gestalt im Fenster ahmt ihn nach. Er drehte ihr den Rücken zu.
"Nach Galilea, Galilea!", sangen 180 Kehlen. "Eins, zwei, drei, vier!", klopften 360 Füße. Der Tanz beschleunigte sich. Die sich drehenden Kreise feuerten einander an: "Zur Arbeit! Zur Verteidigung! He, zum Kibbuz als Lebensweg!"

Und so weiter, wieder und wieder.
Du wirst auch einmal in einen Kibbuz gehen, Yaron, nicht wahr? Klar, wirst du gehen. Und viele werden das machen, so wie du. Solche, die Hora tanzen und solche, die in die Nacht schauen und sich dabei an die Geschichten, die man ihnen erzählte, als sie Kinder waren, erinnern. Im Kibbuz, bei der Arbeit und während der Verteidigung, aber besonders bei der Arbeit, wird dein Leben dahin fließen. Im ersten Jahr wird man über Ideale sprechen... dann, im zweiten... es wird ja auch ein zweites geben... und ein drittes... Jeden Morgen zur Arbeit, nach Arbeitsende unter die Dusche, in den Speisesaal, in den Leseraum, ins Zelt oder in die Baracke und wieder zur Arbeit...
Ein Kreis, aber kein Tanz.
"Zur Arbeit! Zur Verteidigung! He, zum Kibbuz als Lebensweg! Eins, zwei, drei, vier!"
Glaub nicht, Yaron, dass es woanders besser ist. Im Kibbuz ist alles transparenter oder versteckter.
In der Stadt rennst du herum und hast die Illusion, du erreichst etwas und bist frei. Aber alles ist leer, ganz leer, mein Lieber. Jetzt geh und rufe zur Arbeit und zur Verteidigung, wirble im Kreis, um die ketzerischen Gedanken zu verscheuchen und versichere dir selbst, dass das Individuum sich im Kollektiv aufbaut.
"He, zum Kibbuz als Lebensweg! Eins, zwei, drei, vier!"
Vor den Fenstern liegt die Nacht, wie ein riesiges, dunkles Lebewesen, regenfeucht und von berückender Schönheit. Man muss sie nur entdecken. Vielleicht sind gerade die glücklich, die diese Schönheit nie bemerken werden, die in drei Kreisen Hora tanzen und sich keine Gedanken machen.
Yaron hebt seinen Blick über die Tanzenden. Ihm scheint, er schwebt, höher und höher, die Tanzenden werden immer

kleiner, jetzt sind sie nur noch winzige Gestalten, Punkte, klein wie Ameisen in einem wirren Haufen aufeinander krabbelnder Ameisen. Die leben auch eine Art Kibbuzleben. Ameisen... Du reichtest damals knapp über den Gürtel deines Vaters und hattest es gern, wenn man dir Geschichten erzählt. Während eines Spaziergangs im Wald hast du Pilze gesucht, liefst umher, wundertest dich über hundert Dinge und hattest tausend Fragen. Plötzlich sahst du einen Ameisenhaufen.
"Wieviele Ameisen gibt es hier, Papa?"
"Sehr viele, tausende, zehntausende."
Sie krabbelten kreuz und quer, berührten einander mit ihren Fühlern, trugen Pflanzenteilchen, schleppten Körner.
"Was treiben sie da, Papa?"
"Sie arbeiten, bauen sich ein Haus."
"Jede eins für sich?"
"Nein, sie haben ein gemeinsames, großes, den Haufen."
"Wenn sie fertig sind, haben sie dann Ferien?"
"Sie werden nie fertig, sie arbeiten immer, ihr ganzes Leben."
"Papa, was geschieht, wenn eine nicht mehr mitarbeiten will?"
"Sie wollen immer, Sohn. Das ist der Sinn ihres Lebens. Außerdem bereiten sie Futter für ihre Kinder vor."
"Und wenn sie genug Futter für Kinder und Kindeskinder haben?"
"Auch dann arbeiten sie weiter, Sohn."
"Aber nehmen wir an, das trotzdem eine..."
Du warst ein Kind und wenn du Fragen hattest, bekamst du Antworten. Vater wusste alles, es wäre dir nie eingefallen, dass du eines Tages selbst die Antworten auf deine Fragen finden musst, dass ein Tag kommen könnte, an dem du eine Ameise bist, und nicht weißt, was die Ameisen tun, wenn eine von ihnen nicht mehr mittun will.

Dann begannst du zu lernen, hast über Darwin und Marx gelesen, Gedichte geschrieben und das Leben von einem wissenschaftlichen und poetischen Standpunkt aus betrachtet.
Man sagt, die Ameisen bilden manchmal eine Straße, laufen in einer Reihe auf einem langen Pfad, der dann irgendwann im Gebüsch oder Gehölz des Waldes verschwindet. Und manchmal geschieht es, dass sie auf ihrem Weg an eine Ritze oder Rinne gelangen. Dann werfen sich die ersten hinunter, nach ihnen die zweiten und dritten und die hundertsten, bis die Ritze ausgefüllt ist, die Nachkommen treten auf die Leichen ihrer Vorgänger und marschieren weiter, bis zur nächsten Rinne. Es ist nicht wichtig, ob diese Erzählung einen wissenschaftlichen oder einen poetischen Gesichtspunkt hat, entscheidend für dich ist, du bist eine Ameise, du gehst mit dem Zug in einer der ersten Reihen. Rinnen werden nicht fehlen.
Eines Tages wirst du einer sein, der die Felder bestellt oder die Kühe melkt und füttert. Du wirst in bedächtig schweren Schritten täglich von der Arbeit in dein Zelt zurückkehren. Es wird ein kleines, sauberes Zelt sein, erwärmt mit Freude und Liebe: Mit der Zeit wirst du das Mädchen finden, der du alles über dich erzählen kannst, wie sie dir alles über sich erzählt. Ihr werdet einander mit hellen, liebenden Augen anschauen, ihr werdet miteinander spielen, tollen, wie die Erwachsenen es tun, wenn sie wieder Kinder sind.
Die Jahre werden vergehen, ihr werdet nicht mehr im kleinen Zelt wohnen, sondern in einer Baracke und später in einem kleinen Haus. Samstags werdet ihr in den Wald wandern, vorbei an der Hütte im Wadi, zwischen den Felsen und dem Himbeergestrüpp, vorbei am Abhang, mit den Grabhöhlen der Revolutionäre und Rebellen. Ihr werdet zusammen lachen und schweigen, eine uralte und sich stets erneuernde Stille wird

euch umgeben, mit der Zeit werden eure Kinder euch begleiten. Yaron, da, unter den Tanzenden gibt es eine, die dir teuer ist, zwei braune Zöpfe schlagen um ihre Schultern, wenn sie tanzt. Sie ist ein wenig älter als du, aber du bist einen Kopf größer als sie. Schau, wie sie im Kreis wirbelt, so nahe und so fern! Hast du mit ihr schon einmal, nur ein einziges Mal, gesprochen, etwas beiläufiges, nebensächliches, alltägliches, das du trotzdem nie vergessen wirst? Nein, das hast du nicht. Also, wie soll sie bemerken, dass du träumst, dein Leben aufs Spiel zu setzen, wenn sie von einer giftigen Natter in die Brust gebissen würde? Um sie zu retten würdest du das tödliche Gift aus der Wunde saugen. Auf einem römischen Sklavenmarkt würdest du sie für jeden Preis kaufen, um ihr die Freiheit zu schenken, dich, oder einen ihrer früheren Liebhaber zu wählen – all das kann sie nicht wissen, es sei denn… es sei denn…

Du saugst jedes helle Lächeln und Lachen von ihren Lippen auf, obwohl du weißt, dass nicht du gemeint bist. Es gibt ein Gedicht, in dem es heißt, zwischen einem Abgrund und dem Himmel führt keine Brücke, wer kann also an dem Blau des Himmels teilhaben? Vielleicht wird sie das verstehen – sie hat ja himmelblaue Augen. Es gibt eine Legende über einen Jüngling, der sich in die Sonne verliebt hatte, er wollte sie einmal, nur einmal, auf den Mund küssen, auch wenn er in der Glut verbrennen würde. Wer weiß, wie diese Legende endet?

Am Anfang hast du sie nur beiläufig gesehen, sie manchmal angeschaut, bis du sie auch ohne sie anzuschauen gesehen hast. Du hast im Wald Blumen gepflückt, aber wusstest nicht, was du mit ihnen tun sollst. Seitdem hast du dich bemüht, viel zu lernen, Darwin und Marx, objektive Werte, nur nicht mehr denken, an was du gedacht hast und weiter denkst, obwohl du nicht daran denken willst, sie immer wieder, ohne zu schauen, siehst, in schönen Kleidern und ohne.

Nun siehst du sie täglich und suchst, auf ihren Lippen nach einem Lächeln, das für dich bestimmt sein könnte, und du denkst, sie sieht dich nicht mehr als eine Fliege, die man zwar sieht, aber nicht wahrnimmt. Vielleicht weiß sie es doch und verstellt sich, um dasselbe Versteckspiel, dass du mit ihr spielst, mit dir zu spielen. Nein, Liebste, wenn du das meinst, dann irrst du, Liebste, Liebste, eine ganze Seite könnte ich mit diesem Wort füllen, von meiner Seite gibt es kein Verstecken, kein Maskenspiel, es ist nur Schüchternheit, die sich in einen verzweifelten Wagemut verwandeln möchte.

Manchmal scheint es mir, dass du, Liebste, Liebste diesen Wagemut brauchst, auf ihn wartest, weil du eine unterstützende Hand brauchst, die ich – ehrlich gesagt – leider noch nicht habe. Was ich sicher kann, dich zart streicheln und dich "mein Mädi" nennen, dann werde ich mit einem Schlag übermütig und stelle mir vor, wie du mein bist. Aber manchmal – und das ist das, was mich gänzlich wehrlos macht – kommt es mir so vor, als ob du dir ein geheimnisvolles, leises, mysteriöses Lebensgewebe webst, eines, das ein Fremder nie enträtseln kann.

Dabei ist sie dir so teuer, Yaron, dass du bereit bist, jederzeit dein Leben einzusetzen um sie zu beschützen, auch wenn sie nie die Deine sein wird. Du würdest keinen Moment zögern, auch wenn sie einem anderen gehören will. Sie ist in deinem Gefühl immer die Deine, ohne Grenzen von Zeit und Raum.

Du bist bereit, dein Leben zu opfern, Yaron, weil du liebst. Das Leben hat ohne Liebe keinen Sinn. Und nur wenn das Leben einen Sinn hat, ist man bereit es hinzugeben.

Die Rebellen, die vor langen Zeiten auf dem Abhang zum Wadi Höhlen angelegt haben, starben für beide: Leben und Liebe, dadurch besiegten sie den Tod und leben noch in dir, Yaron.
"Die Kette ist noch nicht gerissen / Die Kette zieht sich immer weiter!", singen zig Kehlen. "Eins, zwei, drei, vier!", stampfen die Füße im Takt.
Es ist ein Uhr nach Mitternacht. Die Stunde der Geister ist vorüber. Ein Witzbold löscht plötzlich alle Lichter. Nur am Eingang zur Küche brennt eine einsame Lampe.
Aber der Horatanz geht weiter. Auf der gegenüberliegenden Wand tan-zen Schatten, sie wanken, schwanken, verfließen ineinander, lösen sich voneinander, wie auferstandene Geister.
"Geister von Urzeit-Riesen", dachte Yaron.
Da sieht er Rachel, seine Rachel, im dritten, innersten Kreis der Hora, sie ist ganz in ihren Tanz versunken, ein Lächeln spielt auf ihren Lippen, vielleicht, weil sie die Schatten der Urriesen an der Wand gesehen hat, auch ihr Schatten tanzt mit ihnen, ihre Zöpfe tanzen auf ihren Brüsten, tanzen für Yarons Tagträume. Sie ist weit von ihm entfernt und ganz nah, eine Tochter der Urriesen, zu denen es keine Brücke gibt und doch eine Verbindung besteht.
Nur einen Moment dauert dieser Zauber, dann geht das Licht wieder an, derselbe Speisesaal, dieselbe Schabbatfeier und drei Hora-Kreise wie vorher, sie alle sind wieder da.
Yaron wendet den Kopf. Im dunklen Fenster spiegelt sich eine Gestalt, die ihn neugierig macht und sein Mitleid erweckt, sein rätselhaftes Ich, fünf Jahre, fünfzehn Jahre und tausend Jahre alt, seine eigene Gestalt, die gedankenversunken zwischen der Nacht und der Hora steht.
Er entfernt sich vom Fenster und die Gestalt zerrinnt.
Jemand mischt sich unter die Tanzenden.

Die Bande in Hochform

"Alle sind schon da", sagt Gadi. "Also beginnen wir."
"Endlich sind wir wieder unter uns", bemerkt Usi, zufrieden. "Wir wollen doch eine provokative Avantgarde sein. Solange sich uns das Lumpenproletariat anschließt, können wir nichts Ernstes beschließen."
"Stimmt, Markus", sagt Gadi.
"Wie hast du mich gerade genannt? Mar-kuss? Was verschafft mir die Ehre dieser originellen Wortkombination?"
"Das war eine Improvisation, sie kam mir in den Sinn, als Avantgarde und Lumpenproletariat, zwei von dir und Marx oft benutzte Worte, hier fielen. Rami hat erzählt, dass du einem Araber, der auf einem Esel vorbeikam, den Sozialismus erklären wolltest, und von Karl Marx gesprochen hast, der Araber versuchte den Namen auszusprechen, das kam als Karol Markus heraus. Der Name passt gut zu dir, obwohl er nicht obszön gemeint ist."[28]
"Wenn er nicht obszön gemeint war, warum entschuldigst du dich? Brennt etwa auf dem Kopf des Diebes der Hut?
"Dem Menschen werden seine eigenen Gedanken geschickt."
"Wer Unschuldige verdächtigt, wird selbst bestraft."
"Stimmt, aber nur, wenn sie unschuldig sind. Wenn sie jedoch nicht unschuldig sind, ist es ein Gebot, sie zu verdächtigen, weil wer von einem Dieb stiehlt nicht schuldig gilt."
"Darauf könnte ich in schlichter Prosa antworten, weil wir aber mit Sprichwörtern begonnen haben, sage ich, deine Rede ist keine Knoblauchschale wert, eines Diebes Aussage gilt nicht."
"Du hast mit einem Krug begonnen und einem Fass geendet. Von Marx zum Dieb."

---

[28] Auf Hebräisch ist *mar* Herr, *kuss* ist ein vulgäres arabisches Wort für Vagina.

Alle hören amüsiert zu. Usi hat sich als Herausforderer von Gadi präsentiert und ein Sprichwort-Duell begonnen. Wer kein Sprichwort in seine Antwort einfügt, hat verloren.
Gadi schaut seinen Rivalen kurz an, blickt zerstreut zur Decke und sagt, so gelangweilt er nur kann: "Du hast mit einem Krug begonnen, wolltest mich hineinwerfen und hast mit einem Fass geendet, in das du selbst gefallen bist. Du bist eine Illustration für: Wer andern eine Grube gräbt, fällt selbst hinein."
"Wenn ich – dann auch du."
"Ah, ist das ein chinesisches Sprichwort? Du bist die Illustration für: Wehe dem Schiff, dessen Kapitän sagt, dass es sinkt."
"Und dein Sprichwort ist anscheinend ein indisches. Meine angebliche Illustration gilt nicht: Kein Bäcker bezeugt seinen eigenen Teig. Da steckst du jetzt ganz schön im Sumpf, mein Lieber, und willst dich am eigenen Schopf herausziehen, du willst das Fass zerbrechen und den Wein bewahren."
"Und du plapperst und willst verstecken, dass du dich verstrickt hast und dabei schüttest du das Kind mit dem Badewasser aus."
"Na und du hast mit einem Krug begonnen, und mit der Badewanne geendet. Wer weiß, wo du noch hinkommst."
"Da wär es interessant zu wissen, an was du denkst. Es werden ja dem Menschen nur seine eigenen Gedanken geschickt."
"Stimmt. Und deine waren eine Badewanne und ein Kind. Und jetzt hegst du die Absicht, das arme Baby zu verschütten."
"Ich schlage vor, ihr einigt euch auf unentschieden", sagt Amos.
"Du, Usa, hast von einer Beratung gesprochen. Ich denke, es ist Zeit, über etwas Aktuelles und Praktisches zu sprechen, hat jemand ein Thema?"
Alle schweigen, bis Amos sagt:
"Ich habe eine junge Romanze entdeckt."

Dabei kratzt er genüsslich seine Stoppeln, als würde er sagen: "Ratet mal!"

Gadi fordert ihn auf: "Also? Öffne deinen werten weiten Mund und spende uns dein Wissen!"

"Nein, so leicht verkaufe ich es euch nicht", grinst Amos. "Ein Schürzenjäger hat wieder eine frische Schürze gefunden."

Nach einem Moment antwortet Gadi: "Und der Erzieher der Jugendgruppe wird ihm sagen, er ist zu alt für sie."

"Ah, ich verstehe!", ruft Rami. "Ihr meint Amnon und ein Mädel aus der Jugendgruppe unten im Kibbuz?"

"Na, endlich! Manchmal findet auch eine blinde Henne ein Korn."

"Und es gab eine Szene", fügt Amos hinzu.

Während alle rätseln, was Amos meint, zitiert Gadi seinen Lord Henry: "Ich liebe die Szenen auf der Bühne. Im Leben wirken sie gekünstelt."

"Verstehe ich das richtig? Gehört Rachel wieder zu unseren Chancen?", fragt Usi. "Dann wird Rafi bald wieder seine rosa Brille aufsetzen können und uns mit romantischen Gedichten erfreuen? Oder zieht ihr, verrückterweise, auch Falshi in falschen Betracht?"

"Beide haben keine Chance. Sie verachtet Falshi, und Rafi, das kannst du vergessen. Er wird vor lauter Naivität eingehen. Da haben wir eine Chance, jemanden zu verspotten."

"Wen? Rafi?"

"Na klar! Es entsteht in unserer Gruppe eine widerwärtige Koalition, die Naivität zur Ideologie erhebt", erklärt Amos eifrig. "Bald wird Rafi in einer Besprechung eine Rede über den Glauben an den Menschen halten, dem wird Ofra beitreten und dir ein Solo singen, wie schlimm du dich verhältst und welche negativen Werte du hast. Um dem und desgleichen vorzu-

beugen schlage ich vor, dass wir in der nächsten Ausgabe von Unser Institut ein Liebessonett veröffentlichen, das ihm für ein halbes Jahr die Krallen stutzt."
"In die Wandzeitung geben und mit seinem Namen unterschreiben? Igitt, pooh, pooh, Amos! Pfui, pfui, wie unfair!"
"Nicht fair, aber effektiv. Wir brauchen nicht mit seinem Namen unterschreiben, es genügt, wenn es mit ein Genosse der Gruppe Felsen unterzeichnet ist. Den Anfang – die erste Strophe - habe ich schon verfasst, natürlich nur als provisorischer Vorschlag:

> Sonett an die brennende Liebe
> Wenn glühende Liebessonnen meines Herzens Feuermeer / Versengen, glimmt deine Taille auf wie eine Rosenflamme. / Liebe entbrennt in mir wie ein Vulkan, / Meiner Augen Tau kann diesen Brand nicht löschen.

"Du hast viel Gefühl in dein Opus Magnum investiert", sagt Gadi anerkennend.
"Es ist aber nicht verrückt genug", kritisiert Usi. "Vielleicht wird man es am Ende ernst nehmen und behaupten, es sei schön. Vergiss nicht, wir leben in der Generation der populären modernen Kunst. Wir brauchen etwas, das nicht einmal und nie und nimmer als modern gelten kann, zum Beispiel: Wie eine Raubnachtigall, die in der jungfräulichen Bratpfanne meines Herzens paniert wird / Und vergeblich mit Tränenverstopfung ihres keuschen Arsches umsonst und vergebens bitter kämpft…"
"Hör auf, du hast kein versiegtes Tröpfchen von poetischen Sinn. Ich rate dir: Mein Sohn, sei zart, vorsichtig und mörderisch! Mein Vorschlag wäre: Wie ein zartes Fischerbötchen / Das im Sturm meiner reinen Träne kentert… /

Schwach zu Rachel[29] die geschoren wird… – beachte die Klangeinflechtung der Namen – jetzt brauchen wir nur noch ein starkes Ende."
"Eine Ohrfeige!", schlägt Rami vor.
"Wunderbar!", ereifert sich Amos. "Du schlugst mit deiner weißen Hand auf meine Wange / Wie in der Paukenschlagsymphonie von Haydn / So kam ich ins Repertoire deines Herzkonzertes…"
"Bau eine ganze Strophe aus musikalischen Instrumenten", rät Usi. "Verstimmtes Klavier, auf den Schwanz getretene Katze und heisere Trompete / Sollen tutti meine Lieb' verkünden…"
"Ich möchte nicht, dass wir so etwas in die Wandzeitung geben."
"Aber geh, Usa, was redest du da?" – Amos ist verblüfft.
"Das was du hörst", antwortet Gadi, schlecht gelaunt.
"Ich habe Gott sei Dank, Ohren."
"Die nicht zu übersehen sind. Aber das besagt offensichtlich nichts. Du hast ja auch einen Mund, aus dem nicht nur Juwelen sprudeln, sowie auch nicht aus deinen anderen Gliedern."
"Ich will besser nicht hören, welchen Mist du von dir gibst."
"Schade, da verlieren wir ein Juwel."
"Sorry, du hast heute keinen Pfeffer, Usa", mischt sich Usi ein.
"Ein guter Koch würzt mit Maß."
"Und passt auf, dass es vom Gewürz nicht zum Gefürz kommt."
"Spielst du den Dichter / Sei nicht ein Richter."
"Und du nicht vom Denker zum Henker!"
Gadi schweigt, und Usi fragt: "Unentschieden?"
Aber Gadi ist nicht kleinlich: "Auf keinen Fall! Du hast dich so bemüht, dir gebührt eins:null."

---

[29] "Schwach zu" klingt auf Hebräisch: "Rafa el". Rachel ist auf Althebräisch Schaf.

"Stimmt!", ruft Amos schnell. "Nimm als bescheidenen Preis für deine Bemühungen!", – dabei zieht er eine vertrocknete Brotrinde aus der Tasche. – "Wie schon geschrieben steht: Im Schweiße deines Angesichts sollst du dein Brot essen."
Das ist eine Herausforderung, aber Usi kann sich jetzt leisten, versöhnlich zu sein:
"Der Mensch lebt nicht vom Brot allein. Wenn du eine Wurst hättest, hätte ich nicht gezögert."
"Auch ich nicht", antwortet Amos.
"Kommt, helfen wir einem Genossen in Not", ruft Gadi. "Lieber Amos, was hättest du nicht gezögert zu tun?"
"Ich komme ohne Hilfe zurecht", antwortet Amos kühl.
"Lass uns das biblische Gebot erfüllen: Wenn du deines Bruders Esel unterwegs fallen siehst, sollst du ihm aufhelfen".
"Klar!", stimmt Usi bei. "Usa versteht dich gut, wie geschrieben steht: Der Gerechte kennt die Seele seines Viehs."
"Im Gegenteil", verteidigt sich Amos, "er versteht mich, wie geschrieben steht: 'Ein Ochse kennt den Trog seinen Herrn' und du – nach: 'und ein Esel die Krippe seines Herrn.'"[30]
"Ich wusste nicht, dass du eine Krippe bist."
"Wenn du zugibst, dass du ein Esel bist…"
"Genug gestritten, was machen wir mit dem Sonett?", unterbricht Rami. "Das Sonet ist das Wichtigste."
"Das Wichtigste ist nicht immer das Richtigste", wendet Gadi ein. Amos ignoriert ihn. "Wenn in der ersten Strophe die Liebe wie Feuer glüht, soll sie in der zweiten maritim sein, stürmisch wie das Meer. Dann kann die dritte sich auf Musikinstrumente beziehen, da passt die Paukenschlag-Ohrfeige gut hin."

---

[30] Jesaja 1.3.

"Die Ausarbeitung der Details können wir ruhig Dugi überlassen, sein Eifer und seine Ausdauer sind so, als hätt er Lieb im Leibe, oder Eifersucht im... anderswo. Die Frage der Unterschrift muss man vorsichtig erwägen."
"Ich wundere mich, Markus, dass du so ein Hasenfuß bist", stichelt Amos. "Dein Namensvetter war mutiger."
"Mein Namensvetter hätte dich 'entartete Intelligenz' genannt."
"Und was hätte er über dich gesagt?"
"Auch ein Genie wird von seiner Umgebung beeinflusst."
"Wir haben schon lange nicht mehr verkuppelt", versucht Rami dem Gespräch eine neue Wendung zu geben. "Man müsste reife Exemplare finden."
"Rachel ist jetzt frei, aber ist sie schon wieder reif?"
"Das ist keine einfache Sache."
Gadi nimmt ein Blatt Papier, kritzelt etwas darauf und schiebt es Usi zu. Der liest hinter dem Rücken von Amos:
"Er hat sich verraten. Seit er zu Rafi gesagt hat, vier schauen auf Rachel, nehme ich ihn ins Auge: Jetzt fordert er so energisch Rafi lächerlich zu machen, da hat er sich entlarvt: Amnon, Falshi, Rafi – und er ist der vierte."
"Was hast du da gekritzelt, Usa? Skizzierst du etwas für die weitere Diskussion?"
Gadi murmelt vor sich hin:
"Ein heikles Thema, tja, ein heikles Thema."
Dann fragt er laut:
"Also, was soll der nächste Paragraph auf unserer Agenda sein?"

Süß und schmerzhaft

Rachel steht wartend auf dem Pfad, der ins Wadi führt. Die Nacht atmet. Ihre Seele zittert in dem unhörbaren Rascheln, das sie umgibt, durchdrungen vom dunklen Plätschern des Baches im Gestrüpp der Himbeeren. Jenseits der schweigenden Felsen schreit ein Nachtvogel. Sie wartet auf Amnon. Seit zwei Jahren kommt er mit lässigen Schritten und nimmt wie selbstverständlich das, was sehnsüchtig auf ihn wartet. Es gibt Menschen, die glauben, dir eine Gunst zu erweisen, wenn sie etwas von dir bekommen. Amnon ist so einer. Ältere Pflegerinnen erinnern sich liebevoll an ihn als Baby mit großen dunkelbraunen Augen, ein kleiner Fingerlutscher, unsicher beim Gehen, suchend nach etwas, an dem man sich festhalten kann. Wenn er hinfiel und weinte, hatte er noch nichts von dem spöttischen Lächeln das dir eine Gunst erweist, wenn er sich von dir etwas nimmt.

Rachel verscheucht eine Mücke, die um ihr Ohr summt, und lehnt sich an den Felsen. So hat er dich an jenem ersten Abend vor zwei Jahren genommen. Da war der "Taschenchor" von vier Mädchen, ein Hirtentanz, dann die Eröffnungsrede, etwas wurde vorgelesen, etwas deklamiert, zuletzt wurde getanzt. "Also, Leute", sagte Amnon damals – wie immer, war er am Ende des Programms erschienen –, "was gibt's? Kann man schon was Anständiges tanzen?"

"Ist's unter deiner Würde zum Programm zu kommen?", fragte jemand mit neidischem Unmut. "So willst du uns ein pädagogisches Vorbild sein?"

"Ach, richtig, ihr seid ja noch Schulkinder und habt in eurer letzten Besprechung beschlossen, in mir ein pädagogisches Vorbild zu sehen. Das gefällt mir! Vorwärts, mit Erfolg!

Kristallisiert Werte, haltet die zehn Gebote der Bewegung ein, seid rein in euren Gedanken, lest über die Bewegung, besonders das, wo es heißt: Zuerst, vor allem – Hände, stimmt's?"
"Na, und du?" – fragte sie, hell und frech.
Er wendete den Kopf, schaute dich an, sein Blick wanderte von der Stirn zu den Augen, Lippen, Brüsten, zur Hüfte, den Beinen und wieder hinauf zur Stirn. Es war ein prüfender Blick, dann sagte er: "Mir gefällt das. In eurem Alter habe ich auch an Werte und Gebote geglaubt. Ich war sicher, ich baue eine Jugendrepublik auf, wie man mir gesagt hat." – Eine leichte Wolke von Ernst überfliegt sein Gesicht. "Ihr seid ja schließlich noch Kinder."
Er sprach alle an, aber er meinte dich. Du warst noch ein Mädchen. Dein Herz klopfte schneller. Sein prüfender Blick schien zu sagen: Wer ist die, die da piepst? Ah, ein neues Vöglein, die habe ich noch nicht beachtet. Also schauen wir mal, ob der Weinstock sprießt und seine Blüten aufgehen.[31] Nicht schlecht, gar nicht schlecht, nur schade, dass sie ist noch ein kleines Mädchen ist.
"Du brauchst nicht rot zu werden", sagte er.
Du wurdest wirklich rot. Alle sehen es und amüsierten sich.
"Na, gut", sagte er, "Kinder oder nicht Kinder, hört endlich mit dieser Hora auf! He, du dort mit der Mundharmonika, spiel einen Krakowiak, hast du gehört?"
Als der Tanz begann, nahm er wie selbstverständlich deine Hand und zog dich hinter sich her. Du erinnertest dich an die Hirtentänze, bei denen es deine Aufgabe war, Verse aus dem Hohelied zu sprechen. Während der Probe warst du zerstreut

---

[31] Hohelied 7. 13.

und irrtest dich und statt "zieh mich dir nach, so wollen wir laufen!" sagtest du "zieh mich hinaus!".[32]
Jetzt zieht er dich wirklich und du läufst ihm nach. Er fragt nicht. Er sagt nicht einmal, komm, lass uns tanzen!. Zuerst tanzte er lässig, aber als es ans Drehen kommt, wirbelt er dich herum, gleich wirst du fallen und dich auflösen, verschwinden. Du hältst dich an ihm fest, er ist stark, er wird dich nicht loslassen, du bist noch ein Mädchen. Auch mit Mädchen kann man tanzen. Plötzlich sagte er halblaut: "Beim letzten Drehen – ein Sprung!" Du hast keine Zeit, zu antworten, keine Zeit zu denken, seine Hände packen dich an den Hüften, du schwebst hoch in der Luft, sinkst und liegst eine kurze, ewige Sekunde in seinen Armen. Dein Kopf schwindelt, seine Hände halten deine Hüften. Der volle Speisesaal dreht sich trunken und verschwindet. Licht und Tempo umkreisen dich. Ein paar Takte, dann ein Wirbeln, du wirst gehoben, du schwebst, ihr schwebt, er und du.
Plötzlich ist alles vorbei. Der Junge ("He, du dort mit der Mundharmonika") hat aufgehört zu spielen. Schade, du wolltest noch gewirbelt werden, schweben, in seinen Armen ruhen, den Rausch noch auskosten. Aber dich umgab wieder der gewöhnliche Speisesaal. Hundertachtzig Mädchen und Jungen, gelbliches elektrisches Licht, grau und geschmacklos.
"Da ist uns ordentlich heiß geworden, komm ein wenig raus, Luft zu schöpfen, man kann hier ersticken." – Er geht hinaus, ohne auf Antwort zu warten, ohne den Kopf zu wenden, um zu sehen, ob du ihm folgst. Es ist klar, du folgst. "Zieh mich dir nach, so wollen wir laufen!"
Draußen ist es kühl. Man könnte still auf der Terrasse sitzen,

---

[32] Hohelied 1. 4.

fühlen, wie der Wind über die Stirne gleitet, man könnte den Kopf zurücklehnen und plaudern. Man hätte zu den Sternen hinaufschauen können und Gedanken folgen, das alles hätte man tun können, du warst noch ein junges Mädchen.
"Wir geh'n ins Wadi", beschließt Amnon und ihr geht. Als ihr den Durchgang im Zaun erreicht, umarmt er dich. Es war ein langer Moment der Umarmung. Noch jetzt, nach zwei zu rasch verstrichenen Jahren, fühlst du sie in deinen Körper.
Du stößt ihn zurück. "Lass mich", sagst du mit schwacher Stimme, die versucht, energisch zu klingen. "Du liebst mich nicht. Du willst nur..." Er aber umarmt weiter, tastet dich ab, als ob du nichts gesagt hättest. Es fühlt sich jetzt, aus der Distanz, traurig und lächerlich an: Er umarmt dich, als ob du nicht da wärst. Du stößt ihn stärker zurück. "Lass mich! Du liebst mich nicht. Du willst nur schmusen." Das waren gute Worte, du wusstest, er wird sein Umarmen und Abtasten einstellen, wird deine Haare glätten und dir versöhnlich zureden: Aber nein, er liebt dich, natürlich liebt er dich, hast du das nicht die ganze Zeit gespürt? Vom ersten Moment an, als du ihn herausfordernd fragtest: "Na, und du?" Da entsprang der Funke der Liebe. Du hast es gespürt und wurdest rot, schon vom ersten Blick gab es diese Brücke zwischen euch: Der Blick, der Funke, das Blut, dass den Körper durchströmt. Und du behauptest, er liebt dich nicht!, Dummchen, wie hätte ich dich umarmen können, ohne dich zu lieben?
Er lässt er dich los, gleich wird er die ersehnten Worte sagen!
"Dummchen!", sagt er (wie wohltuend das ist!). "Lieben? Wozu?"
Und Stille. "Was sagst du?", fragst du, schwerfällig. Er sagte "Klar, dass ich liebe!" und du hast dich verhört, einen Moment ist es dir so vorgekommen, als ob...

"Dummchen, glaubst du wirklich, man muss sich lieben, um sich zu umarmen? Ich habe schon zig Mädels umarmt und habe mich nie gefragt, ob ich eine von ihnen liebe."
"Lass mich!", sagst du mit veränderter Stimme. Er hat sowieso seine Arme von dir genommen. Du hättest ihm eine Ohrfeige geben sollen, in dem Moment, in dem er sagte was er gesagt hat. Jetzt war es zu spät.
"Schau, Mädi", sagte er mit einem Unterton von Mitleid. "Versuch mal logisch zu denken. Um zusammen zu tanzen – was braucht man dazu? Dass man einander gefällt und man Lust dazu hat, aber man braucht sich dafür nicht zu lieben, stimmt's? Tanzen ist ein Spiel und ein Spaß, und für Spaß und Spiel sucht man eine Partnerin, die einem gefällt und mit der man Spaß haben kann. Man braucht nicht zu lieben. Stell dir das ganze Leben wie einen angenehmen, schönen Tanz vor: Du gefällst mir, ich gefalle dir, wir finden es schön, zusammen zu tanzen. Und natürlich sucht man nach so einem Tanz ein ruhiges Plätzchen zum umarmen und küssen, als Fortsetzung des Vergnügens, der schönste und angenehmste Teil davon, wir haben dafür getanzt, nicht wahr? Also, wieso muss man sich dafür lieben?"
Du schweigst. Du weißt nichts zu antworten. Einen Moment denkst du, das sei eine natürliche Wahrheit, im nächsten Moment scheint es, das ist eine Verzerrung dieser Wahrheit.
So schweigst du schon zwei Jahre. Zwei Jahre mit einmal wöchentlichem Tanzen, danach hinausgehen, in den Wald oder in die Scheune, sich umarmen und küssen, zwei Jahre angenehmen Zusammenseins, bei dem es keinen Grund gibt, sich zu lieben, zwei Jahre geprägt von seiner natürlichen Wahrheit und der Verzerrung deiner Wahrheit. Einmal in der Woche dasselbe Tanzen, derselbe Pfad ins dunkle Tal, mit dem

glucksenden Bach, den schweigenden Felsenbrocken und rauschenden Kiefern, derselbe Amnon, auf den man warten muss, der dir einen Gefallen erweist, indem er etwas von dir nimmt, derselbe Amnon, den du dir nicht verwirrt und hilflos vorstellen kannst. Und immer dieselben Smalltalk-Gespräche, Klatsch über Neuigkeiten vom Institut und vom Kibbuz, selten etwas Psychologie und Lebensphilosophie, wie man das Leben leicht nehmen kann, bis er dich endlich in die Arme nimmt, und zu küssen und streicheln und flüstern beginnt, dich und sich auszieht... In seinem Liebesflüstern ist viel Mitleid und leise Verachtung, es endet mit den Zauberworten "Mädi-Dummchen", die alles versöhnen. Und jedes Mal die gleiche Stille, wenn du fühlst, vielleicht, nein, sicher solltest du ihm eine Ohrfeige geben, und wenn nicht du, weil du ein kleines Mädchen bist, dann sicher die Lebensfee, die Naturfee und die Wahrheitsfee, die schon große sind, es ist immer zu spät oder zu früh, weil der Moment noch nicht gekommen ist, der Moment deiner Sicherheit, der Moment, in dem du fühlst, dass er dir einen Gefallen tut, wenn er von dir nimmt. Nie nimmt er genug, nie nimmt er alles, immer, wenn dein Kopf zurücksinkt und deine Augen sich schließen, kommt es nicht zu der endgültigen, letzten Umarmung, aus der man die totale Hingabe fühlt.
Rachel hört Schritte.
Auf dem Pfad erscheint eine dunkle Gestalt, schreitet leicht und elastisch, mit der schmerzlichen Lässigkeit, mit der nur er zu schreiten vermag. Er wirbelt zerstreut durch dein Haar: "Na, Mädi?", und du weißt, auch heute wird der Abend verlaufen, wie immer.
"Wieder hast du dich verspätet", sagst du mit dem Groll eines kleinen Mädchens.
"Diesmal ist's wirklich das letzte Mal."

"Das ist, als ob du gesagt hättest, wir treffen uns nicht mehr."
"Das wollte ich fast sagen."
Du gehst du neben ihm den Pfad abwärts. Dann sagst du schmollend: "Du tust mir offenbar einen Gefallen, dass du überhaupt kommst, was?" Es klingt wie eine Frage, die im Spaß gestellt wird, aber bei Gott, wie beschämend sie ist!
"Ach, Dummchen, du musst dir einen romantischen Liebhaber suchen, der zweimal in der Woche feierlich erklärt, er sei bereit, für dich zu sterben."
"Vielleicht. Aber einen, mit dem man auch ernst reden kann."
"Ich bin bereit, heute ernst mit dir zu sprechen, Mädi."
Schweigen. Da sind die ersten Kiefern.
Der Bach murmelt. Ein Nachtvogel schreit.
"Dann bist du sicher krank."
"Ich bin besonders gesund."
"Schade. Stell dir vor, wie schön es wäre, wenn du ein wenig krank wärst, und ich dich pflegen könnte."
"Dummchen."
Schweigen. Da ist die Hütte über dem Bach. Sie lehnen sich an den geflochtenen Zaun.
Bald kommt es, das schmerzhaft ersehnte Schmusen. Nur noch ein wenig verzögern!
"Schau, wie schön es hier ist, im Mondlicht. Dieser Ort bittet darum, über etwas Romantisches zu sprechen."
"Siehst du, Mädi, so hab ich dich gern, wenn du witzelst. Solange der Ort bittet, ist's okay. Erfüll aber seine Bitte nicht."
"Also hast du mich…So hast du eben gesagt."
"Ja, dass ich dich gern habe, wenn du witzelst."
"Und auch, dass du bereit bist, im Ernst zu sprechen."
"Ja, aber nachher, Kleine." Er umarmt dich und beginnt dich abzutasten und auszuziehen.

"Nein", du lehnst das ab, "gerade jetzt, vorher. Ich will hören, wie du im Ernst sprichst. Das wird spannend sein."
Sie lehnen sich an den Zaun.
"Du liebst mich doch, Dummchen, stimmt's?"
Du traust kaum deinen Ohren. Amnon ist es, der das fragt, Amnon! Fragt, was er noch nie gefragt hat, die ganzen zwei Jahre. In seiner Stimme klingt etwas Aufrichtiges, Warmes, Menschliches, es hört sich fast an, wie… Mitleid. Da ist sie endlich, die Frage, die du die ganzen zwei Jahre erwartet hast, nach der du dich gesehnt hast, die Wendepunkt-Frage! Nach Jahren werdet ihr euch erinnern: Ja, diese ersten zwei Jahre… Wir scherzten und tollten, umarmten uns, küssten uns, zogen einander aus… Alles war ein angenehmes Spiel. Bis die wahre Liebe begann. An einem gewöhnlichen Abend, da kam sie, plötzlich… So ist das wahrscheinlich mit der Liebe.
"Ja, Amnon!"
Du sagst seinen Namen dazu, um dem Feierlichen mehr Nachdruck zu verleihen. "Ja, ja, natürlich, Amnon! Du konntest das ja sicher die ganze Zeit spüren. Jeden Tag liebe ich dich mehr!"
"So habe ich es mir vorgestellt, Dummchen. Und deswegen müssen wir uns jetzt trennen."
"Was… was sagst du da?"
Du fragst das mit Herzklopfen, heiser. Du hast dich sicher verhört. Er sagte: "Und deswegen müssen wir uns jetzt nicht trennen." Wenn du mich nicht geliebt hättest, hätten wir uns trennen müssen, weil wir ohne Liebe nicht weiter machen können, ich hätte es ohne Liebe nicht ausgehalten. So hatte er es gemeint, und du, Dummchen, hast dich verhört, für einen Moment ist dir vorgekommen, als ob…

"Mädi", sagt er, "du tust mir wirklich leid, aber ich muss mir selbst treu bleiben."
Du schweigst und spürst langsam den ganzen Schmerz.
"Ich hab dir schon oft gesagt, alles zwischen uns ist schön und angenehm, solange es ein Spiel bleibt, eine natürliche Fortsetzung des Tanzens: Mir macht es Spaß, dir macht es Spaß. Aber als du begonnen hast zu lieben, hast du alles verdorben. Wir sind nicht mehr gleiche Teilnehmer am Spiel."
Du bist wie gelähmt und kannst kein Wort hervorbringen..
Der Bach murmelt.
"Ich kann mich nicht an ein Mädel binden, Mädi. Ich bin schon mit einer Menge gegangen, keine von ihnen habe ich geliebt. Sie haben mir gefallen, das ja, es machte mir Spaß und ihnen auch, das ja."
Eine Mücke summt. Eine Fledermaus flitzt vorbei. Du schweigst.
"Du bist ja noch ein kleines Mädchen, auch wenn du schon 17 Jahre alt bist. Du kennst das Leben noch nicht. Und ich wollte nicht derjenige sein, der… Weil das meine Moral ist: Spaß haben, das ja, aber nur solange keiner es ernst nimmt. Du hast noch keine Erfahrung mit Burschen und ich wollte nicht der sein, der…"
Er wiederholt sich. Es ist das erste Mal, dass du ihn verwirrt und unsicher erlebst. Und gerade jetzt würdest ihm gern das Haar streicheln, ihn zu dir ziehen, ihn festhalten, so dass er mit keinen lässigen Schritten von dir weggehen kann.
"Verstehst du mich, Dummchen?"
Langsam tastest du durch seine Haartolle und sagst weich: "Du bist ein guter Bursche, Amnon, du hast deine Echtheit und du glaubst an sie, obwohl das natürlich alles nur Unsinn und Verzerrung ist. Jetzt willst du mich aus irgendeinem mir

unverständlichem Grund verlassen und willst nicht oder kannst mir nicht sagen, warum. Da macht es mir keinen Unterschied, welchen Grund oder welche Ausrede du dafür gefunden hast. Ich liebe dich, so wie du bist, mit dem lässigen Schritt und all den kleinen Kränkungen der lässigen Umar-mungen, Küssen, Abtasten, Flüstern... alles lässig, wie zum Spaß. Weil alles was dir Spaß macht, auch das Wahre und Richtige ist. Ich hege keinen Groll gegen dich, wirklich nicht. Nur nenn mich bitte von jetzt an nie wieder Dummchen oder Mädi und alles andere, was du mich genannt hast, weil das nur sehr weh tut."

Ein hilfreicher Distelhaufen

Rafi arbeitet das erste Mal mit Haim Falshi zusammen. Das ist nicht einfach. Zuerst spannten sie die Pferde in den Diligence-Wagen, der schon alt und wackelig ist, dann fahren sie auf dem Institutshügel herum und sammeln vertrocknete Disteln, Steine und Müll, die beim Reinigen des Hofs gehäuft wurden. Wenn der Wagen voll sein wird, werden sie zum Müllhaufen fahren, um den Diligence zu entleeren. Wie oft wird das sein? Es gibt keine Quote. Vielleicht schaffen sie es mit drei Wagenladungen?

Haim Falshi. Er ist in der ältesten Gruppe, da sollte er eigentlich gewisse Autorität haben, aber in Felsen, Rafis Gruppe, betrachtet man ihn mit Geringschätzung: Er sucht die Gesellschaft jüngerer Gruppenmitglieder, seine Altersgenossen mögen ihn nicht.

Man schätzt jemanden, wenn er ein guter Schüler ist, ein guter Arbeiter oder jemand, der in den Gesellschaftsbesprechungen spricht, am Programm der Samstagsfeiern teil nimmt, bei Ausflügen hilfreich ist oder persönlichen Charme hat. Falshi hat nichts davon. Er hat den Ruf des obszönsten Burschen im Institut. Die Mädchen gehen nicht duschen, wenn er im Duschraum ist. Er soll dort lange, um durch den Spiegel die nackten Mädchen zu betrachten. Man erzählt, einige Mädchen hätten sich beschwert, ihre BHs seien verschwunden. Da hätten sie eine Durchsuchung vollzogen, und die BHs bei ihm gefunden. Sie hätten sie angeblich in aller Stille an sich genommen. Die Geschichten vernebeln sich immer.

Was sicher ist, er spricht gern über obszöne Dinge und zwinkert. Seine Augen huschen dabei hin und her, wie ängstliche, schwarze Mäuslein, die ein Loch suchen. Er schmatzt beim Sprechen, als ob er klebrigen Brei schlürfen würde. Sein Lachen klingt wie ein zerbrechliches, schnarchendes Kichern, er kichert oft über das, was er sagt, und seine Adlernase runzelt sich dabei. Aber er ist um zwei Jahre älter als die Felsen-Gruppe und man kann ihn nicht ignorieren.

"Also, Herr von Rafael", kichert Falshi, als die Pferde eingespannt sind und sie am ersten Müllhaufen ankommen, "heute habe ich die Ehre mit einem echten Dichter zu arbeiten, der Liebeserzählungen und Liebesgedichte schreibt."

Rafi hält seine Mistgabel fest. Einmal hat jemand geschrieben, meine Zunge ist meine Heugabel.[33] Oh, wenn das auch bei dir so wäre, wenn was du sagst zustechen könnte… Rafi stößt die Gabel energisch in den Haufen und schweigt.

"Ich kenne mich in Liebesdingen aus, ich habe Erfahrung, Gott sei Dank, und das ist das Wichtigste, Erfahrung. Glaub mir."

---

[33] Schlomo Ibn Gabirol (1022-1068). Auf Hebräisch ein Wortspiel: *ki Ischoni* – weil meine Zunge, *kilschoni* – meine Heugabel ist.

Rafi schwingt noch zwei Mal seine Heugabel und der Haufen ist aufgeladen. Sie besteigen den Wagen und fahren weiter.
"Tja, die Erzählung, die Gedichte... Nicht schlecht, nur blass."
Der Wagen nähert sich langsam dem nächsten Haufen.
"Was meinst du mit blass?", fragt Rafi angestrengt. Seine Neugier hat seinen Stolz besiegt.
"Kein Fleisch, keine Milch, keine Eier. Eben ohne Erfahrung."
Seine Nase schlägt dünne Fältchen.
Rafi hält den Wagen an, springt zum Haufen und schwingt seine Heugabel.
"Immer ist das so in der ersten Liebe...".
Falshi schaut seinen schweigsamen Gesprächspartner prüfend an.
Rafi lädt weiter auf. "Auch ich habe einmal zum ersten Mal geliebt. Stundenlang könnte ich darüber erzählen."
Nach etlichen Heugabelschwingen ist der zweite Haufen erledigt. Wieder geht es weiter. Falshi lässt ein feines Lächeln um seinen Mund spielen und beginnt mit einer hohen und brüchigen Stimme zu singen:

> Der Tender-Wagen fährt mit Wucht
> Vom Toten Meer zur Haifa-Bucht...

Dann summt er einige Zeilen, aber zuletzt klar und betont:
> Und einer sagt, Rachel, ich liebe dich,
> Mein Herz, wie mein Tender, lässt dich nicht im Stich.

Wieder summt er, bis er zum Refrain, "Und einer sagt, Rachel, ich liebe dich..." Er unterbricht seinen Gesang und bemerkt: "Ein schöner Name, Rachel. Ich hab auch mal ein Mädel geliebt, das Rachel geheißen hat."
Rafi hält den Wagen an und packt seine Heugabel.
"Ich war damals dumm, wie du jetzt. Ich wusste nicht, wie man

anbandelt. So ist das bei der ersten Liebe. Das ist doch deine erste Liebe, nicht wahr?"

"Ja", Rafi antwortet mit zusammengepressten Lippen. Einen Moment überlegt er, ob er nicht "Zum Teufel, was geht dich das an?!" antworten soll. Wieder siegt seine Neugier.

"Siehst du, ich hab's dir gleich gesagt!", kichert Falshi glücklich.

"Wenn es so ist, kann man dir verzeihen."

"Was gibt's da zu verzeihen?"

Rafi unterbricht seine Arbeit und stützt sich auf seine Heugabel. Falshi sagt:

"Hör mal, mein Lieber, bevor du mit einem Mädel anbandelst, musst du den Puls fühlen, ob du überhaupt eine Chance hast. Mit ein bisschen Erfahrung erkennt man das auf den ersten Blick. Jedes Mädel hat eine Zeit, in der sie verrücktes Verlangen nach einem Burschen hat, wie die Hündinnen und die Stuten…"

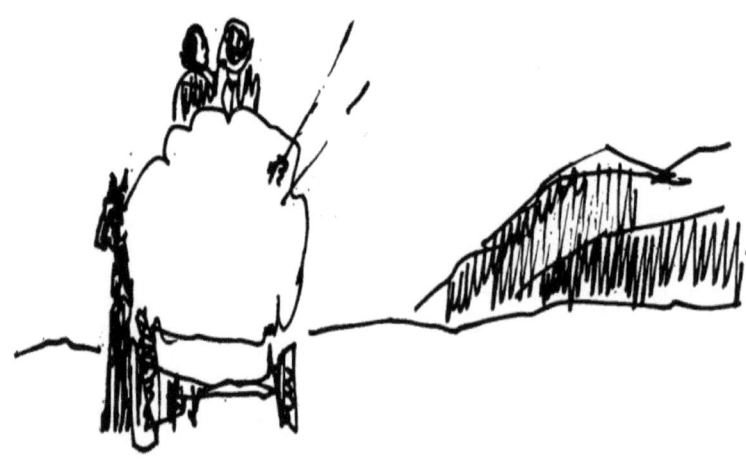

Der Wagen ist voll", sagt Rafi schroff, "wir müssen ihn vor dem nächsten Haufen leeren."
"Okay, leeren wir", stimmt Falshi zu, "Über was haben wir eben gesprochen? Ach ja, über Mädels. Ich sag dir und das aus bester eigener Erfahrung: Du musst dir vor allem eine finden, die einen Burschen sucht. Natürlich nicht einen bestimmten Burschen. Die sind von der schlimmsten Sorte. Bei denen hast du keine Chance, sie flach zu legen. Nein, ich meine eine, die einfach Hosen sucht. Bei der gehst du auf Nummer sicher."
"Vielleicht gibt's solche Mädels", sagt Rafi unsicher, "aber wenn du in eine verliebt bist, die nicht eine solche ist?"
"Ah, mein Lieber", sagt Falshi mit verächtlicher Freundlichkeit, "du willst wählerisch sein? Im Dunklen sind alle gleich, und letztendlich auch bei Licht. Warum willst du dir den Schwanz gerade an einer, die du nicht bekommen kannst, zerbrechen?"
"Warum kann ich sie nicht bekommen? Wieso glaubst du, ich sei in Rachel verliebt? Was willst du die ganze Zeit von mir?"
Falshi kichert leise und seine Augen huschen hin und her.
"So gefällst du mir", sagt er mit Fürsorge, "wenn du dich aufregst. Mit jemandem der sich aufregt ist es viel angenehmer sich zu unterhalten. Also, woher ich weiß, dass du in Rachel verliebt bist? Was für eine Frage, mein Freund. Du solltest dich lieber fragen, woher es die ganze Jugendrepublik weiß. Du hast es doch selbst in unsere Wandzeitung geschrieben. Als ich es las, habe, habe ich mich gefragt: Wer kann das sein? Blaue Augen, ein neckisches Lachen, Zöpfe, von denen einer auf die Brust baumelt, eine wunderbare Beschreibung! Fast poetisch! Am Anfang hat man dich bemitleidet, dann fing man an zu lachen. Warum du sie nicht bekommen kannst? Sie hat schon einen Burschen mit erfahrenem Schwanz, aber das ist nicht der einzige Grund, sondern..."

"Sie hat einen Freund?", fragt Rafi leise.
"Seit zwei Jahren verschwindet sie nach jeder Feier im Wald und bei Regen in der Scheune, doch nicht, weil sie Naturfreundin ist und Vögel beobachtet."
"Amnon?"
"Ein Scharfschütze! Einmal gezielt und gleich getroffen!"
Falshi hätte ihn gern länger zappeln gesehen.
"Ich hab mir sowas gedacht", sagt Rafi ganz leise.
"Aber glaub nicht, dass das der einzige Grund ist, warum du sie nicht bekommen kannst ", fügt Falshi rasch hinzu. "Das könnte nur eine kleine Verzögerung sein. Ich weiß, wie bei ihnen die Dinge standen. Jetzt hat er sie weggeworfen."
Rafi schaut ihn mit großen Augen an.
Unterdessen haben sie die Müllablage erreicht, springen vom Wagen und laden ab.
"Die gewöhnliche Tragödie. Haben zwei Jahre geschmust, er dachte, wechseln wir die Schallplatte, sie dachte, noch nicht."
Etwas Blindes und Stummes geht in Rafi auf, er fühlt ein Echo jener fernen Tage, als er gelbe, flaumige Küken in den Gaslaternen sprießen sah, in einer langen Lichterkette, und er eine unerklärliche Traurigkeit fühlte und er über die sich selbst widerlegende Welt dachte, die liebt und unverständlicherweise zu lieben aufhört. [34] Aber Falshi hilft ihm die nachdenkliche in Wut zu verwandeln.
"Es würde genügen, zwei Wochen oder einen Monat zu warten, bis sie wieder auf ein Paar Hosen schielt. Was schaust du mich an, glaubst du, sie ist anders?"
Rafis Hand ist zur Faust geballt. Seine Lippen sind zusammengepresst. Falshi kichert.

---

[34] Betrifft Rafis Erinnerungen an die Scheidung seiner Eltern in "Morgenluft".

"Aber sogar nach zwei Monaten wird sie nicht mit dir gehen, weil du einen unverbesserlichen Makel hast: Du bist erst sechzehn. Stell dir vor, sie würde sich mitten im Wald vor dich hinlegen – du würdest nicht wissen, was zu tun ist. Was soll sie mit so einem kindischen Jungen anfangen? Sie ist noch nicht in dem Alter, in dem Frauen Einführung in die Geheimnisse und Tricks der Liebe für jungfräuliche Jungs geben. Vielleicht wenn sie 45 ist. Und sie war zwei Jahre in den Händen eines abgebrühten Burschen, jetzt genügen ihr lyrische Gedichte nicht mehr. Sie ist eine heiße Stute, sie braucht einen Burschen, der sie von hinten und vorne..."
Da stoppt Falshis Redefluss. Rafi hat die Heugabel beiseite geworfen und mit erstickter Stimme presst er heraus: "Schweig, schweig, hörst du?", und stößt ihn vor die Brust. Falshi schreckt zurück, stolpert und fällt in einen Haufen von Unkraut und Disteln. Rafi beugt sich über ihn und versetzt ihm Fausthiebe auf Brust und Schultern: "Schweig, halt's Maul, hörst du?" Falshi verteidigt sich nicht, er liegt mit halb-geschlossenen Augen und bedeckt mit einer Hand seinen Mund und mit der anderen die Leistengegend.
Er gibt keinen Laut von sich, Rafi hat den Eindruck, dass er die Prügel mit einer Art von Genugtuung über sich ergehen lässt. Er ist verwirrt und lässt von ihm ab. Falshi bleibt regungslos liegen, nur seine Wimpern zucken ein wenig.
"Ich beende die Arbeit allein", Rafi möchte schroff sprechen, es kommt gepresst heraus. Er besteigt den Wagen und fährt zur Müllablage. Als er zurückschaut, sieht er, dass Falshi aufgestanden ist und zum Institutsgebäude geht. Wütend lädt Rafi die restlichen Haufen auf den Wagen und bringt sie zur Müllablage. Dann beginnt er nachzudenken. "Warum habe ich ihn geschlagen? Warum hat es mich gepackt und gewürgt?

Was er gesagt hat, hätte mich anekeln oder zum Lachen bringen sollen."

Ein Liebesgedicht sorgt für Aufsehen

"Du kannst schon aufhören, Rafi. Man hat schon längst zum Arbeitsschluss gepfiffen", ruft ihm Itamar zu und schaut ihn prüfend an: "Was ist passiert?"
Rafi lacht kurz auf: "Nichts. Ich hab eine kleine Lektion in Lebenserfahrung bekommen."
"Wer war dein Lehrer?"
"Falshi. Wir haben uns gestritten, geschlagen und ich habe ihn nach Hause geschickt."
"Was?! Du hast ihn verprügelt und weggeschickt? Er ist doch in der ältesten Gruppe!"
"Ich habe ihn eigentlich nur gestoßen, dabei ist er gestolpert und gefallen. Dann hab ich gesagt, ich beende die Arbeit allein und bin mit dem Wagen weggefahren."
Und dann erzählt Rafi seinem Freund ausführlich wie der Streit begann. "Stell dir vor", schließt er, "die ganze Gemeinschaft weiß es. Alle klatschen über mich und lachen mich aus! Während jeder Feier werden sie meinen Blicken folgen: Wohin schaut er? Wenn ich etwas in die Zeitung schreibe, fragen sie sich: Wen meint er? Und auch Rachel wird es hören und lachen. Zwei Jahre in seinen Armen, gerade in seinen! Beim Tanzen, auf Parties und mit zweideutigen Anspielungen, da ist er ein Held. Aber Gruppenführer war er nie, in den Besprechungen hat er nie was gesagt. Über Werte spottet er. Was, zum Teufel, findet sie an ihm? Wenn sie mit so einem Burschen

geht, Itamar, was ist sie dann für eine? Am Ende steckt doch was Wahres in Falshis Gefasel?"

Rafi spannt die Pferde aus, tränkt und füttert sie, bald wird es Zeit für's Abendessen, vorher muss er noch duschen und die Kleider wechseln. Itamar schaut Rafi zu.

"Macht nichts, Rafi", tröstet er, "alles wird sich zum Guten wenden. Du erwirbst dir dadurch einen neuen Stoff – das Motiv der Enttäuschung. Vertiefe dich darin. Nicht jedem Dichter ist es vergönnt, eine große Enttäuschung zu erleben. Gib deinem Schmerz in Gedichten Ausdruck, dann kannst du auf Rachel und Amnon pfeifen, Es ist das Schicksal des Dichters, Rafi, und jedes echten Künstlers, zerrissen zu sein. Er darf nicht im Luxus schwelgen und glücklich sein, wie ein, spießiger Bürger. Der wahre Künstler ist ein brennender Dornbusch. Was wäre aus Heines wunderbaren frühen Gedichten geworden, wenn Amalia oder Theresa seinen Liebes-Bemühungen nachgegeben und seinen Liebeskummer getröstet hätten, oder wenn der feiste Onkel Salomon seiner Tocher grünes Licht gegeben hätte und dem Paar eine reiche Brautausstattung geschenkt und den frischen Schwiegersohn in seine Geschäfte genommen hätte. Aus Heine wäre ein Hamburger Bankier geworden. Die Poesie kennt keine Kompromisse. Merk dir, Rafi, was Zarathustra zu Nietzsche gesagt hat: Gestern kam zu mir die große Stille, das ist der Name meiner schrecklichen Herrin."

"Ich bin bereit auf die ganze Poesie der Welt zu pfeifen, um ein warmes, herzliches Wort von ihr zu hören, einen Moment ihre Hand zu halten und zu wissen, sie verspottet mich nicht."

"Das glaubst du selbst nicht, Rafi!"

Rafi zögert. "Stimmt. Ein einziges Wort und einen Moment sind übertrieben, wie aus einem Roman", verbessert er sich. "Aber so wahr ich lebe und liebe, ich wäre bereit, auf das ganze Motiv der Enttäuschung zu verzichten, wenn mir das erspart geblieben wäre."

Er bemüht sich, zu lachen.

"Daran glaubst du selbst nicht, Rafi! Du würdest es gerne glauben, aber du weißt, dass die Poesie dein ganzes Leben ist, wie sie mein ganzes Leben ist. Du wirst sie nicht mehr verlassen können, sosehr du dich bemühen wirst. Gut, dass es solche Rachels gibt und dass du bereit bist, für so eine auf die Poesie zu verzichten. Der Glaube daran enthält eine Menge aufrichtiges Gefühl, das dir ein wunderbares neues Motiv beschert. So wie unser Shakespeare seinen Romeo ausrufen lässt: Erhängt die ganze Philosophie, wenn sie mir meine Julia nicht geben kann! Ja, Rafi, das kannst du auch schreiben: Wozu die Poesie, wenn ich Rachel durch sie nicht gewinnen kann? Oder nimm das Motiv, dass du vor der Poesie fliehen willst und sie dich verfolgt, lass mich, rufst du ihr zu, ich will mit meiner Rachel glücklich sein! Aber sie, die Poesie, beharrt auf ihrem Recht: Nein, Rafi, sagt sie, Du gehörst mir, jetzt musst du die Enttäuschung und nicht die Liebe erleben, weil ich, deine Herrin, es dir so befehle. Das ist doch famos, oder?" – Er holt Atem und schaut Rafi von der Seite an. – "Glaubst du, ich hätte meine Hirtengedichte so traurig und sehnsüchtig, mit solchen Bildern suchender Herbstlandschaften schreiben können, wenn ich mich nicht in Ruti verliebt hätte? Merk dir, Rafi, Enttäuschung und Sehn-sucht sind die Grundgefühle der Poesie, nur sie geben dem Dichter die Stimmung für die wahre Poesie."

Rafi antwortet nicht.

"Apropos", sagt Itamar, "die neue Nummer von Unser Institut ist erschienen, häng die Zügel auf und lass uns schauen, wie sie aufgenommen wird."

"Da gibt's nichts zu sehen", sagt Rafi gleichgültig. "Du hast ja diesmal nichts geschrieben. Was kann also sein? Noch ein Artikel über das Komitee für Bewaldung?"

"Aber du hast etwas geschrieben und mir nichts davon erzählt", sagt Itamar ein wenig gekränkt. "Es ist sogar ein ganz originelles und modernes Gedicht."

"Ich habe nichts geschrieben und ich glaube nicht, dass ich noch jemals wieder etwas veröffentlichen werde."

"Aber da steht ein Liebesgedicht, unterschrieben mit Genosse der Gruppe Felsen. Wer schreibt noch Gedichte bei euch?"

"Niemand. Sonderbar. Komm, schauen wir."

Rafi geht zögernd in den Speisesaal. Eine große Gruppe hat sich vor der Zeitung versammelt. Neue Leser eilen dazu, drängen sich vor, erkundigen sich bei ihren Nachbarn, lesen und brechen in Gelächter aus.

"Wunderbar!", klingt die schrille Stimme Chedwas aus "Kiefer". "Ich sag euch, das ist eine Parodie, aber mit einer Menge Humor geschrieben: Schaut – drei Strophen, Feuerliebe, Wasserliebe und Musikliebe! Wunderbar!"

"Ich versteh gar nichts", sagt der kleine Yáir aus Vorstürmer, der selbst Gedichte schreibt. "Warum lacht ihr so darüber?"

"Dummkopf! Hast du die vorige Zeitung mit der Liebeserzählung gelesen?"

"Na und?"

"Das ist die Antwort. Da macht sich jemand lustig."

"Es ist aber auch gut möglich, dass dieser Rafi das selbst geschrieben hat", entscheidet Bilha von Flamme. "Nach seinem letzten Literaturwerk würde mich nichts überraschen!"

Rachel liest und wendet sich dann lachend ab. In dem Moment, in dem sie den Speisesaal verlässt, läuft Rafi zur Wandzeitung. Itamar folgt ihm.

"Ah, jetzt fragen wir ihn! Sag Rafi, ist das dein Gedicht?", fragt der kleine Yáir.
"Nein!", antwortet Rafi kurz und wütend.
"Seht ihr? Ich hab's euch gesagt!"
"Ich hab nicht behauptet, dass Rafi es geschrieben hat. Ich habe nur gesagt, dass er es vielleicht geschrieben hat, weil er es hätte schreiben können."
"Vielleicht könnt ihr zwei Dichter uns, den einfachen Leuten, erklären, was das bedeuten soll", fragt der dunkle Jerucham von Flamme.
Rafi sieht das von einem Pfeil durchbohrte Herz, aus dem Blut tropfen soll, neben dem Gedicht und liest:
Sonett an die brennende Liebe
Angeregt durch die Werke über das besagte Thema in der lokalen Presse, gewidmet Verfassern von Liebesgedichten und Liebeserzählungen, wo immer sie ihr Wesen treiben.

> Als Glühfeuer in der Vulkanlava meines Herzens loderten
> In schmelzender Feuerflamme entbrannte deine Taille…

Rafi ballt seine Fäuste. Itamar zieht ihn rasch hinaus.
"Es ist besser keine Aufmerksamkeit zu erregen", versucht er seinen Freund zu beruhigen. "Wenn du einen Skandal beginnst, machst du dich lächerlich."
Er sucht nach weiteren Argumenten.
"Niemand wird ernsthaft glauben, es sei dein Gedicht."
Aber das scheint ihm nicht sehr überzeugend zu sein, zumal er selbst… Also fügt er rasch hinzu:
"Und wenn doch, was schert dich das? Du musst schaffen, ohne die allgemeine Meinung zu beachten. Ich, an deiner Stelle, würde schon heute beginnen zu schreiben. Jetzt ist dein Gefühl der Enttäuschung noch frisch, verschwende es nicht in

unnütze Verbitterung. Der Schmied schmiedet das Eisen, solange es heiß ist. In einigen Tagen wird der scharfe Schmerz vergehen, dann wird es für dich und für die Kunst zu spät sein, ihn für dein kreatives Schaffen zu nutzen."

Heft der Enttäuschungen

Vor sechs Wochen habe ich mein Tagebuch zum letzten Mal geöffnet. Aber ich habe sechs Gedichte, zwei Legenden und eine Erzählung geschrieben.
Seit sechs Wochen schmiege ich mich an meine Enttäuschung, versuche von ihr trunken zu werden, sie auszuschöpfen. Zum Teufel mit Itamars Literatur-Theorien, es ist mein Schmerz, ich kann mit ihm machen, was ich will.
Ich bin stolz auf mich. Ich habe etwas geschaffen. Da ist der Anfang des ersten Gedichts:

> Ich gehe zur Nacht, nur sie ist zu stumm um zu Spotten.
> Ich gehe zur Nacht, nur sie ist zu lieb um zu lachen.
> Nur sie ist so edel, so einsam und endlos,
> So demütig, düster und dunkel.

Dieser Anfang soll einen Vorgeschmack von Einsamkeit und von nicht Verstanden sein geben. Die nächste Strophe:

> Stummer Stern, verlassener Weg –
> Ihr seid mir geblieben.
> Ich irr ohne Steg,
> Verbannter vom Lieben.

Am besten gefällt mir da der Rhythmus.

Itamar gefiel besonders die Strophe:

> Erst hier mir rief
> Des Schicksals Tücke:
> Vom Himmelblau zum Abgrund tief,
> Gibt's keine Brücke.

Er schlug für die letzte Zeile vor: Nur Traum ist Brücke oder: Nur Tod ist Brücke. Ich lachte. Ich glaube, meine Gedichte sind viel echter als seine, das habe ich natürlich nicht gesagt. Schon nach drei Tagen kam ich zu ihm mit "Ein Sonnentraum":

> Die Sonne am Strand ohne Ende
> Sinkt einsam errötend ins Meer.
> Im Herz dann 'ne alte Legende
> Summt leise geheimes Begehr.
>
> Ein Jüngling goldhaarig erblühend,
> Verliebt in die Sonne, nicht ruht:
> Nur einmal umarmen sie glühend,
> Verbrennen sodann in der Glut.

Er will zum Horizont wandern, um dort auf seine Geliebte zu warten, aber zum Horizont ist es ein ewiger Weg.

> Sein Leben voll Trübsal und Wonne:
> Wird er ihr Herz je erweichen?
> Er irrt ja noch immer zur Sonne
> Und wird sie doch niemals erreichen.

Wenn ich dieses Gedicht in "Unser Institut" gebe – wird Rachel verstehen, wer meine Sonne ist? Itamar hat eine russische Melodie zum Gedicht gefunden. Seitdem summe ich oft die Zeile: "Nur einmal umarmen sie glühend…" Ich schäme mich sie laut zu singen, weil ich falsch singe. Nicht singen zu können ist traurig. Wenn ich singen könnte, hätte ich laut gesungen, Rachel hätte es zufällig gehört ...

Ich hatte die Idee, über das Sterben von Illusionen zu schreiben. Schade, dass der Titel zu sehr an Balzacs Roman erinnert.

Mein Gedicht beginnt *in medias res*:

> Er wollte so gerne noch leben
> Der Traum, der kein Traum sein wollte...

Und einige Zeilen später:

> Weil schüchtern er flüstert ganz leise:
> Vielleicht gibt es doch noch 'ne Weise?

Die letzte Strophe ist traurig und versöhnlich:

> So viel auf der Welt wird vergehen,
> Darunter auch mein kleines Lied.

Es ist wie ein Dialog oder ein Duell zwischen meiner kindischen Hoffnung und meinem stolzen Verstand. Zuerst plante ich, alles ins Reine abzuschreiben und es in ihr Kleiderfach zu legen, was ich natürlich nie gewagt hätte. Wenn jemand hereingekommen wäre und hätte mich vor ihrem Kleiderfach gesehen, was würde er denken, was würde er erzählen?

* * *

Wir hatten eine merkwürdige Klimaerscheinung: Es ist Anfang März und wie immer ganz kühl, aber plötzlich kam ein heißer Wüstenwind. Dazu gab es noch Vollmond und die ganze

Jesreel-Ebene lag da, mondblass und still vor unserem Hügel. Im Institutsgebäude war es drinnen unerträglich stickig, draußen lag eine gärende Unruhe in der Luft, eine in der Brust nagende, bei der man nicht weiß, ob etwas in die Brust hinein, oder aus ihr heraus will.

Niemand schläft, obwohl es schon spät ist. Man läuft in Pyjamas auf den Galerien, sitzt auf den Fenstersimsen, nimmt Decken und geht auf dem Rasen schlafen. Man unterhält sich von einem Stockwerk zum anderen, man singt, spielt auf Blockflöten, kurz: Ein Abend, der, wie ein Gedicht von einem Wanderzirkus erzählt: "Zelte spannt und Geschichten erzählt / Und von Neuem erkrankt an was uns schon gequält…"

Ich erinnere mich jetzt traurig amüsiert daran, aber damals war es mir bitter bedrückend.

Zwei Tage später kam ich ins Sekretariat um zu fragen, wann die Schreibmaschine frei sei, da sah ich, dass die neue Nummer von "Unser Institut" gedruckt ist. Ich überflog die Seiten und sah einen Beitrag von ihr…

Zu meinem Glück ging die von der Zeitungsredaktion, die die neue Nummer druckte, für eine Weile hinaus, so konnte ich lesen. Es hieß "Wüstenwind im Winter". Ich las zwei Mal und eilte hinaus. In der Literatur hätte man geschrieben "Er knirschte mit den Zähnen", ich knirschte nicht. Wenn sie mir gefällt – und sie gefällt mir gut, obwohl ich mich von ihr schon entliebt habe – heißt das noch lange nicht, dass mir auch alles, was sie schreibt, gefallen muss. Trotzdem war ich schmerzlich berührt. Sie erzählte, "wie nett" jene Nacht gewesen sei.

Das war das Wort, das mich verrückt machte: Wie nett! Wie angenehm es war, auf dem Rasen zu liegen, schrieb sie, wie friedlich es für sie war, während ich fühlte, ich verliere den Verstand vor unbestimmter Sehnsucht.

Ich lief in eine entlegene Stelle im Wald und beschrieb fieberhaft, wie jene Nacht für mich war.
Am nächsten Morgen gab ich das Gedicht jemandem von der Redaktion und schlug vor, wenn es noch etwas über dieses Thema gibt, lohnt es sich, die beiden... Wirklich, beide Beiträge wurden Seite an Seite gedruckt.
Irgendwo in den Psalmen, steht "eine Nacht tut's der andern kund..." Also, wenn sie es bis jetzt nicht kund getan hat, wird sie's diesmal kund tun? Schon der Titel und die Widmung des Gedichts waren eine Kriegserklärung:

    Unverstandenes Gedicht über nicht gewesene
    Frühlingsnacht, gewidmet der, für die es nicht passt
    "Ich lebte meines nicht zu Ende, Ich liebt' in meinem Land
    nicht ganz" (Wladimir Majakowski)

Dieser Abend ist so einsam,
Er wollte so sehr als Wunder vergehen.
Warum blieb er getadelt allein?
Das Dunkel schweigt dumpf,
Das Zimmer ein Kerker, die Traurigkeit weint,
Der Abend ist trunken vor Durst,
Brennend vor Sehnsucht nach Flamme...

Alles ist in drei Worten gesagt: "trunken vor Durst".
Bald bereute ich es: Wenn sie es sowieso nicht verstehen wird, wozu habe ich es in die Zeitung gegeben? Ich hätte erfüllen sollen, was ich im Gedicht versprochen habe:

    Gesang und Tanz den Worten
    Die selbst erstickt sich haben,
    Die zum Freitod verstummten sich selbst,
    In der Kehle die Jubeln sie wollte...

Dann versuchte ich eine Erzählung zu schreiben,.um mir zu beweisen, dass ich Hals über Kopf in sie verliebt war, *mais c'est fini, Mademoiselle*, es ist vorbei, ich bin wieder vernünftig.

* * *

Pure Sehnsucht
Meine Geschichte ist traurig, weil ich ihr unheldenhafter Held bin, aber auch wenn's jemand anders gewesen wäre, hätte man schwerlich sagen können, sie sei fröhlich. Sie ist auch ein wenig lächerlich, gerade aus dem eben erwähnten Grund.
Am Anfang – meiner Liebe oder meiner Erzählung? Egal! – verliebte ich mich hartnäckig und umsonst und am Ende blieb ich ich hartnäckig und umsonst verliebt und bleibe es weiterhin. Die Sache verwickelt sich, weil es um eine beiderseitige Hartnäckigkeit geht: Das Verlieben meinerseits und das Umsonst ihrerseits.
Muss ich in Details gehen? Es ist ein uraltes, trauriges und oft erzähltes Thema. Mein Herz wurde "von deiner lachenden und stolzen Gestalt gefangen", wie ich in einem, ihr gewidmeten Gedicht, das sie nie zu Gesicht bekam, schrieb. Einmal – in einer Geometrie-Stunde – als es darum ging, dass der kürzeste Weg zwischen zwei Punkten der gerade ist, schrieb ich ihr einen Brief, in dem ich... Aber ihr kennt ja solche Briefe...
Ich schrieb, dass ich nicht weiß, wie ich das, was ich sagen will, sagen kann und um wie viel besser es wäre, ihre Hand in meiner zu halten, dann würde ihr sofort alles klar werden...
Dann segelte ich in die Zukunft, in ein einfaches und volles Leben als Arbeiter und Bauer, der mit dem großen Werk des Aufbaus einer besseren Welt verbunden ist, in ein Leben von

Einfachheit und Echtheit, Jugend und Herzlichkeit, wie gern wollte ich dieses Leben mit ihr und unseren Kindern teilen. Ich beendete meinen Brief mit einem Fragezeichen.
Wie üblich in solchen Fällen, war mir keine Antwort vergönnt.
Kein Wunder: Wie üblich schickte ich ihn nicht ab.
Literatur-Liebhaber werden mich wegen des armseligen Rohmaterial bemitleiden: Damit kann man keine Geschichte aufbauen, das wichtigste Element – die Handlung – fehlt. Ich bemerkte betrübt diesen Fehler und erhoffte eine Handlung in meine Geschichte bringen zu können, allerdings nicht aus literarischen Erwägungen, die zum Teufel gehen sollen.
Da war keine Handlung, ich blieb unheldenhaft und hatte nur pure Sehnsucht. Klar, sagt ihr, Sehnsucht – das kennen wir, ein jeder hat das manchmal, ein jeder kennt das.
Aber ich meine eine Sucht, die alle Sehnen bis zum Zerreißen spannt. Ich, der ich ein Meistersehnsüchtiger seit meiner Kindheit bin, habe alle sieben Höllenkreise des Sehnens durchlitten und hätte nie geglaubt, dass ein Mensch solche Sehnsucht empfinden kann und am Leben bleibt. In der Dämmerung des nahenden Abends stand ich oft am Ende der großen Terrasse unseres Institutsgebäudes und schmiegte mich fest an den Drahtzaun, bis ich spürte, alles andere als Metall zerbrochen wäre, aber es war eben Metall, seelenloses Metall, und ich erreichte bei ihm – und bei mir – keine Resultate, außer der Einschnitte von den eisernen Drähten.
Wenn ich sicher vor menschlicher Gesellschaft sein wollte, kletterte ich auf die kleine Dachfläche über dem Treppenhaus. Der Beton hatte die Sonnenwärme gespeichert. Ich schickte meine Blicke auf Tastausflüge in den Himmel, der sich langsam mit lila Schleiern bedeckte und sich verdunkelte. Ein blindes, verwundetes Tier brüllte dumpf in meiner Brust, wild und

traurig, bis ich nur schwer atmen konnte, bis ich nur noch den Zwang fühlte, es von dort herauszureißen, um nicht irrsinnig zu werden.

Ich konnte nichts machen, außer stumme Blicke in die Finsternis schicken und die Zähne zusammenzubeißen. Stumm, stumm war ich in diesen Stunden. Stolze Löwen, verwundete Bären, sie alle konnten brüllen und brummen, wenn es ihnen bitter in der Brust war, aber ich hatte das Brüllen nicht zur Verfügung...

Der traurige Versuch, aus dem Schmerz zu lachen, hat einen besonderen, anziehenden Charme.

Als ich das...

Streitigkeiten im Komitee

"Du bist zu einer Sitzung eingeladen, Rafi. Hör bitte auf zu schreiben und komm!"

"Warum? Ich bin doch nicht im Gruppenkomitee", antwortet Rafi unwillig und beugt sich tiefer über sein Heft.

"Das macht nichts, auch Uri ist kein Genosse und ist auch eingeladen", argumentiert Ofra, streng. "Warum, fragst du? Komm, dann hörst du es. Wir müssen alle Kräfte mobilisieren, du musst uns helfen, und kannst dich nicht ewig mit deinen Gedichten befassen!"

Missmutig legt Rafi das schwarze Heft ins Kleiderfach und folgt Ofra. Die Sitzung findet auf dem Rasen vor Israels Baracke statt. Mittags war es warm, jetzt, vor Sonnenuntergang, weht ein kühler Wind.

"Hast du unseren Drückeberger gebracht?", fragt Israel. Seit Rafi gelobt hat, ihm keine Gedichte mehr zu zeigen, haben sie kein Wort mehr miteinander gewechselt. Rafi wird ein wenig rot und setzt sich.

"Ja, das habe ich", bestätigt Ofra und verschluckt ein "wenn auch schwerlich", das sie schon auf der Zunge hatte. "Wir können beginnen", sagt sie stattdessen und gibt Jaela ein Zeichen.

"Gut! Ich will sagen, dass wir, ich meine die Genossen des Gruppenkomitees, unter uns über die Lage in unserer Gruppe gesprochen haben, und ich denke, alle wissen, worum es geht. Die Atmosphäre ist sehr schlecht, ich könnte sogar sagen, sie ist beschämend und in einer Jungen Wächter Gruppe darf es so eine Atmosphäre nicht geben!". – An der Art, wie sie das sagt, spüren alle die Wichtigkeit des Moments. – "Wir lernen und arbeiten nur, aber wir haben kein Gruppen-leben. So entstehen alle möglichen Untergruppierungen, die spotten über unsere Gruppenwerte und grenzen sich ab. Deswegen haben wir beschlossen, diese Sitzung einzuberufen und dazu einige Genossen einzuladen, die etwas beisteuern könnten, um innerhalb unserer Gruppe zu einem konstruktiven Gruppenkern zu kommen."

"Da soll ich also auch im Kern sein?", fragt Uri.

"Siehst du, schon spottest du!" weist ihn Jaela zurecht.

"Ich kann es nicht leiden, wenn man nur so herumredet", rechtfertigt sich Uri. "Wenn ich zu einer Sitzung komme, will ich wissen, was beschlossen werden soll. Natürlich gibt es kein Gruppenleben, weil wir nichts als Gruppe unternehmen. Organisiert einige Projekte und wir werden ein Gruppenleben haben."

Ofra befürchtet, die Diskussion könnte sich in technischen

Randfragen verlieren. "Uri hat Recht", sagt sie diplomatisch, "das ist wirklich das Ziel dieser Sitzung, zusammen über eine Reihe von Projekten zu diskutieren. Zuerst wollten wir eine Gruppenversammlung einberufen, in der das Ende der zynischen Spöttelei beschlossen werden sollte. Aber Israel hat uns überzeugt, Verbieten ist nicht gut, wir sollen was Positives dagegen setzen, das ist jetzt unser Problem. Deshalb haben wir gedacht, der Aufbau eines Kerns sei nötig, und dieser kann dann über Projekte nachdenken."
"Fehlen euch Projekte? Zum Beispiel, ein großer Ausflug nach Galilea oder nach Jerusalem. Es gibt nichts, was freundschaftliche Verbundenheit mehr fördert, als ein Ausflug."
"Du vergisst, dass an so einem Ausflug Gadi nicht teilnehmen kann," erinnert ihn Jaela.
"Gut, dann ein Ferienlager. Wenn es wärmer wird, können wir ein Lager am Genezareth-See abhalten."
"'Wenn es wärmer wird'!", ruft Jaela. "Und was bis dahin?"
Ofra runzelt die Stirn. Nur keine Diskussion über Kleinigkeiten!
"Es ist nicht so wichtig, welches Projekt wir wählen", sagt sie, "die Hauptsache ist die Stimmung, in der es geschieht."
"Du meinst Milieu oder Atmosphäre! Dann sage ich dir, ein Ferienlager ist dafür das Beste: Zusammen die Mahlzeiten vorbereiten, baden, Spiele."
"Man kann über verschiedene Themen diskutieren."
"Dann können wir ein ganzes Jungwächter-Seminar abhalten."
"Übergescheiter! Wer soll alle Vorträge vorbereiten?"
"Das ist kein Problem, ein paar kann Israel halten, ein paar können wir an unseren Kern delegieren oder wir bestellen jemanden aus der Führung."
Israel schweigt. Das irritiert. Jaela antwortet gereizt: Für so ein Seminar müsse man bis Ostern warten, das dauert zu lange.

"Ach!", ruft Ofra plötzlich, "Wir haben vergessen, Protokoll zu schreiben!" Jaela hat – wie immer – das Protokollheft mitgebracht, aber dachte, es sei eine inoffizielle Beratung. Ofra sagt, es gehe nicht um Formalitäten, sondern um die Einstellung. Nun beginnt Jaela zu schreiben und murmelt: "Offene Sitzung des Gruppenkomitees. Datum... Auf der Agenda: Die Lage der Gruppe. Mögliche Projekte. Anwesend..."
Die Diskussion geht weiter. "Auch ein Lagerseminar", bemerkt Israel, "braucht einen leitenden Gedanken, zusammenhanglose Vorträge machen keinen Sinn."
"Gut", ruft Uri, "es kann auch ein Seminar ohne Vorträge sein, ein Pfadfinderseminar, oder beides: Pfadfinder-Fertigkeiten, angewendeter Sport, Kreativität und Weltanschauung. So wie die meisten Seminare unserer Bewegung: Etwas über Zionismus, etwas über Sozialismus, das arabische Problem, ein wenig Psychologie... Rafi wird uns was über Psychologie vortragen!"
"Wieso ich? "
"In jedem Sommerseminar für Gruppenführer gibt es was über Psychologie und du hast dich schon mal damit befasst!"
"Eigentlich, wann werden wir Gruppenführer für die jungen Gruppen wählen?", fragt Ofra, "Das steht doch bald bevor, stimmt's, Israel?"
Die Frage verursacht Aufregung: Noch voriges Jahr hatten sie einen Gruppenführer und jetzt sollen sie selbst Gruppenführer werden! Niemand, außer Rafi, bemerkt, dass Jaela ihren Kopf senkt, als man sein Interesse an Psychologie erwähnte.[35]
"Es ist nicht gut, dass wir jetzt keinen Gruppenführer mehr haben. Auch eine erwachsene Gruppe braucht einen!"

---

[35] In "Morgenluft" versucht Rafi Jaela von einigen Phobien zu heilen.

"Du Kluger! Wer könnte das sein?"
"Kein Problem! Man kann jemanden von den Institutsabsolventen im Kibbuz bitten, sie organisieren sich jetzt als Junge Brigade und haben ein Jung-Brigaden-Komitee. Die sollen zeigen was sie können und uns einen Gruppenführer geben!"
"Vielleicht Amnon?"
"Nicht alle Institutsabsolventen sind wie Amnon."
"Aber er ist der einzige, der sich auf dem Hügel blicken lässt."
"Die anderen nehmen ihre Aufgaben im Kibbuz wahr."
"Hört auf damit! Wir sprechen über die Lage in der Gruppe."
"Eben. Ein Gruppenführer muss her!"
"Israel, sag ihnen, dass das wichtig ist!"
"Wir können die Brigade um einen Gruppenführer für uns bitten, aber bis das geregelt wird, können wir einen von uns wählen, einen vorläufigen Gruppenführer', der die Gruppen-treffen leitet, und die Morgengymnastik oder die Pfadfinderübungen. Und mit ihm können wir ein Gruppenführer-Sommerseminar vorbereiten, da lernen wir, was ein Gruppen-führer können muss, theoretisch müssen sich alle darauf vorbereiten und dann wählt die Gruppe die, die es tatsächlich werden."
Ofra würde gern gewählt werden.
"Das alles lässt sich erst im Sommer durchführen. Und in einem Seminar hört man hauptsächlich Vorträge", wendet Jaela ein, "das stiftet doch keine Verbundenheit in der Gruppe."
"Ihr müsst wissen, meine Herrschaften", mischt sich Israel da ein, "ein Gruppenleben kann man nicht in einem Tag aufbauen. Auch nicht durch ein einmaliges Projekt. Ein inhaltsreiches Gruppenleben, ist nur mög-lich, wenn jeder zum Kollektiv etwas von seiner Persönlichkeit beiträgt."
Rafi ist sehr beeindruckt. "Israel hat Recht", sagt er, "das Schlimme bei uns ist, wir investieren nicht genug in die Gruppe.

Jeder schließt sich mit seinen Problemen ein, schämt sich, sucht nach seinen eigenen Lösungen. Ich habe gehört, es gibt Gruppen, die sogar ein gemeinsames Tagebuch führen, das nennt man Lebensbuch."

"Ja, ja!", unterbricht ihn Ofra begeistert. Endlich beginnt die Diskussion lebendig zu werden! "Rafi, das ist was Wunderbares, das trägt ungemein viel zu einer Gruppe bei."

"Was soll man in so einem Tagebuch schreiben?", fragt Uri.

"Niemand soll! Da gibt es nur Wollen. Jeder, der etwas über sich erzählen will, ein Erlebnis, von dem er will, dass die anderen daran teilhaben, der schreibt darüber."

"Wir haben kein solches Niveau erreicht", sagt Jaela traurig.

"Macht nichts. Versuchen wir es! Schlagen wir es der Gruppe vor, und beschließen hier, jetzt, dass wir damit beginnen. Wer will, kann dann dem Kern beitreten."

"Wir können auch einen Abend vorbereiten, für den jeder etwas Kreatives beisteuert: Ein Puppentheater, Pantomimen, Sport-Darbietungen der Jungs, ein Chor – eines der Mädels kann eine Melodie komponieren und wir finden Texte dazu."

"Siehst du, welche abwertende Einstellung du hast – Sport gehört zu den Jungs, Musik wird von den Mädels gemacht."

"Ich schlage vor – ein Literatur-Gericht. Mit allem, was dazu gehört: Richter, Staatsanwalt, Verteidiger. Wir müssen nur ein passendes Buch finden."

"Das nicht zu lang ist, damit alle die Zeit haben, es zu lesen."

"Klar. Aber wir können auch eine arabische Jugendgruppe in Abu-Shusha organisieren, niemand nimmt sich dort ihrer an."

„Und hebräische Jugend fehlt dir? In unseren Nachbardörfern gibt es keinen einzigen Jugendklub, in dem man Spiele oder Diskussionen abhält. Das können wir auch organisieren."

"Das ist kein Widerspruch, man kann beides versuchen."

"Einen Klub! Die Spiele bereiten wir in der Tischlerei vor!"
"Aus diesem Gerede wird nichts", distanziert sich Uri.
Am Ende diktiert Ofra Jaela die Zusammenfassung: "Das Gruppenkomitee ruft zu äußerster Anstrengung und zur Teilnahme aller Genossen auf, um die Gruppe zu fördern und zu retten." Uri bemerkt, "fördern und retten" sei eine dumme Wortverbindung. Seine Bemerkung wird angenommen, das Wort 'retten' wird gestrichen und durch festigen ersetzt. "Um das durchzusetzen, hat das Gruppenkomitee beschlossen, beim nächsten Gruppentreffen eine Reihe von Projekten vorzuschlagen, die dem Gruppengeist dienen, ungefähr ein Projekt im Monat."
Uri wendet ein, das sei zu viel: "Hoffentlich gelingt uns ein Projekt alle drei Monate."
Diese Bemerkung wird ins Protokoll übernommen, dann abgelehnt, auch die Ablehnung wird protokolliert. Ofra fährt fort: "Es wurden vorgeschlagen: Ein Ferienlager mit einem Seminar, das sich mit Weltanschauung, Pfadfindertum und Erziehung befasst, um die Wahl von Gruppenführern aus unserer Gruppe vorzubereiten. Verantwortlich für den detaillierten Plan – Ofra."
Israel wendet ein, so ein Seminar könne nur im Sommer stattfinden, aber die Gruppenführer müsste man schon früher wählen. Deswegen wird "um die Wahl... vorzubereiten" durch "mit der Wahl von" ersetzt.
"Weiter, ein Abend, der der Kreativität gewidmet ist. Jeder Genosse soll allein oder als Teil eines Teams teilnehmen, verantwortlich dafür: Ruti. Wenn sie sich weigert, wird sie dazu verpflichtet. Außerdem, ein Gruppentagebuch oder Lebensbuch. Es wurde beschlossen, damit zu beginnen, ohne es zur Bestätigung der Gruppenversammlung zu bringen, als ein nicht verpflichtendes Projekt. Verantwortlich für Kauf des

Buches und Beginn des Schreibens: Rafi. Viertens, eine literarische Gerichtsverhandlung, für die noch ein passendes Buch gefunden werden muss. Verantwortlich: Jaela."
Es ist schon dunkel, als alle, voller Begeisterung, aufstehen und essen gehen, nur Rafi ist säumig: Sollen doch alle endlich gehen, er will Israel sagen…
Er weiß nicht, wie, aber er möchte das, was zwischen ihnen steht, entspannen.
"Israel, du hast wenig an der Diskussion teilgenommen. Glaubst du nicht, dass diese Pläne zum Gruppengeist beitragen können?"
Israel, der schon vom Rasen aufgestanden ist und sich anschickt, in sein Zimmer hineinzugehen, bleibt stehen, zündet eine Zigarette an.
Ofra, die schon daran war, zum Speisesaal zu gehen, bleibt stehen, neugierig zu hören, was Israel antworten wird.
"Ich habe viele Vorschläge gehört, meine Herrschaften", sagt er und die Wendung Herrschaften hört sich komisch an, weil er nur zwei Hörer hat, "aber den einen einzigen Vorschlag, auf den ich wartete, habe ich noch nicht gehört. Keines dieser Projekte wird die Gruppe richtig vereinen und die wahren Probleme der Jugendlichen unserer Zeit zur Diskussion bringen. Ihr wollt die Gruppe vereinen – wofür? Ihr wollt gegen die Maskeraden auftreten – womit?"
Rafi und Ofra stehen verdutzt.
"Also, was schlägst du vor?", fragt Ofra, ungeduldig.
"Ich schlage nichts vor."
"Wenn du nichts vorschlägst, dann wäre es besser, wenn du… doch etwas vorschlagen würdest."
Israel antwortet, wie zu erwarten war, jeder Vorschlag, der nicht aus der Gruppe selbst herauswächst, sondern von außen

eingebracht wird, verfehlt sein Ziel. Das macht Ofra noch wütender. Sie erklärt, sie werde die Klärung seines Standpunkts in der nächsten Sitzung fordern. Mit dieser Wut ruft sie Rafi zu: "Rafi, kommst du?" und wendet sich zu gehen. Rafi geht mit ihr widerwillig.
Schade. Das erwartete Gespräch mit Israel ist verdorben.
Als sie zum Speisesaal kommen, ist Ofra noch immer verärgert.
"Ich versteh ihn nicht, immer ist er mit etwas unzufrieden!"
Rafi ist nachdenklich, dann sagt er: "Vielleicht verstehe ich ihn. Er will nicht, dass wir selbstgefällig und selbstzufrieden sind."
"Aber als Erzieher kann er nicht so reden."
"Ich weiß nicht, ob er ein guter Erzieher ist, aber ich bin ziemlich begeistert von ihm."
Ofra antwortet nicht, Rafi bleibt nachdenklich.
Klar, "ziemlich begeistert" ist eine dumme Wortkombination.
Seine Beziehung zu Israel ist widersprüchlich, verwirrt. Wertschätzung? Ja, sicher. Auch Kritik, Gegenargumente, das Sehen seiner Schwächen? Auch das. Verdruss und grundloser Groll? Ja, allerdings.
Und dazu kommt der stete Wille, gemischt mit Ärger, seine Aufmerksamkeit und Zuneigung zu erlangen.

Heft des Wachstums. Credo

Heute habe ich wieder das "Heft der Enttäuschungen" hervor geholt und die letzte Zeile gelesen, die ich schrieb, als man mich zur Sitzung des Gruppenkomitees rief: "Der traurige Versuch, aus dem Schmerz zu lachen, hat einen anziehenden Charme. Als ich das…"

Klar, ich kann damit nicht fortfahren. Aber ich wollte wenigstens einige Abschluss-Sätze hinzufügen. Umsonst! Was wollte ich eigentlich damals schreiben? Wahrscheinlich:. "Als ich die Erzählung beendet hatte..." Aber was weiter?

Itamar sagt, ich hätte meine große Chance verpasst. Es wäre besser gewesen, meint er, nicht zu dieser Sitzung zu gehen.

Dadurch hast du deine Enttäuschung nicht genug gepflegt und sie vergeudet. Wer weiß, wann sich dir wieder so eine frische und scharfe Enttäuschung bieten wird. Versöhnlicher fügte er hinzu, auch diese plötzliche Unterbrechung habe einen gewissen poetischen Wert, wie in Bialiks "Nach meinem Tod": "Und seines Lebens Gesang wurde in der Mitte unterbrochen."

Als ich nochmals im "Heft der Enttäuschungen" las, hatte ich das gute Gefühl, etwas geschaffen zu haben, das mich geheilt hat. Der scharfe Schmerz ist vergangen, "ein stummer Stern und ein verlassener Pfad" genügen mir nicht. Itamar sagt, das sei nur gerechtfertigt, wenn ich mir ein neues Motiv finde.

Ich war in Haifa und kaufte ein Gruppentagebuch: Ein leeres Buch, aus gutem 90 Gramm Papier, 250 Seiten, in prächtiges Leder gebunden, mit einem schönen, glänzenden Schloss. Auf der Fahrt habe ich überlegt, wie ich das Buch eröffnen soll. Wenn ich nur meine Pflicht erfüllen will, genügt es, wenn ich schreibe, dieses Buch ist unser gemeinsames Tagebuch, ein Gruppentagebuch, es soll das Gemeinsame in unserem Gruppenleben fördern, jeder, der will, kann da der Gruppe etwas von sich anvertrauen. Aber dann kann man mit Recht unsere Schriftgelehrten zitieren "Es ist gut, schöne Reden von jemandem zu hören, der sie auch durchführt", also mach den Anfang! Itamar hat einen schlichten Rat: "Schreibe ein Gedicht, das Ich heißt." Sogar den Anfang hat er mir vorgeschlagen:

> Ich bin ein Sohn der Abendstunde,
> Wenn der Tag sich sehnt nach Nacht,
> Der Sonnenwagen seine Runde
> Unter'm Horizont vollbracht...

Ich habe den Vorschlag abgelehnt. Das wichtigste Problem, das mich jetzt beschäftigt, ist: Hat das Leben ein Ziel, an dem man sich orientieren kann, unabhängig von jeder persönlichen Krise, ein Ziel, das einem einen Anker bietet, wie Israel sagt?
Nein, das Leben hat kein Ziel, außer dem Leben selbst, außer vom Leben selbst trunken zu sein.
Majakowski hat geschrieben: "Höret! Wenn Sterne aufleuchten bedeutet das, / Es gibt Jemanden, der die Qual der Sternenlosigkeit nicht ertragen würde!"
Und Abraham Ben-Yitzchak hat ein Gedicht: "Glücklich sind die da säen und nicht ernten / weil sie in die Ferne wandern werden." – Wie schade, dass nicht ich diese Gedichte geschrieben habe!

Heute, nach langer Unsicherheit, habe ich etwas geschrieben:
> Höret! (Eine ziellose Ansicht über das Ziel des Lebens):

> Höret! Wir liebten noch nicht zur Genüge,
> Wir träumten das unsere noch nicht zu Ende...

Das war der Majakowskische Anfang, das Weitere stand unter dem Einfluss von Ben-Yitzchak:

> Vielleicht nur deshalb erwacht noch die Sehnsucht,
> Und ein Lied stimmt sich an, im Ohr und im Herz:
> Glücklich die Säenden, die dann nicht ernten.
> Ihr Herz wird nicht ruhen, sie wandern fern.

Ich war glücklich, habe mich aber beherrscht und es Israel nicht gezeigt. Itamar war sehr beeindruckt und riet mir, eine Serie von Wandergedichten zu schreiben: "Von den Liedern des ziellosen Wanderers". Das Wandern und die Einsamkeit, sagt er, drücken die tiefsten Gefühle des Menschen aus.

> Sei ihm sein Mund. Er ist stumm ohne dich.
> Sei ihm zum Mund, wie allen Stummen.
> Die Sonne sinkt schon in deinen Nebeln,
> Die Wolken schon purpur verwundet.

Itamar las einige Male, ich sah, er verstand es nicht. Zu meiner Überraschung, freute es mich.
"Es hat etwas Besonderes", sagte er schließlich. "'Stumm ohne dich' und 'purpur verwundet' sind sehr gute Worte."
Da hielt ich mich nicht mehr zurück und sagte: "Du hast es überhaupt nicht verstanden, sonst hättest du gefragt, was bedeutet: Sei ihm sein Mund? Wer soll wem ein Mund sein?"
Aber er ignorierte diese Frage: "Ach, Rafi, du hast noch nicht das Herz der Poesie berührt, wie Alterman über die Bäume sagte: Ich will nicht über sie schreiben, ich will ihr Herz berühren. Das ist die Größe der wahren Poesie: Sie berührt das Herz der Dinge. Das Unverständliche in deinem Gedicht berührt das große Unverständliche der Welt. Wenn alles im Gedicht verständlich wäre, würde es kein Gedicht mehr sein."
Zuletzt gab ich ihm den Schlüssel zum Gedicht. Es heißt: "Ein Lied über den Sturm, einen Wanderer und Sehnsüchte". Er erklärt alles, weil die Pronomen du, er und sie, ihrer Reihenfolge nach, Personifizierungen der drei im Titel erwähnten sind: Du – der Sturm, er – der Wanderer, sie – die Sehnsüchte, die es in unserem wunderbaren Hebräisch nur in Mehrzahl gibt. Sei du, der Sturm, ihm, dem Wanderer, sein Mund. Und am Ende:

Sei ihm sein Mund! Denn sehr stolz ist dein Sohn.
Weil er sie unterdrückt, und nur dir folgte er.
Weil sie weinen in ihm und dürsten nach Worten.
Sei ihm ein Mund! So zahlreich die Stummen.

Das Gedicht "Ein Lied über..." – ich habe keine Geduld für den Titel ist keinen Pfennig wert. Schade um Zeit die ich ihm gewidmet habe! Heute habe ich es Gadi und Uri vorgelesen, um zu sehen, wie die einfachen Leute – wie Itamar sie nennt – es aufnehmen. Ich erklärte ihnen den Schlüssel. Uri wollte es gar nicht zu Ende hören und sagte: "Ach, Unsinn!" Dabei schaute er mich so verächtlich an, wie mich noch nie jemand angeschaut hat. Gut, das ist vielleicht übertrieben, er hat mich verächtlich angeschaut.
"Aber Warum?"
"So. Ich habe keine Lust nachzudenken, wie ich mein Gefühl nennen kann."
"Hör mal, Kind", hatte sich Gadi eingemischt, "Zeig mir auf der ganzen Welt nur einen stummen Bettler, der den Sturm liebt. Ich hab schon von Bettlern gehört, die eine warme Wurst erhoffen, von mir aus kann er auch stumm sein, aber keiner wünscht sich einen Sturm in den Mund.
"Es ist überhaupt nicht von einem alten Bettler die Rede, sondern von einem Wanderer. Und er ist auch nicht wirklich stumm, sondern symbolisch. Schade, du hast das nicht verstanden."
"Ah, also kein Bettler, ein Naturfreund! Symbolisch stumm! – Hör mal, Kind, schreib über Sachen, die man verstehen kann und nicht über symbolisch stumme Naturfreunde. Du hast ihn auch als Sohn des Sturmes vorgestellt. Das ist sicher eine symbolische Vaterschaft, oder? Was ist da noch symbolisch? Sicher auch der Sturm und der Wanderer? Das ist zu viel für

mich. Statt sich anzustrengen und alles Symbolische aufzuzählen, sag lieber gleich, was nicht symbolisch ist. Es ist auch ein verbittertes Gedicht. Ich kann verbitterte Leute und verbitterte Gedichte nicht ausstehen, oder, wie Bialik über eine gewisse Dame sagte: Umso mehr."

Ich nahm einen tiefen Atemzug und bemühte mich zu lächeln: "Du wolltest doch den Pessimisten Klub gründen!"

"Und habe ihn tatsächlich nicht gegründet, im Gegenteil: Bald werden wir den Verband der Optimisten gründen."

Gegen meinen Willen lachte ich und warf ihm einen vielsagenden Blick zu: "Und das noch, wenn der Frühlingsmonat Mai kommt? Weidet auch Gadiel in einem Rosenbeet? Wenn sogar die Zedern des Libanon Feuer fangen, was sollen dann die kleinen Majoran-Pflanzen tun?"

Vielleicht schreibe ich nicht auf die richtige Weise über die richtigen Themen?

Ich habe "Das Tagebuch des Schülers Kostja Rjabzew" von Nikolai Ognew gelesen. Ihn beschäftigen ganz andere Gedanken als mich. Vielleicht sollte ich in meinem Tagebuch nur an konkrete Begebenheiten beschreiben, und zwar etwa so: "Mittwoch, 4. April. Heute kam ich zu spät zur Morgengymnastik. Wir spielten: Wer hat Angst vorm Schwarzen Mann? Das ist ein Spiel für Zehnjährige, aber wir haben Spaß daran. Als ich der Schwarze Mann war, jagte ich Jaela, sie schrie vor Angst und Freude und als ich sie einfing, stießen wir im Schwung des Laufens an einander, ich spürte ihre Brust, wir wurden beide rot.

In der Musikstunde wurde viel gestört und der hagere Binjamin verließ das Klassenzimmer. Gadi nennt ihn der Hagere, entsprechend der Beinamen der französischen Könige: Pippin der kleine, Louis der Heilige, Philip der Schöne und Binjamin der Hagere. Israel hielt einen Vortrag über Trofim Denissowitsch Lyssenko, was er von Darwin annahm und wo er ihm widersprach. Mir ist klar, erworbene Eigenschaften müssen vererbbar sein, wenigstens teilweise, ich verstehe nicht, wie man dagegen sein kann. Bei der Arbeit im Schuppen für Agrarmaschinen gab man mir den Auftrag, einen Dünger-Verstreuer zu reinigen und zu reparieren. Morgen wird ein Traktor überprüft, da werde ich einiges Neues lernen. Am Abend..." – Soll man ein Tagebuch so führen? Das ist ja auch nicht das wirkliche Leben, höchstens seine äußere Schale. Nicht immer erzählt die Oberfläche des Flusses über die Strömungen. Ich suche diese Strömungen.

Heute hat Ofra mich gefragt, wann ich beginnen werde, ins Gruppentagebuch zu schreiben. Ich antwortete ihr irritiert, bald. Vielleicht verlässt sie sich nicht auf mich und denkt an die Möglichkeit, sich an jemanden anderen zu wenden oder es selbst zu übernehmen..

Gestern entbrannte eine heiße Diskussion zwischen Itamar und mir. Lange gingen wir im Hof hin und her und stritten.

Am Ende fasste ich unsere Positionen so zusammen:

Deine Ansicht ist, dass die Poesie Ziel des Lebens ist, meine Ansicht ist, die Poesie ist nicht das Ziel, aber ein wichtiger Teil des Lebens. Du glaubst, man soll leben, nur um Poesie zu schaffen, ich glaube man soll leben. Punktum.

Dann wird man entdecken, dass Poesie – und damit meine ich Kunst überhaupt – ein wichtiger Teil davon ist.

Itamar behauptet, das sei eine zu vereinfachte Fragestellung, die Diskussion sei viel tiefer und breiter. Vielleicht hat er Recht. Deshalb schlug ich vor, jeder von uns solle seine Meinung zusammenfassend darlegen und die Fassung CREDO, ich glaube nennen.

Den ganzen Abend versuchte ich meine Ansichten zusammenzufassen. An was glaube ich? Ich wusste nicht einmal, wie ich beginnen könnte. Vielleicht glaube ich an gar nichts?

Heute, am späten und Vormittag, wurde gemeinsam vom Institut und dem Kibbuz das Bikurim-Fest[36] gefeiert. Auf einem Feld wurde ein großer Strohballen-Halbkreis angelegt, in der Mitte sollte die Bühne sein, auf der die Schiedsrichter und der Moderator sitzen und vor ihnen sollte ein langer Zug von landwirtschaftlichen Maschinen und geschmückten Wagen, die die verschiedenen Arbeitsplätze vertraten, passieren: Den Kuhstall, die Hühnerzucht und die anderen Bereiche. Uri, Jossi und einige andere, waren gespannt, wer den Preis für den schönst-geschmückten Wagen erhalten wird. Die Mäd-chen, dagegen, diskutierten darüber, ob die Tänzerinnen vom Institut oder vom Kibbuz besser sind. Die Diskussionen erschienen mir unwichtig, waren naiv, aber ein Teil des Festes. Itamar kam auf mich zu und flüsterte mir zu: "Schau, wie wunderbar! Genau das Richtige für meine biblischen Dorf-Motive!"

Wie immer am Bikurim-Fest wurde sowohl ein Teil vom Buch Rut als auch eine Serie Hirten- und Liebestänzen aus dem Hohelied aufgeführt. Ich spürte das Zusammen von Erde, Ernte und Liebe. Vor einige Tagen las ich ein Gedicht von Alterman, zwei Zeilen davon lassen mich nicht los:

> Sei mir ein Synonym in Wind und Lied
> Für alles stolze unheilbares Schöne!

Eine ganze Welt in 13 Worten! Und wieder die Einheit von Mädchen und Liebe, Natur, Jugend und Kunst und etwas Traurigem. Das ist wahrscheinlich eine uralte Zusammen-

---

[36] Für die Religiösen: *Schawuot*, zur Erinnerung an das Erhalten der heiligen Lehre am Berg Sinai. Für die Säkularen: *Bikurim*, das Fest der Erstlingsfrüchte.

gehörigkeit im menschlichen Leben. Das stimmte mich traurig: Mir ist es nicht gelungen, etwas davon in mein Leben zu bringen. Wenn ich wenigstens darüber schreiben könnte! Wahrscheinlich werde ich nichts mehr schreiben können.

* * *

Eben kam ich vom Wald zurück und trug in meiner Tasche, im Kopf und im Herzen die Lösung, die Zusammenfassung, den Weg, das Ziel – alles!
Es ist ein großer Tag für mich, ein Wendepunkt in meinem Leben.
Gestern, Freitag, beendete ich alle Hausaufgaben, blieb nach der Feier nicht zum Tanzen, bereitete einen Rucksack vor mit Brot, Papier, Bleistift und zwei Grapefruits, die ich in der Küche stibitzte, dann ging ich früh schlafen. Ich hatte mir geschworen, in der Früh in einen entlegenen Teil des Waldes zu gehen und nicht eher zurück zu gehen, bis ich etwas geschrieben hätte. Es muss nicht gut sein, aber es muss etwas sein.
Vor lauter Aufregung wachte ich zeitig auf und machte mich auf den Weg. Ich irrte im Wald herum – es war noch zu feucht zum Sitzen – hörte, wie die Vögel im Wadi Abu-Shusha den Tag empfingen. Ich versuchte nachzudenken, was ich schreiben werde, wenn es ein bisschen wärmer wird, konnte aber keinen meiner Gedanken fassen.
Ich war verzweifelt, hielt aber an meinem Beschluss fest: Zu schreiben, um jeden Preis, auch wenn es schlecht ist, geschmacklos, Müll, Mist, eine Schande, ich brauche das Geschriebene niemandem zu zeigen. Ich schreibe, zerreiße es und werfe es weg, begrabe es.

Mit diesem hilfreichen Gedanken begann ich zu schreiben. Ohne zu denken, ohne zu überlegen, was, über was und wozu ich schreibe. Als ich dann mein Werk las, war das Eis gebrochen: Es gefiel mir! Ich begann zu verbessern, zu feilen und nach drei Stunden war ich zufrieden. Von jetzt an führen die Zeilen ihr eigenes Leben, haben ihre eigene Geschichte, aber sie verraten nicht, mit wie vielen Seelenqualen und mit welcher Mühe sie geschrieben wurden, mit wie viel Durchstreichen und Verändern sie das Licht der Welt erblickten. Ich war trunken von einer Art Fülle: Leben, Mädchen, Welt, Liebe, Arbeit, Erde, Natur, Lachen, Freunde – euch allen sei verziehen, ihr seid alle mein und ich bin euer!

> CREDO – ICH GLAUBE
>
> Leben bekommt seine echte und volle Bedeutung nur durch erkämpfen, erschaffen und lieben. Du kannst auf nichts davon verzichten, sie bilden eine Dreieinigkeit: Lieben bedeutet Erschaffen, Erschaffen bedeutet Erkämpfen, und Erkämpfen bedeutet, in letzter Konsequenz, Lieben. Das ist kein Spiel mit Worten, das ist mein Credo. Die Welt ist verwirrt....

Und so weiter, mit häufigem Gebrauch von Welt und Leben, Gesellschaft, Selbstaufbau und Selbsterziehung, neue Freiheit und Persönlichkeit. Ich zitiere noch einen Absatz aus der Mitte als weitere Kostprobe für den Stil:

> Das kreative Leben! Im Fest und im Alltag. Jede Liebe und jedes Werk, jede Arbeit und jeder Gedanke, jede Tat und jedes Gefühl, die zum Alltag gehören, aber mit ganzem Herzen erlebt wurden, sind kreativ, auch wenn sie nicht so genannt werden. Sie sehnen sich nach einem vollen,

freien, freudigen Leben, sie werden vom Ich und Du zum Wir und Ihr kommen, wobei dann alle Probleme dieser Welt in aller ihrer Schärfe vor ihnen stehen werden.
Solange die Menschheit ihre ökonomischen und gesellschaftlichen Probleme nict durch Zusammenarbeit, Gleichheit und Planung lösen wird und dadurch die ökonomischen und gesellschaftlichen Hindernisse vor der Entwicklung der Gesellschaft und des Einzelnen weggeräumt werden, wird das gesellschaftliche Ringen um eine bessere Welt im Zentrum unseres Lebens stehen und uns manchmal zum "Ausreißen und Einreißen, Zerstören und Verderben" zwingen, und erst dann kann man "bauen und pflanzen"[37], für das Kreative, für die Liebe.
So kommt all dies zu dem wundervollen Kreis menschlichen Lebens zusammen. Von ihm und in ihm besteht die Kunst. Sie zeigt den Weg des Menschen zu diesem Leben. Sein Ringen und Versuchen beim Suchen. Seine Erlebnisse. Sein Wachsen.

Wie der Schmerz – so der Lohn![38]
Heute Nacht schrieb ich mein Credo ins Lebensbuch ab und legte es an seinen schon vorher bestimmten Platz – in ein Fach im großen Schrank im Klassenzimmer.
Während des ganzen Unterrichts hatte ich Angst, jemand könnte den Schrank öffnen, um sich ein neues Heft zu nehmen und dabei das Lebensbuch entdecken und das allen verkünden.
Aber man bemerkte es erst nachmittags, und bald ging das Gerücht im Flüsterton herum, es war ein feierliches Geflüster.

---

[37] Jeremia 1, 10.
[38] "Die Sprüche der Väter". Mischna.

Und gut, dass gleich von Anfang die spontane Tradition begann, jeder geht hin als Einzelner und liest allein. Dann kam Ofra auf mich zu und drückte mir die Hand:
"Beautyful! Die Überschrift gefiel mir, Credo, ich glaube, und dann auch alles andere, du verbindest schön den Einzelnen und die anderen." Auch Jaela sagte mir: "Ach, Rafi, ich hab gelesen, was du geschrieben hast. Das ist wunderschön, wie du das beschreibst, was das Leben alles sein kann! Du bist wirklich ein Dichter!" Zum Glück sagte sie das im Speisesaal, dort standen noch Leute, auch Rachel stand dort, nicht weit von uns, ich glaube sie hat es gehört. Hoffentlich!
Nach den beiden guten Feen, kam die dritte, und nicht alles was sie zu sagen hatte, waren Komplimente. Es ist leicht zu erraten, wer das war: Gadi.
"Siehst du, Kind, du hast den symbolischen, spaziergehenden Bettler spazieren lassen, und siehe das Wunder: Er fehlt niemandem. Es ist, nach meinem Geschmack, ein wenig zu feierlich, mit zu vielen großen Worten, man kann es mit bestem Willen nicht schlicht und bescheiden nennen, wenn wir das im Kreis der Maskeraden vorlesen würden, hättest du keinen stürmischen Applaus geerntet, jemand der vielleicht im Geheimen neidisch ist, könnte noch vorschlagen, dich ein wenig zu vernichten, wie man das so bei uns nennt. Aber schenk dem keine Aufmerksamkeit, ich hörte, dass alle es loben. Nun kennst du mich schon einige Zeit und weißt, wenn alle etwas loben, habe ich immer mein 'Aber' parat, also kann ich dir nicht sagen das es vollendet ist, ich musste einige Fehler finden, sonst würdest du dich stolz aufblasen wie ein Ballon und hoch fliegen, bis du zerplatzt wärest, Gott behüte!"
"Und welche Fehler hast du gefunden?"
"Wie alle guten Sachen, drei, und da sollst du nachdenken, ob

das ein Zufall ist, oder diese drei irgendwie verbunden sind, ob man sie bei der nächsten Auflage verbessern kann, ich meine, wenn du deinen Credo – verbessert – in Unser Institut gibst oder nach weiteren Erfolgen, in die Zeitschrift unserer Bewegung, Auf der Mauer, die 5000 Exemplare verkauft, von denen jedes, so sagt man, von 5 Lesern hoffentlich nur zum Lesen benutzt wird. Wenn es aber kein Zufall ist – wie ich es glaube – und es dir nicht gelingen wird, das Fehlende zu ergänzen – was ich vorhersage – dann hat dein Credo einen wesentlichen Fehler."

Ich spürte Herzklopfen. Er hat im vollen Ernst gesprochen.

"Was sind also diese Fehler?" .

"Du hast das Lachen und Frechsein vergessen. Du selbst hast mir begeistert erzählt, dass einer deiner Lieblingsdichter eine Serie von Gedichten, mit dem Namen Lob des Leichtsinns verfasst hat. In deinem Credo ist nichts von diesem Leichtsinn zu spüren."

"Und der zweite Fehler?"

"Mir fehlt die Demokratie, das Wort und die Idee. Das ist kein Zufall, aber darüber müsste ich noch Nachdenken."

"Und der dritte?"

"Du bist zu viel von Marx und zu wenig von Freud beeinflusst. Das Wort Gesellschaft erscheint bei dir oft, aber nicht das Wort Sex oder Psychologie. Für die beiden könntest du nach dem Credo, ich glaube, ein Amo, ich liebe, hinzufügen. Das könnte, zum Beispiel, mit dem schönen Satz, der die von dir benutzte Struktur hat, beginnen: Lieben bekommt seine echte und volle Bedeutung nur durch ficken, streicheln, Gedanken und Gefühle austauschen, zusammen die Wohnung aufräumen und dem Baby in der Nacht die Windeln wechseln. Du kannst auf keinen dieser fünf verzichten, sie sind eine Fünfeinigkeit."

"Lass mich zuerst Luft schnappen! Ich bin sprachlos. Du kannst doch nicht... Was werden unsere Genossinnen denken?"
"Oh ja, klar kann ich, und auch du, wenn du etwas gewagter wirst. Was die Genossinnen, wie du sie auf einmal nennst, denken werden, wissen wir leider nicht. Einige – wie Talma – werden empört sein. Jaela wird es – Gott weiß, warum – traurig stimmen, Ofra wird nachdenklich sagen, der Grundgedanke, dass Liebe vielseitig ist, stimmt, wenn auch diesmal derb ausgedrückt. Nebenbei, wenn du Rachel, außer ihr deine brennende Liebe in Zeitungsgeschichten zu verkünden auch gesagt hättest, dass du mit ihr Sex haben willst, hätte sie diese Liebesbeichte nie vergessen."
Ich wusste nichts zu antworten und schwieg.
Nach den beiden guten Feen, Ofra und Jaela, und der problematischen Fee, Gadi, kam auch die mit Spannung erwartete. Als wir vom Klassenzimmer hinaus gingen, kam Israel an mir vorbei und sagte im Vorbeigehen: "Na, endlich hast du was geschrieben, das man lesen kann."
Ich platzte fast vor Stolz und Glück.
Ich fühle, wie mit dem Schreiben dieses Heftes, etwas in mir gewachsen ist, deswegen werde ich es "Heft des Wachstums" nennen.
Ich weiß jetzt, wie wunderbar es ist, wenn du, über etwas, das du geschaffen hast, gelobt wirst.
Ich würde jetzt gerne schreiben und noch schreiben, veröffentlichen, bekannt, noch bekannter, dann ganz berühmt zu werden, so ein "Ach, Rafi, was du geschrieben hast ist wunderschön!" noch und noch zu hören, nicht nur von Ofra und Jaela, sondern auch von Rachel, Ruti...
Ach, Welt, Welt, "wie du bin auch ich zum Tode verliebt / In all deine rotwangigen Mädels!"

Konflikte mit Israel

Der Weg zum Institutshügel ist noch von der untergehenden Sonne beleuchtet, die bald hinter der heiligen Eiche von Abu-Shusha untergehen wird, ein rötlicher Ball, der daran ist, hinter die Bögen der Ruine zu rollen. Itamar und Rafi stehen an den Akazien.

"Auf jeden Fall müssen sie hier vorbei kommen," sagt Rafi.

"Und wenn du nicht hier stehst, wenn er kommt?", fragt Itamar, "und ihn später triffst, was verlierst du da? Die Maskeraden werden sich gleich hier versammeln."

"Schau, ich und er sind alte Freunde. Man hat ihm den monatelangen Gips abgenommen, das waren für ihn sehr schwere Monate, jetzt wird er wieder gehen können, das alles ist doch Grund genug sich zu freuen und es muss dir doch verständlich sein, dass ich bei seinem Empfang dabei sein möchte."

"Na gut, du hast Recht. Ich hätte gerne noch etwas mit dir gesprochen, ohne dass man uns stört. Hier wird gleich abstoßender Lärm beginnen. Diese Maskeraden, die du immer ein wenig beneidest, sind ein lärmendes, vulgäres Bündel. Du, der du dir deinen Weg in der Welt der Poesie bahnst, musst dich von ihnen endlich distanzieren."

"Ich denke, da ist etwas schief, Itamar", sagt Rafi leise, "ich weiß aber nicht genau, welche Weiche falsch gestellt ist, aber ich weiß, du bist von dem richtigen Geleise abgekommen. Du sagst viele richtige Dinge, das macht es schwer, die Weiche zu finden. Das einfache und gesunde Leben liebt den Lärm. Ich habe mich von ihm entfremdet und will jetzt meine Bekanntschaft mit ihm erneuern."

"Die Poesie wird dich nicht freigeben, Rafi!"

"Vielleicht wird mich das Leben dahin bringen. Ich weiß nicht, ob ich Rachel noch liebe, aber mein ganzes Leben werde ich so eine Rachel oder so eine Ruti suchen: Lachende Augen, kurzes Haar, das immer auf die Stirn fällt oder kurze Zöpfe, die beim Tanzen hin und her fliegen. Der Weg zur Erde, zum Einfachen, zur Harmonie mit mir selbst und mit dem Leben, und zu so einer Rachel, das ist der gleiche Weg. Ich suche Kameradschaft, Itamar, die Verbundenheit mit Gadi und Uri, mit Rachel und Ruti und mit allen, die ihnen ähnlich sind."
"Du willst also ein Typ wie Amnon sein?"
"Ich würde viel dafür geben, so tanzen zu können, wie er. Lach nicht, tanz mal mit einem Mädel, das dir gefällt, tanz in einen Hora Kreis mit Freunden, denen du dich nahe fühlst, das ist sicher ein wunderbares Lebensgefühl von zum Leben gehören."
"Das ist das, wovon Israel euch dauernd erzählt. Vergiss nicht, er ist Lehrer für Naturwissenschaften und als Erzieher ist es seine Aufgabe, dich zu einem Ameisenleben zu dressieren, das hast du doch so schön in deiner Erzählung beschrieben."
"Aber ich habe dort auch etwas über Riesen gesagt."
"Ach, Rafi, das war nur der Koscher-Stempel für das Rabbinat, koscher für die Ideologie. Du wolltest zeigen, dass du trotzdem ein treuer Genosse der Bewegung bist, deswegen hast du behauptet, Kibbuzgenossen seien nicht nur Ameisen, die ihr ganzes Dasein in den Dienst der Gemeinschaft stellen, sondern manchmal, wenn man das Licht auslöscht, sehen ihre Schatten wie Riesen aus."
Aus dem Kibbuz hören sie Jossis Stimme: "Er kommt! Er kommt!" und schon kommt Jossi den Weg hoch, barfuß, mit hochgekrempelten Hosen und glänzenden Augen. Oben, am Institutshof, stehen Usi, Amos und Rami.
Usi geht lässig, die Hände in den Hosentaschen und pfeift. Rafi

findet, Usi zeigt sich so cool, als wolle er die Welt zum Duell herausfordern, nicht gerade auf Leben und Tod, eher als ein Hahnenkampf. Nach ihm kommt Amos, der hat für den Sommer seine Haare wegrasieren lassen, mit seinen abstehenden Ohren, seinem breiten Mund und den Kinnborsten würde er in jede Verbrecherkartei passen. Rami kommt ihnen nach und behauptet: "Ich sage euch, er kommt noch nicht. Man hört noch kein Auto. Jossi hat geblufft."

"Ich habe gesehen, wie das Taxi in den Hof gekommen ist."

"Das Taxi ist nicht reingekommen sondern weiter gefahren. Ich hab es gesehen."

Rami hat kein Glück: Schon erscheint unten ein PKW, der sich langsam nähert und eine Staubwolke nach sich zieht.

"Eins zu null", sagt Usi, "schade, wir haben nicht gewettet."

"Und ich sag dir, dieses Auto ist gerade reingekommen, das, über das wir gesprochen haben, ist weitergefahren."

"Das macht doch keinen Unterschied. Sagen wir einfach, es ist jetzt gekommen."

"Ich hab nicht gesagt, es macht einen Unterschied. Ich hab nur gesagt…"

Das Taxi bleibt vor dem Speisesaal stehen. Rafi und Jossi sind ihm hinauf gefolgt. Die Tür öffnet sich, das lachende Gesicht von Gadi erscheint. Rivka und Josef helfen ihm auszusteigen. Die Jungs versammeln sich um das Auto.

"He, Usa, was gibt's Neues?"

"Wie fühlt es sich ohne Schildkrötenpanzer?"

"Wie geht's?"

"Vielleicht hältst du zu diesem Augenblick eine kleine historische Ansprache?"

Gadi lacht und sagt zu seinem Vater:

"Siehst du, Josef, das ist die fröhliche Bande, über die ich dir erzählt habe."

Nachdem das Taxi mit Gadis Eltern den Hof verlassen hat, sitzt die Gruppe in einem der Schlafräume der Galerie Felsen zusammen. Gadi liegt auf dem Bett und erzählt von seiner Entlassung aus dem Krankenhaus. Seine Ankunft, die Warteschlange, die sonderbaren Gestalten der dort Wartenden, sein Eintreten beim Doktor, die Untersuchung, das bedrohliche Vorbereiten der Zangen und Scheren und das kitzelnde Ablösen des Gipses.

"Als mein Schildkröten-Panzer weg war, wollte ich natürlich einen Freudensprung machen, ich nahm Schwung, setzte mich, stand auf und wollte gerade sagen: Jetzt schau, Doktor, wie ich… Rasch setzte ich mich wieder hin, als ob ich sagen wollte: Schau, wie ich mich hinsetzen kann! und verspürte nicht mehr die geringste Lust, aufzustehen. Ich habe das Gehen total verlernt. Also hörte ich mir geduldig den Vortrag vom Doktor an, welche Übungen ich machen soll. Dann zog ich – natürlich sitzend – ein Hemd an. Ach, Leute, ihr habt keine Ahnung, wie wunderbar es ist, sich aus- und anzuziehen, Arme und Beine auszustrecken…"

"Dass es oft angenehm ist, sich auszuziehen, ist bekannt", sagt Falshi und kichert, "aber was das Strecken anbelangt…"

"Von allen Ziehen, ist am angenehmsten, wenn jemandem die Haut abgezogen wird", sagt Usi.

"Ach, ich schäme mich für euch, Jungs, was ist los mit euch?", tadelt Gadi seine Schüler. "Ihr seid keine Anfänger, die nichts fangen können, und doch zieht ihr aus um über ein armes Wort herzufallen, als ob es euch was Böses getan hätte. Da wäre schon besser, euch des Ziehens zu entziehen, und das Kleiden zu bekleiden."

"Sogar bei dieser feierlichen Begebenheit gibst du uns keine Abgaben statt der Annahmen", sagt Usi.

"Ich verstehe gar nichts"; gibt Jossi zu, "Vielleicht könnt ihr auch den einfachen Leuten erklären, worüber ihr redet?"

"Markus sagt, dass ich bei meiner feierlichen Rückkehr, keine Abgaben, Spenden zu einem Gesprächsstoff vorschlage, sondern nur Annahmen, falsche Beschuldigungen", erklärt Gadi. Beide sind stolz, dass es ihnen gelang, die Wortverdrehungen des Rivalen mit neuen Wortverdrehungen fortzusetzen. Die Mitglieder der Gruppe verfolgen das Duell.

"Vor lauter aus- und anziehen und allem Abgaben oder Annahmen, bin ich von meiner Erzählung vom Krankenhaus abgekommen. Aber weil sie sowieso fast zu Ende ist, möchte ich nicht auf sie zurückkommen. Stattdessen..." Er wird unterbrochen, denn ins Zimmer kommt Rafi.

"Ach, da kommt Rafi, ich meine Rafa-el, Gott gab Stärke und Schwäche,[39] das überrascht uns, es kam über-rasch, noch bevor wir etwas für deinen Empfang einfangen konnten."

"Na, da siehst du, wie hilfreich dein Namen ist und wie gut, dass du gerade jetzt erschienen bist. Stell dir vor, welche geistreichen Blitze wir verloren hätten, wenn du ein paar Minuten früher gekommen wärst, als sie noch nicht reif waren, oder, wenn du im richtigen Augenblick angekommen wärst, aber nicht Raphael, sondern, Salman geheißen hättest."[40]

Rafi lächelt und setzt sich neben Jossi.

"Da kommt auch Israel, dessen erster Namensträger fast Gott besiegt hätte, wenn der Sonnenaufgang nicht gestört hätte."[41]

---

[39] Hier fehlt eine unübersetzbare Seite mit Wortspielen auf Rafis Namen.

[40] Salman wurde von den dreißiger Jahren des 20. Jahrhunderts als Spottname benutzt: Sein erster Buchstabe (Sajin) begann Schwanz (Penis) zu bedeuten, was auch Thema für ein verbreitetes Lied über Salmans Hose wurde.

[41] Nach 1 Mose 32. 25-31.

"Hallo, Srulik, schön, dass du gekommen bist unter uns Witzbolden zu sitzen", wird Israel von Gadi begrüßt. Gadi ist der Einzige, der Israel Srulik nennt.
Rafi schaut ihn neidisch an.
"Was gibt's Neues?" fragt Israel und setzt sich auf ein Bett.
"Was hat der Arzt gesagt?"
"Er hat Gott gedankt, dass er mich los wird", erzählt Gadi. "Ich habe ihm viel Ärger bereitet, Srulik. Und das gebührt ihm, weil er ein Sadist, ein Vergnügungs-Grausamer, ist. Zuerst hat er von seinen Folter-Instrumenten so eine Schere genommen, die schrecklich gekitzelt hat. Und beginnt am Bauch, wo es am kitzligsten ist. Ich krümme mich hin und her und brülle und er flucht… Ich dachte schon ich werde verrückt. Aber nachher, als ich mich wieder anziehen konnte, habe ich mich wie im Paradies gefühlt."
"Er sagt, er hat heute erlebt, wie gut es ist, Arme und Beine ausstrecken zu können", erzählt Jossi.
"Na sag doch selbst, Srulik", beschwert sich Gadi, "sie sind gleich über mich hergefallen, weil ihnen das Bein-Ausstrecken nicht gefällt.[42] Dabei finden sie alle möglichen obszöne Bedeutungen im Beine Ausstrecken. Und nachdem sie mit mir fertig sind, fallen sie über den armen Rafi her und haben es auf seinen schönen Namen abgesehen, stell dir vor, der Name eines Erzengels. Sie wollen ihn auf einmal Salman nennen."
Israel schweigt.
"Ich komme später zurück, Usa", sagt Rafi leise. Er hinterlässt Verwunderung, weil er nur so kurz da war. Nachdem er aus der Tür ist, sagt Falshi: "Jeder geht seinen Weg. Wir reden Klatsch und er zu Rachel."[43]

---

[42] Bein-Ausstrecken bedeutet auf Hebräisch Pleite-Gehen.
[43] Zu Rachel und Klatsch reden haben auf Hebräisch gleichen Klang: *lerachel*.

Israel schaut sie aufmerksam an.
"Ist Rafi Rachels Freund?"
"Wieso?!", lacht Amos. "So schlecht kennst du Rafi?"
"Wir haben versucht, sie miteinander zu verkuppeln", erklärt Gadi. "Aber als wir das Gelände abgetastet haben, wurde klar, dass hier die schwersten Kanonen nicht helfen. Wir beobachten gewöhnlich, wer verkupplungsreif geworden ist, dann suchen wir eine Partnerin oder einen Partner, und beginnen die beiden davon zu überzeugen, sie seien in einander verliebt. Ihm wird angedeutet, dass er ihr besonders gefällt, ihr, dass er ganz verliebt in sie ist, dann regelt sich die Sache schnell. Aber Rafi ist vom Weg gewichen und hat Gedichte geschrieben, das hat alles verdorben. Oder er stellt das Schreiben ein oder wir brauchen neue Methoden, für Dichter."
Wieder sagt Israel nichts. Von draußen hört man im Chor aus dem Speisesaal: "Essen fertig!" und alle sehen verwundert, dass es schon dunkel ist. "Kommst du mit Speisen, Usa, oder hast du keinen Apetit?"
"Nein, man bringt mir das Essen her. Ich muss das Gehen erst wieder lernen."
"Also, auf bald. Wenn es heute kein Gruppentreffen gibt, kommen wir später, um mit dir zu feiern und pikante Pläne für die Zukunft zu schmieden", sagt Usi.
Israel bleibt zurück und setzt sich näher an Gadis Bett.
"Eine lustige Bande, oder?", fragt Gadi etwas unsicher.
Israel zündet sich eine Zigarette an.
"Dir gebührt der Prozess, Gadi!"
"Mir? Ein Prozess? Warum?"
"Ja, der Prozess, sogar das Lynchgericht!"
"Was habe ich verbrochen, Srulik?"

"Wenn ein Bursche wie du, mit deinen Talenten, sich mit solchen Sachen abgibt, ist das ein Verbrechen!"
Gadi holt tief Luft und denkt: Ach du dickes Ei, dann mal los! Ich bin bereit!
"Als ich euch zugehört habe, habe ich mich geschämt, wie ihr redet, und gestaunt, dass keiner mit der Faust auf den Tisch haut und ruft: Genug! Ich lasse euch nicht länger so reden!"
"Meinst du das bisschen Spott, das wir gemacht haben? Srulik, da lohnt es sich nicht, sich darüber zu ärgern." – Seine Augen lachen: Bei uns heißt das: verharmlosen. Schau was für ein friedlicher, fröhlicher Typ ich bin. Es gelingt dir nicht, ernsthaft über mich zu ärgern.
"Wenn ich liebe und eine Partnerin habe, die ich schätze, beleidigt es meine Gefühle, wenn man so über Liebe und Freundschaft redet. Es wundert mich sehr, wie du zu diesem Gefasel gekommen bist. So reden nur Leute, die nicht im Stande sind, zu lieben. Und du bist doch nicht so einer."
"Ach, Srulik, Srulik, wir machen Spaß und du machst aus einer Fliege einen Elefanten."
"Nein, Gadi, da kenne ich keine Kompromisse. Ich erlaube kein Verspotten und Entwerten von anderen Menschen. Ich kann lauwarme Leute nicht ausstehen. Das Wasser soll heiß oder kalt sein."
"Unter der Dusche?"
"In Beziehungen. Es ärgert mich zu Tode, wenn…"
"Du kennst doch die Jungs, Srulik", unterbricht ihn Gadi. "Was ist schlimm daran, wenn wir Spaß treiben, wir finden das amüsant! Immer sagt man uns, wir seien noch jung. Also, das gehört zum Jungsein dazu."
"Entschuldige, mein Freund, das stimmt nicht. Die Jugend bestürmt immer das Leben, sie ringt mit ihm, sie nimmt es nicht

wie eine amüsante Tatsache. Und ihr? Was für eine Jugend seid ihr? Was wollt ihr erreichen, mit was ringt ihr, gegen was rebelliert ihr?"

"Gegen was sollen wir rebellieren?"

"Es ist nicht meine Aufgabe, dir Vorschläge zu machen. Wir haben zu unserer Zeit unser Heim und unsere Eltern verlassen, um unseren eigenen Weg zu finden. Mich wundert, warum es euch zum Beispiel nie eingefallen ist, von hier zu fliehen."

Gadi liegt auf der Seite und schaut Israel mit amüsierten Lächeln an: Der Arme verstrickt sich und gibt uns eine Menge spaßiger Redewendungen, die man zitieren kann. "Wohin könnten wir fliehen? Nach Abu-Shusha? Nach Afula?"

"Das ist doch nicht das Problem..." – Israel zündet sich eine neue Zigarette an. – "Ihr könntet auf einen Nachtausflug ausziehen und bis zum Morgengrauen nicht zurückkommen."

"Die Morgengymnastik verpassen und uns zum Unterricht verspäten?", erschrickt Gadi scheinbar. "Das würde dich doch zu Tode ärgern?" Er schaut Israel mitleidig an. Jetzt fehlt nur noch, dass der Arme darauf eingeht und vorschlägt, den Flucht-Ausflug an einem Freitag-Abend zu machen. Er, Gadi, würde sofort fragen, ob man auf die Feier verzichten soll, ob das Kulturkomitee nicht wütend werden würde, wäre es da nicht besser, erst nach dem Programm zu fliehen?

"Ich wäre mit Recht verärgert, aber wir hätten etwas, um das wir ringen könnten. Ich würde euren Lebenspuls spüren."

"Aber wir kennen schon die ganze Umgebung."

"Nein, Gadi, es wird dir nicht gelingen, unsere Debatte auf ein triviales Seitengeleis zu führen. Ich lasse dich nicht entschlüpfen, du weißt selbst, es ist unwichtig, wohin man den Ausflug macht, es kommt auf die Lust an, ihn zu machen. Die Jugend ist revolutionär, bestürmt die Welt und ist nicht bereit, sie so anzunehmen, wie sie ist, weil die Jugend extrem ist und nach Vollkommenheit strebt. Und ihr? Wofür brennt ihr? Ich wollte, ihr würdet euch mehr Sorgen machen, Bedrängnis spüren, es kann keine Jugend ohne Ideen geben!"

Gadi schweigt. Schade. Vorhin hat er sich fast verwickelt, aber ich warte ganz geduldig, wie die Spinne zur Fliege sagte.

"Ihr habt die besten Bedingungen, um mit euch zufrieden zu sein, Gadi. Man hat euch mit Bonbons und Bananen verwöhnt. Merk dir, Gadi: Wer immer Bonbons isst, bekommt stumpfe Zähne."

"Das hättest du in einer Gruppen-Versammlung sagen sollen", distanziert sich Gadi. "Dann hättest du viel Unterstützung von Ofra und Jaela, sicher auch von Rafi erhalten. Aber ich? Was kann ich tun? Ich bin nicht im Gruppenkomitee!"

"Wenn ihr eine Gruppe gewesen wärt! Ihr seid nichts, als eine Klasse, wie in jeder gewöhnlichen, städtischen Schule, aber keine Gruppe, die gemeinsame Ideen für ihre eigene Zukunft hat. Jetzt versucht ihr, mir die Rolle eines Lehrers überstülpen, einer der ins Klassenzimmer kommt, vorträgt und nach Hause geht. Ihr wollt Fakten lernen und dann nach Hause gehen. Damit bin ich nicht einverstanden. Bloße Pflicht erfüllen reicht mir nicht. Der Schulunterricht ist nur eine nebensächliche Zugabe zur Entwicklung, zum Ringen mit der Welt und dem Stoff. Ich bin bereit, mit euch gemeinsam mit dem Stoff zu ringen."

"Ich versteh dich nicht, Srulik, was willst du eigentlich von uns? Wie sollen wir lernen?", fragt Gadi mit unterdrücktem Ärger. Er spürt, dass er seine Prinzipien bei einer Kampf-Debatte verliert. Israels Brille glänzt, die Zigarette ist ausgegangen.

"Mit dem Stoff ringen, Gadi! Sitzt nicht brav an euren Tischen und schreibt ab, was im Buch steht oder was ich euch sage.

Glaubt mir nicht! Sucht selbstständig!"

"Sollen wir voller Zweifel sein, wie Hamlet? Sollen wir uns auf jedem Schritt fragen Glauben oder nicht-Glauben?"

"Aber nein! Das Zweifeln an sich bringt nichts. Im Gegenteil! Die Jugend der wohlhabenden Familien aus der Stadt, ist von der gesellschaftlichen Realität entwurzelt. Gerade die Kibbuzkinder sollten den einfachen, praktischen Zugriff aufs Leben suchen."

"Aber erst vor einem Moment hast du gesagt…"

"Von mir bekommst du kein Kochrezept nach dem du dein Leben kochen sollst. Von mir hörst du keine 'Du sollst' und 'Du sollst-nicht' Gebote. Du findest im Leben keine absoluten Wahrheiten, auf die …"

"Israel, du redest wirres Zeug. Wir sollen nicht selbstzufrieden sein sondern uns mit Zweifeln quälen, dann aber sind die Zweifel das Kennzeichen der entwurzelten städtischen Jugend, wir sollen extrem sein und alles soll wie auf einer Rasierklinge stehen, kochend heiß oder eiskalt, aber es gibt nichts Absolutes, wir sollen lernen, aber das Lernen soll nur nebensächlich sein…"

"Entschuldige, Gadi, aber…"

"Da gibt's nichts zu entschuldigen, Israel, aber hör auf, mir den Kopf mit Unsinn zu verdrehen."

Im Moment, in dem Gadi das gesagt hat, bereut er es schon. Aber im nächsten Auenblick überrascht ihn ein feines Lächeln auf Israels Lippen: "Ich will nur eines, Gadi: Euch aus eurer friedlichen Gleich-gültigkeit vertreiben. Ihr lebt in einem Gewächshaus. Kein kalter Wind hat euch je berührt. Ich werde euer kalter Wind sein, euer böser Geist[44].Ich werde euch

---

[44] Wind und Geist sind auf Hebräisch dasselbe Wort (*ruach*).

erinnern: Ihr müsst euch euren Weg wählen. Ihr lebt am Ende des zweiten Weltkriegs, der Faschismus wurde gerade besiegt und schon droht am Horizont ein neuer Faschismus. Vor drei Jahren wurde in Stalingrad gekämpft. Vor zwei Jahren kam die entsetzliche Erkenntnis über den Holocaust. Vor einem Jahr haben wir noch gehofft, die Engländer würden uns einen Staat gründen lassen. Jetzt gehen viele zum Palmach[45]. Wir leben in einer schicksalhaften Zeit für die Welt und für unser Volk. Die Jugend hat so wichtige Aufgaben, wie nie zuvor. Welche Ziele habt ihr für euer Leben? Was tut ihr, um euch für diese Zukunftsaufgaben vor zu bereiten? Was wollt ihr der Zukunft entgegen halten? Blöde Maskenspielerwitze?"

Gadi setzt sich im Bett auf. Seine Augen glänzen.

"Na und? Sollen wir auf dem Kopf stehen und "Stärkt eure Arme"[46] singen? Das Gerede über die schicksalsschwere Zeit, über Aufgaben und Ziele hören wir seit wir im Kinderhaus auf den Nachttöpfen gesessen haben. Sooft der Grießbrei angebrannt war und wir ihn nicht essen wollten, hat man uns mit einer Predigt über die hungrigen Kinder ich China gemästet, die glücklich wären, wenn sie so einen Brei bekommen hätten. Schon damals haben wir unserer Pflegerin geantwortet, Aber bitte, Channa, schick ihn doch nach China! Nein, Israel, zu uns kannst du nicht mit Moralpredigten und in der Luft schwebenden Gerede kommen. Sag klar, was du willst, dann sagen wir vielleicht, wir tun und hören es."[47]

Eine Weile herrscht tiefes Schweigen. Israel zündet eine neue Zigarette an und sagt kaum hörbar:

---

[45] Elite Truppe der jüdischen Verteidigung 1941-1948.
[46] Ein Gedicht Bialiks, das von der Arbeiterbewegung als Hymne gewählt.
[47] Weil sie tun vor hören sagten, hat Gott, nach Überlieferung, am Berg Sinai die Israeliten als Volk erwählt. (Nach den Schriftgelehrten).

"Vorhin, als du mir ins Gesicht geworfen hast, euch mit Unsinn den Kopf zu verdrehen, dachte ich: Endlich hat mein Hammer auf einen Amboss getroffen! Endlich habe ich einen Rivalen gefunden! Aber du benutzt dein ganzes Talent, um dich aalglatt herauszuwinden. Ihr seid jetzt sechzehn. In einigen Tagen müsst ihr einen Gruppenführer für eine der jungen Gruppen wählen. Was gebt ihr dem mit? Welches Ziel soll er
für seine Zöglinge und sich selbst wählen? Eine bessere Welt oder ein Maskenspiel? Wenn ich dir diese Fragen stelle, stellst du dich dumm und erzählst mir über angebrannten Brei. So finden wir keine gemeinsame Sprache. Schade!"
Er schickt sich an zu gehen. Plötzlich lacht Gadi auf:
"Du bist trotzdem ein patenter Bursche, Srulik, aber du machst dir umsonst Sorgen. Von uns kannst du nicht fordern, denkt an die Lage der Welt! Bereitet euch aufs Leben vor! Wir brauchen was Praktisches. Das Maskenspiel gefällt dir nicht? Wir können eine Versammlung abhalten und beschließen, es zu verbieten. Früher habe es gebraucht, ohne sie hätte ich es einfach nicht ausgehalten. Jetzt kann man ruhig beschließen, es aufzulösen."
"Ich suche keine leichten Siege, Gadi. Die Gruppe hätte die Maskerade schon längst verbieten können. Ich habe damals geraten, damit zu warten. Du lagst in Gips. Die Kräfte waren ungleich. Jetzt, wo du gesund bist, steht die Sache anders. Nicht wir, du selbst must beschließen, ob es die Maskerade geben soll, oder ob sie, wie du sagst, unzulässig ist.
Aber wie du das formulierst und umsetzt, das ist deine Sache."
Gadi schaut Israel gerade in die Augen.
"Wenn man dir einen Finger gibt, Srulik, willst du gleich die ganze Hand. Ich gebe dir gern auch den Arm dazu: Wir machen einen Gerichtsprozess über die heutige Jugend, etwas Großes, Den Anklägern wird es relativ leicht sein: Sie werden die

Jugend mit allen deinen schrecklichen Vorwürfen beschuldigen, die du gern hast, natürlich muss alles auf Gutachten und Zeugenaussagen basiert sein: Wir brauchen einen Flüchtling aus dem Ghetto, einen Partisanen, einen Palmachkämpfer,

sogar ein chinesisches Kind für den Brei, einen Komsomoljungen, einen Kibbuz-genossen, einen Maskenspieler... In diesem Prozess wirst du alles bekommen, was dein Herz begehrt: Unsicherheit und Einfachheit, Unterricht und

Kritik an der Schule, alle möglichen Argumente über die Lage der Welt, des Volkes, des Kibbuz und des Einzelnen, Kunst für die Gesellschaft, für den Einzelnen, Kunst für die Kunst, die Probleme der zweiten Generation im Kibbuz, die Erziehungs-Methoden von Makarenko aus seinem Pädagogischen Poem und die von Neill aus seinem Summerhill, ein verwahrlostes religiöses Waisenkind aus Jerusalem, einen autoritären Lehrer einer preußischen Militärschule... Was habe ich vergessen? Siehst du, alles, alles kommt in den Kochtopf! Bist du nun zufrieden?"
"Nur wenn du der Staatsanwalt wirst!", lacht Israel.
"Bei dir, wer den kleinen Finger ausstreckt, muss noch die Hand dazu geben. Also gut, du kennst mich ja, wenn ich zu beschuldigen beginne, wird der Todesengel selbst erblassen und seine tausend Augen schließen."

* * *

"Gadi, Gadi, dein Vorschlag wurde angenommen!", ruft Ofra begeistert
"Was für ein Vorschlag?" fragt Ruti.
"Weißt du's nicht? Der Prozess über die Jugend!"
"Wurden die Rollen schon verteilt?", fragt Gadi leichthin.
"Das soll auf dem Gruppentreffen bekannt gegeben werden. Auf jeden Fall leitest du die Anklage. Du bist doch einverstanden damit?"
"Aber es muss zwei oder drei Ankläger geben. Wer sind die anderen?"
"Ich und Ruti wurden vorgeschlagen. Dagegen sind Usi, Uri und Jaela in der Verteidigung. Rafi soll der Angeklagte werden."

"Der Arme! Weiß er schon davon?"
"Nein. Wir haben gerade die Sitzung beendet. Und das sind nur Vorschläge. Er wird sicher einverstanden sein. Hallo, Rafi!" – Ofra klopft an die Wand. Rafi kommt herein.
"Was ist? Habt ihr mich gerufen?"
"Klar!" – Gadi schaut ihn mit gerunzelter Stirn drohend an. "Wir werden dich beschuldigen. Eigentlich bist du schon gnadenlos verurteilt, gib besser alles zu und bitte um Erbarmen für deine sündige Seele."
Ofra erklärt: "Man hat vorgeschlagen ein Literaturgericht über die Jugend abzuhalten und du sollst der Angeklagte sein."
"Gib acht und sag ihm ja nicht, wessen er beschuldigt wird, wie in Kafkas Prozess, wo man dem Angeklagten das nicht gesagt hat, dann würde er sich gegen alle möglichen unbe-kannten Beschuldigungen rechtfertigen und wir hätten viel über seine Schuldgefühle erfahren."
"Auch Israel ist ziemlich begeistert", erzählt Ofra. "Er will, dass die Eltern und einige Kibbuzgenossen teilnehmen."
"Ich werde nichts sagen", erklärt Ruti. "Auch so schäme ich mich schon genug."
"Ich möchte nicht angeben und erkläre mit meiner berühmten Bescheidenheit: Meine Idee war genial, sie wird Israel aus einer tiefen Krise befreien. Wer werden die Zeugen sein?"
"Wir haben noch keine Vorschläge. Nach der Formulierung der Anklage wollen wir das beschließen."
"Also, Kind, wessen klagen wir dich an, ah? Nebenbei, wage es ja nicht zu tricksen, indem du vorzeitig deine Schuld gestehst, sonst bereiten wir uns angestrengt vor, und am Ende, in der feierlichen Eröffnungssitzung, vor dem ganzen, vollgepferchten Saal, noch vor Rutis großer Rede, stehst du auf, gibst alles zu.

Das würde uns den ganzen Prozess verderben."
"Meine Rede! Glaubst du, ich werde reden? Einen Stinkefinger werde ich!".
"Und vielleicht verwandle ich mich vom Angeklagten zum Ankläger?", fragt Rafi kampflustig. "In politischen Prozessen soll das üblich sein."
"Kind, Kind, so aggressiv?! Sorge dich nicht! Wir liefern dich am Ende dem Henker aus. In der letzten Sitzung des Gerichtshofs, wird der oberste Richter aufstehen, den großen Holzhammer aus der Schreinerei schwingen und erklären: Angeklagter, erhebe dich und nimm unser Urteil entgegen. Wir haben dich unzähliger und unverzeihlicher Verbrechen für schuldig befunden und wir verurteilen dich zu allen vier Hinrichtungsarten: Die 960 Zeilen von Bialiks Der 'Ausdauerstudent' auswendig lernen, zehnmal den Instituts-Hof reinigen, Verpflichtung zur Teilnahme an allen Proben des Chores, an den Sitzungen der Gruppenkommittees und an den Redaktionssitzungen unserer Zeitung sowie des National-Fonds-Komitees. Du hast kein Recht auf Berufung."
"Sollen wir den Prozess mit allen Zeremonien abhalten, mit dem Holzhammer klopfen und so weiter?"
"Klar. Besonders mit dem und so weiter. Das Und-so-weiter ist immer das Wichtigste."
"Nein, ich meine es ernst, Gadi. Wie stellst du dir das vor?"
"Auf der Bühne stehen die Tische in U-Form, feierliche Tischdecken, Blumenvasen. Der Gerichtsdiener schreit: Das Gericht! Alle stehen auf und bleiben stehen, bis der Oberste Richter hereinkommt, nach ihm die Anklage, die zu ihren Platz auf der linken Seite geht, während die Verteidigung auf der rechten Seite ihren Platz hat. Der Oberste Richter setzt sich und macht ein lässiges Zeichen, worauf alle sich setzen dürfen.

Er klopft dreimal mit dem großen Holzhammer, mit Würde, aber vorsichtig, um nicht eine Blumenvase umzuwerfen, und erklärt: Hiermit eröffne ich…, man verliest die Anklageschrift, der Angeklagte findet sich unschuldig. Ruti hält die Rede, die die Anklage begründet. Jaela spricht im Namen der Verteidigung. Jetzt werden die Zeugen aufgerufen, jeder von ihnen legt seine Hand auf den Babylonischen Talmud und sagt: Hiermit schwöre ich, die Wahrheit zu sagen, die ganze Wahrheit und nichts als die Wahrheit und ohne Finger-kreuzen…"
"Warum auf den Babylonischen Talmud?"
"Das ist das dickste Buch in der Bibliothek und macht entsprechenden Eindruck. Neben den Richtern sitzen zwei Schreiberinnen und notieren das Protokoll, der Oberste Richter rückt seine Perücke zurecht und spricht zum Angeklagten die biblischen Worte: Mein Sohn, ehre die Wahrheit und bezeuge sie, sage uns ehrlich was du verbrochen hast, wessen Ochsen hast du geraubt, wessen Esel hast du gestohlen, wen hast du betrogen und wen ermordet, sagst du's uns, du Mistkerl, Sohn einer ehrlosen Mutter?"
"Großartig, Usa, du könntest Richter werden!", begeistert sich Ruti.
"Was?! Lärm im Hörersaal? Tumult und Aufruhr? Mit allem Respekt ordne ich euch, das Maul zu halten, sonst lasse ich den Saal räumen und der Prozess wird hinter verschlossenen Türen fortgesetzt!" – Gadi holt Luft. "Als ersten Zeugen rufen wir natürlich das Gespenst von Canterville…"
"Wieso? Wer ist das?"
"Unser Srulik. Er hat gesagt, er will unser böser Geist sein und uns aus unserer Selbstzufriedenheit aufschrecken. Der wird die Jugend so anklagen, dass es eine pure Freude sein wird. Die Jugend, wird er sagen, weiß nicht wie mit dem Ringen zu

ringen...". Dabei imitiert Gadi Israel, wie er sich eine Zigarette anzündet. Ruti lacht. Nur Ofra ist ärgerlich: "Warum spottest du über alles, Usa?"

"Ich? Spotte? Hast du mich ein einziges Mal spotten gehört?"

Als er bemerkt, dass er sie gekränkt hat, wird er ernst: "Nach Israel bestellen wir Amnon. Wenn der einverstanden ist auszusagen, ist die Verteidigung erledigt. Er sagt nämlich, was er denkt."

"Du Klugscheißer! Sie werden sagen, er ist nicht typisch für die Institutsabsolventen."

"In Gerechtigkeitsfragen zählt das nicht. Stell dir vor, ein Angeklagter gibt zu, gemordet zu haben und sagt, aber das war nicht typisch für mich."

"Glaubst du, wir sollten auch Zeugen unter den Eltern suchen?"

"So viele Zeugen wie möglich. Das macht den Prozess interessanter. Wir können einige von uns in andere Schulen und Jugendbewegungen schicken, um dort zu recherchieren um dann als Zeugen zu fungieren."

"Großartig!", ruft Ruti, "ich bin bereit dazu, aber nicht allein."

"Wir brauchen auch noch jemanden, der sich in Statistik auskennt, der soll sagen, wie viele Leute man in den Kibbuzdörfern braucht, wie viele man zur Verteidigung gegen arabische Übergriffe benötigt, einen Kibbuzveteranen, einen der ersten Pioniere, die geträumt und gekämpft haben, einer von denen, die jeden Satz mit als ich gekommen bin anfangen, er soll erzählen, wie sie damals gehungert haben, die Sümpfe trocken gelegt haben und an Malaria erkrankten und wie sie sich den neuen Hebräer der zweiten Generation vorgestellt haben."

"Ich versteh nicht", unterbricht Ruti, "wozu brauchen wir solche Zeugen?"

"Sie sollen aussagen, was die Jugend in der Vergangenheit geleistet hat, dann können wir die heutige Jugend besser beschuldigen. Wann soll der Prozess stattfinden?"
"Womöglich bald. Das Ende des Jahres rückt näher."
"Dann müssen wir heute Abend im Gruppentreffen die Rollenverteilung beschließen."
"Heute gibt's erst noch eine Angelegenheit zu besprechen."
Gadi und Ruti spüren das Zögern in Ofras Stimme und fragen:
"Was für eine Angelegenheit?"
"Wir sollen einen Gruppenführer für die Vorstürmer wählen."
"Was, wirklich? Wer wird vorgeschlagen? Bringt Israel einen Vorschlag aus der Nestführung?" Einen Moment herrscht Schweigen. "Ich kann mir nicht vorstellen, wer von uns Gruppenführer werden könnte", sagt Ofra.
"Unsinn!", ruft Ruti. "Wenn der Gruppenführer ein Untadeliger sein muss, kann niemand Gruppenführer werden. Wenn er Fehler haben darf, kann es jeder."
"Stimmt! Uri könnte gut Gruppenführer sein, wenn er nicht so sehr Uri wäre. Ofra ist zuviel Ofra, wenn Rafi nicht so ein Rafi wäre…"
"Ach, Gadi, schon wieder bist du zynisch! Ich kann mir nicht vorstellen, wie du anklagen können wirst, wenn du selbst allen Lastern, mit denen du andere beschuldigen willst, verfallen bist, das geht doch nicht!"
"Was?! Ich soll nicht anklagen können?! Ich?! Das wirst du sehen! Ruti, nimm Papier und Stift und schreib: Wir, Genossinnen und Genossen, beschuldigen die Jugend hier-mit, zynisch zu sein. Ja, Genossinnen und Genossen, es geht um die Schuld: Zynismus! Der Zynismus zerfrisst die Jugend innerlich, lässt keine heile Stelle, verbreitet sich, wie Lepra, Schuppenflechte, Tuberkulose, Typhus, Pocken, Blattern,

Syphilis und Malaria, habe ich Zynismus schon erwähnt, oder – gott behüte – vergessen? Dazu kommen die Selbstzufriedenheit, Selbstdurchtriebenheit und Selbstverschiedenheit. Umso mehr, als diese verkommene Jugend auch von Erfrischung, Erpischung, Erwischung und Erzischung nicht verschont geblieben ist und von Blähzorn, Jähzorn, Nähzorn und Zähzorn offen oder heimlich heimgesucht wird…"
"Gadi, hör auf zynisch zu sein!"
"Ich? Zynisch? Hast du mich schon je zynisch gesehen?"
Das Gruppentreffen ist für halb neun angesetzt. Um sieben, als Rafi den Speisesaal verlässt, steht Israel auf der Terrasse, rauchend. Rafi grüßt ihn mit Kopfnicken.
Israel legt ihm seine Hand auf die Schulter und sagt: "Hör mal, Bursche, ich muss mit dir sprechen." Er reibt seine Brille mit einem Tuch. "Also, kurz, man will dich heute Abend als Gruppenführer für Vorstürmer wählen. Was sagst du dazu?"
"Ich passe nicht dafür", sagt Rafi leise. "Ein Gruppenführer muss selbstsicher sein und muss ein Erziehungsziel haben. Wenn ich einen klaren eigenen Weg hätte…"
"Man findet seinen Weg, indem man ihn anderen zeigt. Schwimmen kann man nicht lernen ohne ins Wasser zu gehen. Unter uns: Du hast so einen Schwimmunterricht nötig, weil du noch immer die Lösung für deine privaten Probleme nur in deinem privaten Bereich suchst."
"Wie könnte das anders sein?", wundert sich Rafi. "Die Ideen über das Kollektiv sind sehr schön, aber wenn ich in ein Mädchen verliebt bin und von ihr nicht erhört werde und mich schmerzhaft einsam fühle, da kann mir kein Kollektiv helfen."
"Jedes persönliche Ringen braucht ein gesellschaftliches Ringen als Hintergrund, andernfalls verkümmert es. Wenn du für etwas – für eine gesellschaftliche Idee – kämpfst, gibt dir

das Kraft. Du würdest dann nicht mehr so in der Luft hängen."
"Du sprichst theoretisch, Israel. Aber wenn jemand verzweifelt ist, helfen ihm keine Theorien."
"Aber Bursche", sagt Israel und legt seinen Arm um Rafis Schulter. "Das glücklich sein im Leben hängt vielleicht an einem Mädchen, aber nicht an einem bestimmten. Du wirst noch zig Mädchen treffen, die dir Lebenspartnerinnen sein können und wirst mehr Erfolg haben, wenn du nicht wie ein vom Winde verwehtes Blatt wirkst. Es gibt objektive Werte…"
"Die hab ich schon gesucht", unterbricht ihn Rafi, "in Geschichte und Literatur, ich habe Gedichte über Erde und Werk geschrieben. Ich war sicher, nachdem ich mein Credo geschrieben hatte, würde sich etwas ändern. Aber die Ernte ist vergangen, der Sommer ist dahin und mir kam keine Hilfe.[48]"
Tränen würgen seine Kehle.
"Du bist im Bereich der Gedanken geblieben, mein Freund. Jedes gedankliche Ringen, dem keine Taten folgen, verkümmert. Versuche, um deine Meinungen und deinen Weg in unseren Gruppentreffen zu Kämpfen, indem du als Gruppenführer jeden Tag neue, unerwartete Schwierigkeiten bewältigst. Dein persönliches Glücksgefühl soll dich nicht kümmern. Zweifellos wirst du es finden. Momentan scheint dir das Wichtigste, dass ein Mädchen ja zu dir sagt, aber das ist nicht das Wichtige. Sagen wir, sie willigt ein – dann erst beginnt das Ringen um die Liebe."
"Ich verstehe das nicht", gibt Rafi zu.
"Das Ringen um die Liebe beginnt am zweiten Tag. Nur wenn jeder der Partner sein eigenes Leben hat, seine Arbeit und seine Probleme, sind sie in der Gesellschaft verwurzelt und

---

[48] Die Handlung spielt im Frühjahr. Rafi spricht nach Jeremia 8, 20.

nicht vom Partner abhängig, so kann sich zwischen ihnen eine wahre Partnerschaft entwickeln. Die Liebe, mein Freund, ist nicht nur für die Flitterwochen, sie ist auch Kindererziehung."
"Aber wie kann ich ein Gruppenführer sein, mit so vielen Wirren in mir?"
"Lerne zwischen echten Lebenswirren und Leerlauf-Wirren zu unterscheiden. Die echten stammen aus den Schwierigkeiten, die jeder, im Strudel des Lebens manchmal hat. Die Lehrlauf-Schwierigkeiten sind die eines Auf-der-Seite-Stehenden."
Sie gehen vor dem Speisesaal auf und ab, umgeben von einem warmen, friedlichen Frühsommerabend. Manchmal huscht laut-

los eine Fledermaus und verschwindet. Am Anfang des Pfades, der ins Wadi hinunterführt, sieht man die Konturen eines Paares: Ein Bursche, elastisch-lässig schreitend und ein Mädchen, mit rundlichem Schattenbild, Rafi schaut ihnen nach, er denkt sich ihre kurzen Zöpfe dazu und nimmt nichts mehr von Israels Worten auf. Etwas großes und trauriges pocht in seiner Brust.

"Jemand, der im Strom des Lebens schwimmt, muss keine Leerlauf-Wirrnisse befürchten", sagt Israel.

Als er einen flüchtigen Blick auf das Gesicht des Sechzehn-jährigen, der neben ihm geht, wirft, spürt er, dass der ihm nicht zuhört. Seine Augen folgen Rafis Blick und treffen die beiden Gestalten. Mit feinem Lächeln fährt er fort: "Das Jugendalter ist stürmisch. Es will für alle Probleme eine sofortige Lösung. Aber nicht alle Probleme haben eine."

Rafi schaut ihn an und schluckt einige Male: "Und was tun, wenn man auf so ein Problem stößt?"

"Da sagt man sich: Ich lebe und ich ringe weiter. Die Zeit und das Leben und das Ringen sind Lösung für solche Probleme."

Dann schweigen sie und der Gesang der Grillen, der friedliche Abend und viele ferne und nahe Lichter umgeben sie.

Jugend-Republik Topia

Wir machen Sommer-Schicht. Nach unserem Gefühl werden die Sommerferien immer kürzer, es sind noch nicht unsere letzten. Es ist verblüffend, als wir klein waren, war der Sommer unendlich lang, je älter wir werden, desto kürzer erscheint er uns. Vielleicht, weil wir mehr Pläne und mehr Pflichten haben?

Am Morgen nach der Abschlussfeier – dieses Mal ist sie nicht an einem Schabbat, sondern an einem Donnerstag – fahren alle weg.

Es kommen LKWs aus den Jungwächter-Kibbuzim des Jesreel-Tals und es beginnt die alte Teilung neu: die Merchavia-Kinder, die Misra-Kinder, dGie von Sarid, von Beit-Alfa... Zwischen ihnen, einzeln und verwaist, packen die Stadt-Kinder ihre sieben Zwetschgen und schleppen Koffer und Rucksäcke zur Bus-Station, für den Bus um elf. Die Nachzügler fahren mit dem halb drei Bus. Bis zum Nachmittag ist der Institutshügel leer. Nein: Ganz leer ist er nie. Die Kinder vom Nachbarkibbuz *Mischmar-HaEmek* sind da, ihr Kibbuz liegt am Fuß des Institutshügels, sie bleiben noch, bis der Hofmeister ihnen sagt, dass sie aus den Zimmern raus müssen, weil man die Zimmer zu kalken beginnt. Der Kibbuz hat ihnen Bastmatten, Hütten und ein paar Zelte hergerichtet, das Erziehungskomitee ist plötzlich flink geworden, erklärt Uri, sie haben Angst vor einem Präzedenzfall, dass die Kinder, Gott behüte, bei ihren Eltern schlafen könnten.

Der Institutshügel ist nie verlassen: Jede der drei älteren Gruppen verbringt dort je drei Wochen, um die Instituts-Farm zu versorgen: Die Pferde und die Ziegen, die Hühner und die Enten müssen gefüttert werden, die Baumschule, die Gärtnerei und die Gärten müssen begossen werden.

Weil eine Schichtgruppe so wie so schon da ist, müssen sie Turmus, dem Hofmeister, auch bei den Reparaturen und Sanierungen helfen: Zimmer kalken, Fenster- und Türrahmen neu streichen, zerbrochene Stühle und Tische leimen, fehlende Bett-Federn ergänzen. Das macht Spaß.

In der Küche wird in kleinem Umfang gekocht, man isst nur an drei Tischen, die Küchenfrauen, hier gebliebene Lehrer und

Genossen der Gruppe. Eine neue, befremdliche Nähe entsteht zwischen ihnen.

Die erste Schicht gehört unbestritten den Ältesten. Es gebührt ihnen. Die letzte Schicht macht immer die Gruppe, die jetzt die älteste wird: Sie bereitet den Eröffnungsappell für das neue Schuljahr vor und beendet damit ihre aktive Rolle in der Jugendgemeinschaft.

Man arbeitet nur fünf Stunden täglich und hat eine Menge freie Zeit, Zeit des Nichtstuns. Man kann schon nachmittags auf dem Rasen liegen und lesen. Jaela und Talma, die in der Bücherei arbeiten, haben jetzt den Schlüssel und die Ver-antwortung, sie öffnen jeden Tag die Glastüren der Bücher- schränke, die entlang dem Durchgang der beiden Gebäudeflügel stehen, man kann in Ruhe die Regale überblicken, auch neugierig die Datei durchsehen, bei jedem Buch kann man sehen, wie viele und wer es in den letzten zwei, drei Jahren gelesen hat.

Außerdem müssen sie die Bücher überprüfen, lose Seiten einkleben, einen eingerissenen Buchrücken stärken, die am ärgsten beschädigten Bücher sammeln sie in Kisten, die werden in die Buchbinderei gebracht.

Rafi, der bald seine Aufgabe als Gruppenführer beginnen wird, will Aktivitäten vorbereiten, er stöbert in der Bücherei, auf der Suche nach Geschichten, die man am Lagerfeuer erzählen kann, er findet was er sucht bei Edgar Allen Poe, O. Henry, Damon Runyon, Guy de Maupassant, Tschechow, Gorki, Oscar Wilde…

Zusammen mit Gadi erinnert er sich, wie das war mit diesem Jäger, der den Vogel der Wahrheit fangen wollte, und am Ende, auf den Bergen der bitteren Realität, eine Feder von ihm fand. Aus welchem Buch war das?

* * *

Kultur Pläne. Kultur Programme.

"Du musst mir helfen, Kind", sagt Gadi, "für eine Woche mit mir das Kultur-Komitee leiten, bis du mit deinem Gruppenführen beginnst, dann kannst du zurücktreten."

" Aber…"

"Ohne aber. Eine Woche, das bedeutet eine Sitzung!"

"Man wird dich fragen, warum nicht eine Genossin."

"Da werde ich ihnen nicht antworten, das wir noch Zeit brauchen, um Ruti dazu zu bringen, zu geruhen die Aufgabe auf sich zu nehmen."

"Lohnt sich das überhaupt, für eine Woche?"

"Ich brauche dein *Backing* für die erste Sitzung des neuen Komitees," sagt Gadi. "Die Hauptsache ist der erste Eindruck. Nicht auf die Kleinen, auf die macht so wie so nichts Eindruck, sie haben noch keine Erfahrung, nein, ich meine die, die jetzt ihre Aktivitäten beenden, Kiefer und Flamme, die nur zur ersten Sitzung, zu unserer Einführung, wie sie das nennen, kommen. Denen will ich's zeigen, dass sie mit offenem Mund dasitzen und ihren Ohren nicht trauen, wenn sie hören, was wir vorbereiten."

"Was bereiten wir vor? Eine besonders grandiose Feier?"

"Wir", sagt Gadi, "bringen sie mit uns zum Nachdenken, zum diskutieren und zum Gedankenaustausch, das hatten sie nie. Sie haben gleich Aufgaben verteilt, wer eine Aufgabe hatte, hat gleich begonnen sie vorzubereiten und zu schwitzen. Wer schwitzt, findet und erfindet nichts, merk dir das. Sie sind sofort losgelaufen, um die erste Feier vorzubereiten. Da war sie natürlich nicht gut vorbereitet, aber wegen der vergeudeten Mühe auf die erste, war es natürlich auch die zweite…

Was ist mit dir los, Kind? Frag schon!"
Rafi erschrickt: "Was?"
"Was was? Fragen sollst du! Das ist deine Aufgabe, solange du mit mir im Komitee bist, musst du mir zuhören und mich fragen. Ich kann die Perlen meines Geistes nicht im leeren Raum verstreuen."
"Was ist deine erste Perle?"
"Der Raum. Eine einfache, geniale Idee: Unser Komitee braucht einen Raum, ein eigenes Zimmer. Warum? Damit wir in ihm einen großer Schrank als Lager und Archiv aufstellen können. Das wird unser Erbgeschenk an die kommenden Komitees: Mappen voller Ideen und Material. Ideen sind das Schwerste. Wenn man eine Idee hat, ist alles relativ leicht. Man detailliert sie und schon hat man das Programm. Wenn ein Programm da ist, verteilt man es unter die fleißigen Bienen, damit sie es ausführen. Nachdem das vollbracht ist, müssen sie das, was sie ausgeführt haben, protokollieren, für die kommenden Generationen."
"Welche Ideen haben wir?"
"Wir brauchen eine zündende Idee, wie Archimedes als der in der Badewanne saß und Heureka! rief, und wie Kolumbus, einen Moment bevor er das harte Ei auf den Tisch schlug. Das Geniale ist meistens einfach: Unser Programm braucht Vielfalt und Abwechslung. Was kann man in einer Woche vorbe-reiten? Einen Chor von 4-5 Mädels, die zweistimmig einige Lieder singen, Binjamin soll Lieder und Noten vorbereiten. Und einen Sprech-Chor, zum Beispiel für revolutionäre Gedichte, wenn das Thema revolutionär ist, fünf Jungs und drei Mädels, wenn sie den Text nicht auswendig lernen können, sollen sie ablesen. Eine Tanzeinlage, einmal als Solo und einmal drei Mädels, dazu brauchen wir Musikstücke mit einigen Blockflöten

und/oder Mandolinen. Und natürlich die Eröffnungsrede von fünf Minuten. Man kann auch Dias an die Wand werfen, altgriechische Statuen an einem Griechenland-Abend, Kostüme, Gassen im ost-europäischem Schtetl, an einem chassidischen Abend, Wüstenbilder als Hintergrund für einen Bialik-Abend, für sein Gedicht Die Toten der Wüste. Ein ganzes Theaterstück aufzuführen, ist was Schwerwiegendes, aber hier und da eine Szene aus einem Theaterstück ist nicht schwer, man braucht eine Theater-gruppe. Beachte, bitte, das ich noch keinen Gedichtvortrag oder Lesung einer kurzen Erzählung erwähnt habe, das kann man aber hinzufügen. Jetzt hast du ein außergewöhnlich reiches Programm, elegant und nicht teuer. Die ganze Weisheit besteht darin, zu fragen: Was ist möglich? Und das kann man dann jedem Thema anpassen."
"Zum Beispiel?"
"Zum Beispiel – die Fabel."
Rafi versteht nicht gleich was gemeint ist[49]. Gadi erklärt, bittet jedoch, Rafi solle es gleich aufschreiben, damit er nicht seine Perlen vor... na, vor wem verstreut man sie, vor dem Wind? Also, ein Parabel-Abend. Eröffnung, ein Mini-Vortrag aus zwei Enzyklopädien, was eine Fabel ist, wer die bekanntesten Autoren und welches die bekanntesten Fabeln sind. Eine Aufführung einer Fabel von Äsop, Vorlesen einer Fabel Iwan Krylows oder La Fontaines, eine Fabel-Pantomime als Ratespiel. Man kann gut die Jotamfabel tanzen, wie die Bäume einen König wählen wollen.[50] Musik von einer Schallplatte. Etwas über... eine Grille? Oder Ameise, oder einen Wolf? Ah, Peter und der Wolf! Den Text von Sergei Prokofjew. Aber man kann statt Fabeln auch Sprichwörter oder Rätsel nehmen.

---

[49] Beispiel und Fabel sind auf Hebräisch dasselbe Wort (*maschal*).
[50] Ri 9, 8-15.

Vielleicht nach Völkern? Russische, arabische, chinesische? Mit Schattenbildern? Es kann ja auch etwas Politisches geben, der Spanische Bürgerkrieg. Barcelona, Madrid, die internationale Brigade, eine Szene aus Hemingways Wem die Stunde schlägt und aus diesem Roman von André Malraux, wie hieß er nur? Die Hoffnung oder So lebt der Mensch, in einem von ihnen wird derselbe misslungene Angriff und dasselbe Sprengen derselben Brücke wie bei Hemingway beschrieben. Zu einem spanischen Abend gehört natürlich ein Flamenco-Tanz mit Kastagnetten, spanischen Liedern, eine Stierkampfe Pantomime, einem Bild aus einem Stück Garcia Lorcas oder etwas aus Don Quijote, den kann man zum Beispiel mit dem Kampf gegen Franco verbinden, man hat die Republikaner, die bis zum Ende für ihre Freiheit kämpften, Don Quijotes genannt. Man kann auch Bilder von Picasso zeigen, wie Guernica mit dem Stierkopf von Franco, an die Wand werfen und die Radierungen 'die Schrecken des Krieges' von Goya. Die gehören natürlich nicht zum Bürgerkrieg, sie sind hundert oder mehr Jahre älter, aber Spanien ist Spanien und Krieg ist Krieg. Habe ich schon eine spanische Romanze erwähnt? Im Bürgerkrieg hatte man sicher auch eine Hymne. Ich erinnere mich, unten, im Kibbuz gibt's einen, der im spanischen Bürgerkrieg war, in der internationalen Brigade, den laden wir ein, er soll erzählen. Weil wir schon bei Bürgerkriegen und Freiheitskämpfen sind, können wir auch einen Abend über Das Rote Wien machen, da gibt's eine Menge zu rezitieren, ich kenne einiges noch zum Teil auswendig, wie die Geschichte über den Sohn, der zum Grab seines Vaters kommt, um ihm über den Sieg zu erzählen, erinnerst du dich noch an sie?"

"Nein, da geht's nicht um Rebellion oder Bürgerkrieg, sondern um einen Tunnel, das ist eine Erzählung von Gorki."

"Auch einen armenischen Abend könnte man organisieren."
"Wie kommst du auf einmal auf die Armenier?"
"Gorki hat mich an William Saroyan erinnert. Bei beiden ist der Mensch gut. Schreib dir Saroyans Buch 'Ich heiße Aram' für deine Lagerfeuer-Erzählungen auf. Jedem Volk, über dessen Kultur wir einiges wissen, können wir einen Abend widmen. Zum Beispiel über die Sinti und Roma, aus der Zeit, als man über romantische Zigeunerinnen schrieb. Schreib auf, einen chassidischen Abend. Auch Dichter Abende. Einen Bialik-Abend hatten wir schon, aber einen Tschernikhovski-Abend noch nicht, der hat eine Menge Balladen, überleg mal, was man alles mit Balladen machen kann! Einen chinesischen haben wir schon aufgeschrieben, aber einen japanischen noch nicht. Zwei russische Abende: einen alt-russischen und einen sowjetischen. Mit einem Wettstreit im Raten über russische Literatur: Wer hat eine alte Pfandleiherin mit einer Axt erschlagen? Wer ist in der Früh aufgewacht und hatte keine Nase? Wer lag auf dem Rücken und schaute in den Himmel und hörte Napoleon neben sich sprechen? Wer hat tote Seelen gekauft?"
Rafi unterbricht Gadis Redeschwall: "Das ist zu leicht!"
Aber Gadi bleibt begeistert: "Klar, das ist das Geheimnis: Wenn ein Quiz zu leicht ist, schreien alle die Antworten und sind, glücklich. Ein Quiz, bei dem niemand die Antworten findet, ist langweilig und verstimmt alle. Was naheliegend für den altgriechischen Abend ist, haben wir vergessen: Der angeketteten Prometheus, ein paar Jungs und Mädels auf kleinen Hockern, in hautfarbenen Badekleidern, als griechische Statuen zu stehen, der Diskuswerfer, zum Beispiel. Ein Stück für eine Pan-Flöte mit altgriechischer Tonleiter. Eine Szene aus Antigone, wie sie mit ihrer Schwester streitet, ein Quiz aus der Mythologie: Wer hat sich in sich selbst verliebt? Wer hatte

Schlangen statt Haare? Wer hat wem einen roten Faden gegeben und wozu? Wer hat in der Nacht aufgetrennt was sie am Tag gestrickt hat und warum? Wer hatte nur ein Auge, das man geblendet hat? Hör mal, gerade ist mir eingefallen, – eine Art Spätzündung – in Verbindung mit der spanischen Republik: Ein Abend über Kinder-Republiken! Es gab zwei russische, eine, über die Anton Makarenko in seinem Pädagogischen Poem schrieb, man kann zeigen, wie Sadorow die berühmte Ohrfeige bekommt, und es gab auch die Republika Schkid, ich habe die Namen der zwei Autoren vergessen, diese Jugendrepublik hatte ein großes Haus, mitten in Leningrad, es gibt auch ein Buch über die Alumni der Schule in Wilbye und über Summerhill das Neill gegründet hat, vielleicht bringen wir auch die humorvolle Schule für schwererziehbare Eltern aus Erich Kästners Fünfunddreißigsten Mai, die von Kindern geleitet wird, und in der jeder Elternteil so bestraft wird, wie er seine Kinder bestraft hat. Das ist keine richtige Republik, aber genau genommen sind alle keine, ich meine, keine Demokratien, auch unser Institut ist keine, es hat Ansätze davon, aber was momentan zählt, ist, dass sie alle gute Themen für eine Feier sind. Ein Junge und ein Mädchen könnten die Bücher lesen, und dann so erzählen, als ob er oder sie dort gewesen wäre, so wie dieser Seemann, wie heißt er noch, der Thomas Morus über die Insel Utopia erzählt... Wart mal, da kommt mir eine Idee, jemand könnte das Publikum aufziehen und von einem Dorf erzählen, von dem er angeblich gelesen hat, ein indianisches Kinderdorf, das Tutitsni heißt und neben der alt-indianischen Stadt Aschusch-Uba liegt. Hast du's verstanden? Die Namen sind verkehrt. Sag schon Ah! Und bei Gelegenheit schreib ein Buch über uns, nicht rückwärts. Statt Utopia, was bedeutet ein Ort den es nicht gibt – könnte es in deinem Buch um einen Hügel, neben einem Wald gehen, den du Topia nennst, Ein-Ort, das heißt, es gibt diesen Ort, oh ja, und wie es ihn gibt!"

* * *

Manchmal packt mich etwas und lässt mich nicht los. Was hat Gadi über Utopien gesagt? Dass es immer Utopien, gegeben hat und geben wird, Visionen von idealen Gesellschaften, und dass sie Ausdruck von einer tiefen Sehnsucht sind, und dass die verschiedenen Kinderrepubliken und Jugendrepubliken eigentlich Versuche waren, so eine Vision zu verwirklichen, wenigstens im kleinen Maßstab. Und wir, sagte er, unser Institut, war anfänglich ein Versuch mit Vision, eine Utopie, die verwirklicht wurde. Und dann dieser lässige, nebensächliche Satz, "Bei Gelegenheit, schreib ein Buch über uns und nenn es Topia, Ein-Ort, statt Utopia, Kein-Ort!"

Als Baruch der Gruppe vorschlug, jeder soll sich ein Thema erarbeiten, wählte ich Utopia und sammelte Material über den armen Thomas Morus, der erste der dieses Wort benutzte. Er war 57, als man seinen Kopf auf der Londoner Brücke aufhängte, bis seine Tochter ihn nachts unter Lebensgefahr beerdigte, es hatte einen Befehlt gegeben, wer den Kopf abnimmt, soll seinen eigenen dort lassen, aufgehängt auf der anderen Seite der Brücke.

Vor seiner Hinrichtung sagte Thomas Morus dem Scharfrichter: "Hilf mir bitte beim Hinaufsteigen, runter komm ich allein". Das alles war die kleinliche Rache Henry IIX, weil sein Freund Thomas Morus nicht mehr mit ihm essen wollte und sich deshalb als langweiliger Gesprächspartner verstellte, damit Henry aufhören sollte, ihn zu Hause unangemeldet zu

besuchen und weil Thomas Morus, der immerhin eine Auto-rität in Kirchenangelegenheiten war, Henrys Scheidung von Anne Boleyn, genauso wenig anerkannte, wie der Papst. Die Ironie des Schicksals oder der Intrige war, dass unter den Richtern, die das Todesurteil fällten, einige Verwandte von Anne Boleyn waren. Interessant, auf der idealen Insel unseres Thomas, waren Scheidungen erlaubt. Es war nicht einfach sich scheiden zu lassen, aber machbar. War diese Insel ein Ideal? Sie hatten 44 Städte, einen Fürsten und einen Ältestenrat, sogar Sklaven, Verbrecher, die zur Strafe in die Sklaverei mussten. Es gab ein Ritual, dass Braut und Bräutigam sich vor der Hochzeit einmal nackt gesehen haben mussten, damit niemand sagt, er hätte eine Katze im Sack gekauft, hat Gadi dazu bemerkt. Immerhin, sie waren dabei nicht allein. Die Braut hatte bekleidete Begleiterinnen und der Bräutigam hatte bekleidete Begleiter.
Wieso gab es Utopisten schon lange vor Utopia?
Gadi sagt, genau so gab es lange vor Marx marxistische Gedanken und wird sie weiterhin geben. Ja, ich glaube – Rafi ist da nachdenklich – es wird immer wieder Utopisten geben, wie schon Plato mit seinem Atlantis. Traditionen wechseln Gestalten. Diese Tradition, von Utopien zu träumen, ist, glaube ich – sagt Rafi – eine kollektive Sehnsucht der Menschheit.
"Dann Ist auch unsere Jugendrepublik so eine kollektive Sehnsucht?"
"Lach nicht. Sicher, irgendwie...", antwortet Rafi.
Gegen Abend, wenn es kühler wird, hängen manchmal dünne, lila Schleier in der Luft, die sehnsüchtig machen. Mücken summen. Fledermäuse huschen über den Himmel, der gerade noch hell ist. Manchmal gehen wir in kleinen Gruppen zusammen, ziellos, nur so, um die Zeit Zeit sein zu lassen, flanieren, bummeln durch den Hof, ins Wadi, hinauf in den

Weinberg. Manchmal beginnt einer ein Thema mit: Erinnert ihr euch... Oder: Was wird...? Es könnte auch eine unerwartete Frage sein, wie: Was ist der Unterschied zwischen einer Republik und einer Demokratie? Wie kommst du darauf? Ist mir eingefallen. Das eine ist Lateinisch, 'res' und 'publik', das Wohl der Masse, und das andere Altgriechisch, Herrschaft des Volkes. Was ist der Unterschied? Jede Demokratie ist eine Republik, oder?, aber nicht umgekehrt. Ist das überhaupt gut? Für die Freiheit? Was bedeutet Freiheit? Wenn jeder tun kann, was er will, solange er niemandem schadet. Wenn ein Storch sagt, ich bin frei und will in der Wüste leben, ist das seine Freiheit? Kein Storch kann in der Wüste leben, er braucht Frösche. Deswegen ist die wahre Freiheit wenn man tun will, was man tun muss. Dann sagen alle Diktatoren, dass es bei ihnen die richtige Freiheit gibt. Für mich ist Freiheit nicht gleich tun, was man will, sondern zuerst denken, was man dafür tun kann. Amerika ist keine richtige Demokratie und Russland auch nicht. Im alten Griechenland hatten die Frauen und die Sklaven nichts zu sagen, das war nicht gerade demokratisch. Echte Demokratie gibt es nur im Kibbuz: Jeder Genosse kann Angelegenheiten vor die allgemeine Versammlung bringen, dort wird dann abgestimmt und beschlossen. Und jedes Jahr oder alle zwei Jahre werden die Ämter: Sekretär, Arbeitseinteiler, Schatzmeister, Farmleiter von anderen Genossen bekleidet. Es gibt keine Klassen-Unterschiede. Aber ein bisschen gibt es sie doch. Nicht offiziell, aber praktisch. Es gibt Arbeitsplätze, die mehr ehrbar sind. Jeder Arbeitsbereich wählt seinen Vorsitzenden, der kann Sitzungen einberufen, da wird gemeinsam das Arbeitsprogramm beschlossen. Das ist echte Demokratie, die gemeinsame Verantwortung. Aber manche behaupten, das ist nur unten, im Kibbuz so, oben, in der Partei nicht. Die Führung haben immer dieselben, sie sagen, weil sie "die historische Führung" sind. Hätte man Marx auswechseln können? Oder Lenin, oder Stalin? Auch nicht Ya'ari oder Ben-Gurion nicht. In keiner unserer Partei wechselt man Führer aus. Es war ja auch kein Zufall, dass Plato und Aristoteles, die supergescheit waren, und Sokrates auch, gegen die Demokratie waren. Manche sagen, dass die Demokratie das alte Griechenland zerstört hat. Wir haben im Peloponnesischen Krieg von Thukydides die Reden in der Athener Volksversammlung gelesen, und die haben zum Krieg geführt und die Athener haben von Demagogie gesprochen. Der Gipfel der Demokratie kann auch der Gipfel der Demagogie sein. Aber was die alles vollbracht haben, im vierten und fünften Jahrhundert. Nein, umgekehrt! Zuerst das fünfte, dann das vierte. Das muss ich mir merken. Athen war nicht größer als Afulinka, das armselige Afulchen, und wie viele Genies die hatten. Als ich mal Baruch gefragt habe, warum das so war, hat er erklärt, das war wie in der Renaissance, viele haben an der Kultur Teil gehabt, es gab damals keine enge Arbeitsteilung, deswegen spricht man vom Ideal des Renaissance-Menschen, Vielleicht wird man einmal auch noch über das Ideal des Kibbuz-Menschen sprechen… Und wie steht es mit dem Ideal unseres Instituts-Burschen oder Instituts-Mädel? Das ist nicht die Frage eines oder einer einzelnen sondern des Lebens hier, des Wetters oder Klimas in unserer Topia-Republik. Das Verhältnis von himmelblauen zu himmelgrauen Tagen, die mehr oder weniger bewölkt sind… Himmelblau für einen oder eine, grau bewölkt für eine andere oder einen anderen. Noch eine Woche bis zum Ende der Sommerferien. Nächste Woche werden die Lastwagen aus den Kibbuzim des Jesreeltals kommen und alle Kinder zurück ins Institut bringen. Um elf bringt ein Bus einen Haufen Stadtkinder und der um halb drei den Rest. Jetzt werden wir wieder über Gesellschaftliche Anstrengung und das Studium sprechen. Die Parole im Speisesaal, "Jeden Tag vorwärts!", muss ausgebessert werden, der letzte Buchstabe hat sich gelöst, wir müssen noch den Empfangs-Apell vorbereiten. Mir kamen ein Knäul Gedanken und ich hatte Lust, sie ins Tagebuch zu schreiben. Wie soll ich beginnen? Es ist später Nachmittag. Manche liegen auf dem Rasen vor dem Leseraum und warten auf das Abendessen. Ich liege abseits und lese in der "verzauberten Seele" von Romain Rolland. Ofra hat darüber erzählt. Gestern habe ich den ersten Band in der Bibliothek entdeckt und geschnappt.

Ach, ich habe mit etwas begonnen, über das ich gar nicht schreiben wollte. Ich habe auch Heft und Bleistift gebracht, falls mir etwas für eine Aktivität mit meiner zukünftigen Gruppe Vorstürmer einfallen sollte. Was mir einfiel, wie vom Himmel auf mich fiel, kam unerwartet, es passt zu keiner Aktivität und ist nicht gut, um es jemandem zu erzählen, es wäre beschämend. Ich lag auf dem Rasen und schaute Gadi und Ruti zu, Uri, Ofra und Jaela, aber besonders Gadi und Ruti, und plötzlich dachte ich, wenn ich in England in den Tagen von Thomas Morus geboren worden wäre, im sechzehnten Jahrhundert, oder zur Zeit Platos in Griechenland, oder in den Tagen Davids in Jerusalem... Da hätte ich alle, die da neben mir auf dem Rasen liegen, nie kennen gelernt, ich hätte ein total anderes Leben geführt, wäre nie auf diesem Hügel gelandet, würde nie ein Gruppenführer sein! Was für ein Glück, was für ein gütiges Schicksal war mir zuteil, dass ich gerade jetzt und gerade hier lebe und himmelblaue Tage erlebe, auch wenn sie manchmal bewölkt sind! Aber dieser Gedanke stimmte mich auch traurig und drückte mir aufs Herz, bis es schmerzte.

In dem Moment schaute Gadi mich an: "Hallo, Kind, was schaust du uns so sonderbar an? Bist du im Stande, uns zu sagen, was du gerade gedacht hast?"
Ich zögere einen Moment. Dann kommt mir ein rettender Einfall einer Ausrede: "Ich habe mich gerade an etwas aus dem Witzbuch für Kinder erinnert", sagte ich ausweichend. "Der kleine Moschele behauptet: Meine Mama ist die allerbeste auf der Welt. – Und wenn du bei einer anderen Mama geboren worden wärst? – Ich wäre ihr sofort davongelaufen, direkt zu meiner Mama!"
Gadi lachte: "Da hast du dich aber flink aus der Klemme herausgewunden!"
Rafi erzählt Gadi über den Philosophen Ernst Haeckel. Bis vor zwanzig, dreißig Jahren war er berühmt und in weniger als einer Generation wurde er total vergessen. Aber es lohnt sich, sich an ihn zu erinnern. Rafi entdeckte ihn, als er über Darwin und die Evolution las. Haeckel hatte bemerkt, dass der menschliche Embryo Ansätze von Kiemen bekommt, die wieder verschwinden. Daraus hat er das biogenetische Gesetz formuliert: Jedes Einzel-Wesen muss ganz kurz die Entwicklung seiner Art wiederholen. Was für die Menschheit zwei Milliarden Jahre dauerte, von der Amöbe zum Homo Sapiens, muss der Embryo in ein paar Wochen durchlaufen. Ein bezaubernder Gedanke! Sogar wenn sich herausstellen würde, es ist wissenschaftlich nicht haltbar. Es wäre eben wunderbar, wenn ich – erklärt Rafi seinem Freund – die ganze Entwicklung der Menschheit schnell durchlaufen könnte, nicht als Embryo, sondern als Ich, mit meinem ganzen Verstand, nein, mit meinem ganzen Gefühl. Sogar wenn ich mein ganzes Leben lang tausend oder hunderttausend Bücher lesen würde, werde ich nie wissen, wie das Leben auf der Welt begonnen hat und

wie es enden wird. Genug! Ich habe keine Lust darüber zu reden. Es ist zu traurig. Ich bereue, dass ich es dir erzählt habe. Ich hätte doch wissen müssen, du wirst über mich lachen!.

Es gab einen französischen Philosophen, der behauptete, unsere Welt sei die beste aller möglichen Welten. Ich glaube es war Descartes, aber auch wenn es jemand anders war, macht es keinen Unterschied. Ich weiß nicht mehr, wie er das argumentiert hat, er war Mathematiker und dachte streng logisch. Für mich zählt nicht, ob der Beweis streng logisch ist, es ist sicher eine Frage des Gefühls. So hat er gefühlt. Es ist schwer zu verstehen, wenn er sich nur umgeschaut hätte, hätte er doch Reiche, Arme und Kriege und großes Leid gesehen.

Heute dachte ich über unsere Gruppe und unser Leben nach. Was könnte man daran verbessern? Sagen wir, ich erfinde eine ideale Insel, nennst sie nicht Utopia, sondern, wie Gadi vorgeschlagen hat, Topia. Wenn ich ein Buch über uns schreiben soll, brauche ich eine Handlung. Das ist das schwierigste Problem. Auf jeden Fall füge ich am Ende Gedanken hinzu, ohne Handlung, dafür habe ich zwei Vorbilder: Tolstoi in Krieg und Frieden, wenn man sich langweilt, kann man früher aufhören, weil die Handlung schon zu Ende ist. Erich Kästner hat in Pünktchen und Anton Gedanken-Kapitel eingefügt, die sind *kursiv* gedruckt, jeder Leser kann gleich sehen, jetzt kommen Gedanken, wenn er meint "Ah, das ist nichts für mich!", kann er sie überspringen., ich rate, dass ganz wenige das tun: Kästner hat den Lesern eine Herausforderung an ihr Selbstimage gestellt: Bist du einer, der am Denken interessiert ist? So hat er sich für die Gedankenkapitel die interessierten Leser gesichert. Einer meiner Gedanken könnte sein: Wenn du eine ideale Jugendrepublik erfinden willst, wie müsste die strukturiert sein?

Lernen. Arbeiten. Eine kleine Gemeinschaft. Reges gesellschaftliches Leben. Selbstverwaltung. Ein Zusammenwirken von älteren und jüngeren. Feiern und Zirkel, die Welt-Kultur-Güter zeigen. Sogar Haeckel wäre zufrieden gewesen. Alles ohne Prüfungen und Noten, man lernt um zu lernen, arbeitet der Arbeit wegen, wie man tanzt, um zu tanzen und Ausflüge macht, um sie zu machen, so lebt man um zu leben, ist das nicht herrlich? Sogar mit gemeinsamen Duschen, warum nicht? Genau wie wir es haben! Schade, dass ich nicht genau weiß, wie es begonnen hat, und nicht weiß – ein Glück! – wie es enden wird. Wichtig ist das Gefühl, Glück gehabt zu haben, zur rechten Zeit am rechten Ort zu sein, um dazu zu gehören. Was hätte ich in einer idealen Gesellschaft gemacht, mit fremden Jugendlichen? Ich wäre, wie Moschele, zu euch gelaufen!

Der Sportplatz ist mit Petroleum Lichtern umstellt. Kleine Flammen sprießen aus der Dunkelheit, flackern verstreut, aber gemeinsam, man sieht, sie züngeln aus Konservenbüchsen.

"Man füllt so eine Büchse mit Sand, begießt sie mit Petroleum, steckt einen Docht hinein, weil ohne Docht der Sand kein Feuer fängt", erklärt ein neuer Junge seinem Freund. Sie stehen nebeneinander in der zweiten Reihe, in der ersten hätten sie nicht gewagt zu flüstern. Die Reihen stehen stramm, parallel zu den kleinen Flammen in den Büchsen, ein blaues Viereck – Mädchen und Jungen in blauen Hemden, alle tragen Tücher, grüne, blaue und schwarze, mit weißer Schnur gebunden. Vor ihnen brennen zwei Feuersäulen und zwischen ihnen...

"Das ist die Nestführung", flüstert der Alleswisser. "Und daneben stehen ihr Trompeter und Trommler." Gerade wurden noch drei Feuersäulen angezündet, hinter der blau-weißen Israel-Fahne, der roten Fahne der Arbeiterbewegung und der in Rot-Gold gestickten Fahne des Jungwächter-Nestes.

Hinter den Feuersäulen und der Nestführung brennt jetzt eine Feuer-Inschrift: "Jeden Tag vorwärts!", man kann sie, trotz der blendenden Flammen, gut lesen, nur das letzte Wort wird vom Rauch verwischt, aber man kann es erraten.
"Apell. Steht stramm! Anwesend sind hundertvierundsiebzig Jungwächterinnen und Jungwächter. Zu den Fahnen schaut!"
Rafi erinnert sich. Das Feuer. Die Fahnen. Die goldbestickte, die blauweiße und die rote, bewegen sich im Wind, vergoldet vom Licht der Flammen. Jeden Tag vorwärts! Ruti liest die Tagesanweisung vor, die Ofra und Usi verfasst haben: "Unsere Parole für dieses Jahr ist: Jetzt um so mehr! Wir werden unsere Reihen vermehrt und vereint stärken, studieren und arbeiten, unsere Werte kristallisieren, mit jungwächterlicher Bereitschaft, jetzt umso mehr..." Etwas Feierlich-Trauriges schwebt Rafi aus der Erinnerung herüber.
"Wir werden vermehrt unser jungwächterliches Lebensmilieu ausbauen, dabei unsere ideologischen Grundlagen vertiefen, denn nur sie können..." Rutis Stimme ist weich und hell.
"Auf den drei Grundlagen unseres Instituts beruht die Welt unseres Hügels, in der Doppel-Tradition von einem Jungwächter-Nest und einer Jugendrepublik: Lernen, gesellschaftliche Aktivität und Arbeit. Wie jedes Jahr stehen wir vor einer Erneuerung: Die Genossen der ältesten Gruppe, Flamme, haben ihre Aktivitäten als Gruppenführer und als Vorsitzende der Komitees, der Zirkel und der Arbeitszweige beendet, die zweitältesten Gruppen, Tamariske und Möwe, werden noch ein Jahr mittragen, die Genossen der dritt-ältesten Gruppe, Felsen, treten den älteren bei, bereiten sich für die Gruppenführung vor, und für das Leiten der Komitees, der Zirkel und der Zweige, vier neue Gruppen treten uns bei, Dattel, Garbe, Granatapfel, Sturmvogel." Die Feuersäulen flackern zustimmend. Die

Fahnen pflichten ihnen bei. "Hiermit eröffnen wir unser neues Jahr. Nach dem Singen der Hymnen und Zusammenrollen der Fahnen – Entlassen!" - Aber es gibt Gefühle und Gedanken, aus denen man nie entlassen wird.

Ende.

Inhalt

Grüne Tücher und brennende Sanddosen	7
Tagebücher	29
Bei Abu-Selim	45
Aufstieg und Fall	63
Gründung der Bande	103
Riesen der Urzeit	116
"Sie schaut dich an!"	122
Wasser in der Hosentasche.	135
Das Heft des Ringens.	140
Unerträglich	153
Eliah am Hof Ahabs	158
Ein Gespräch über Poesie.	164
Wandzeitung	177
"Ameisen"	182
Die Bande in Hochform	189
Süß und schmerzhaft	196
Ein hilfreicher Distelhaufen	205
Ein Liebesgedicht sorgt für Aufsehen	212
Heft der Enttäuschungen	217
Streitigkeiten im Komitee	224
Heft des Wachstums. Credo.	232
Konflikte mit Israel	246
Jugendrepublik "Topia"	269

Illustrationen:
19, 62, 102, 114, 165, 168, 208, 259, 268